主编 凌翔

当代著名作家精品书系

U0729710

乱世草医

肖学文 著

天津出版传媒集团

天津人民出版社

图书在版编目 (CIP) 数据

乱世草医 / 肖学文著 . -- 天津：天津人民出版社，2020.10

（当代著名作家精品书系 / 凌翔主编）

ISBN 978-7-201-16230-0

Ⅰ.①乱… Ⅱ.①肖… Ⅲ.①长篇小说—中国—当代 Ⅳ.① I247.5

中国版本图书馆 CIP 数据核字（2020）第 121351 号

乱世草医
LUANSHI CAOYI

出　　版	天津人民出版社
出 版 人	刘　庆
地　　址	天津市和平区西康路 35 号康岳大厦
邮政编码	300051
邮购电话	（022）23332469
电子信箱	reader@tjrmcbs.com

责任编辑	岳　勇
装帧设计	陈　姝
主编邮箱	jfjb-lx2007@163.com

印　　刷	唐山楠萍印务有限公司
经　　销	新华书店
开　　本	710 毫米 × 1000 毫米　1/16
印　　张	19
字　　数	236 千字
版次印次	2020 年 10 月第 1 版　2020 年 10 月第 1 次印刷
定　　价	59.80 元

上部

沉疴

第一章　游方郎中

清同治十二年秋天，也就是公元一八七三年的秋天，湖南道岳州府临湘县聂家市地方上出了一件天大的怪事。

聂家市街绸缎店老板李孝如家年方十七的女儿梦锦竟然未婚先孕，肚子大如南瓜。这在当时可是个天大的事情，李孝如为这事气得几乎上吊，整天关门闭户，生意也不敢做，生怕一开门即被人指着后背骂娘。李孝如的夫人更是大门不敢出二门不敢迈，一不小心还会被夫君指着鼻子骂得狗血淋漓，成天在家里以泪洗面。

这梦锦小姐倒好，干脆待在阁楼上不下来，整天躺在床上，一问三不知，茶饭不思。一个如花似玉的女孩子，一天天消瘦得只剩下个肚子。

梦锦小姐是李家的掌上明珠，不仅长得漂亮，白皙的皮肤如剥出的嫩葱一般，而且天资聪颖，识得字，绣得花，一把算盘顶在头上打得不差分毫。这样一个绝妙的女子，不要说父母把她捧在手心怕冻了，含在嘴里怕化了，就算是十里八村的老少爷们见了无不视她为地方上的骄傲，用现代的话说，梦锦可是聂家市的一张名片。

据说当时临湘县乃至整个岳州府的富户公子，青年才俊，为了一睹梦锦风采，都纷纷跑到偏远的聂家市李氏绸缎店，买一块上好的缎布。在李氏绸缎店前窄窄的街道上，经常有一些公子哥们或驻足或徘徊，舍不得离开。

当然，请人说媒的更是络绎不绝，可不管是谁来说合，只要梦锦小姐不点头，做父母的从来不敢轻易答应。

可就是这样一张美丽的聂家市名片，一下子成了人们口中的残花败柳，可想而知，这个反响有多大。

一些知情的人说得有板有眼，说梦锦小姐与某某公子对上了眼，并且这个公子夜里爬墙揭瓦，偷偷与梦锦小姐成了好事，这不？肚子搞大了吧？

当时，年轻女子偷人养汉，不仅是一件伤风败俗的事，是一个家庭的耻辱，也是一个家族的耻辱，出现未婚先孕，触犯了族规，抓到奸夫要活埋，怀孕的女子则要被沉潭，父母教子无方，养女不严，不仅要受杖责，还要罚没家财充作族资。

李孝如虽是富甲一方的商户，家门出此冤孽，除了痛不欲生，还有何计？

对于怀孕之事，李夫人每天逼着女儿说出真相，可怜梦锦是一问三不知，没办法，李夫人不得不直截了当地问青涩之华的梦锦男女之事，可梦锦仍是不懂。李夫人忐忑地向丈夫孝如说出自己的疑问："从梦梦的言语中，好像真的没有做什么丑事，莫不是女儿得了什么怪病吧？"孝如也坚信自己女儿是清白的，女儿的肚子或许并不是怀孕了，而是得了什么怪病。这样一想，心中一开，心中又一紧。心中一开，是女儿没做什么见不得人的事，女儿清白，家庭也清白。心中一紧，是如果女儿得了什么怪病，又如何是好？

为了还女儿和家庭清白，同时为了救女儿一命，孝如到临湘县城陆城街上请来了最好的郎中——岐黄堂的吴老先生，吴老先生给梦锦把脉足足把了半个时辰，先是脸色凝重，后来脸色由红而白，由白而黄。把完脉，他将孝如拉到一边，吞吞吐吐地说："我悬壶一个甲子有二，从没碰到过这个脉象，照理说，这硬是个喜脉呀！"

一听是喜脉，孝如一屁股跌坐在椅子上，半天说不出话来。

吴先生又说："可这喜脉又与众不同，通常之喜脉，一强一弱，一实一虚，强弱相随，虚实相生，可这脉象，强者弱之，实者虚之，虚弱之脉几近于无，于游丝中见断渺之象，不好，不好呀！"

孝如说："先生，您就直说吧！"

吴先生沉吟了一会，说："不好说，不好说，说不准，说不准哟！"

孝如急出一身汗，说："您只管说，无妨的。"

吴先生收拾了一下医箱，咳了一下，小心地说："莫不是一死胎？"

一语如惊雷，让孝如呆若木鸡，吴先生提了医箱，仓皇而去，孝如竟然忘记了相送，更忘记了将口袋里的诊费掏出来给吴先生。

死胎，不还是怀孕了吗？哪怕是个绝症，也比这个结果好啊！孝如坐在椅子上，心如死灰！夫人进来，见丈夫这个样子知道没有好消息，一下号啕大哭起来。

孝如还是有些不甘心，第二天一大早，他又赶到岳州府，他知道岳阳楼边鱼巷子有一个九如堂，九如堂老郎中姓石，比临湘的吴先生更有名气，不管碰到什么疑难杂症，他都有起死回生、药到病除的妙方，望闻问切的绝招更是了得，特别是对女脉，尤有独到之处，从来精准无误。据说咸丰年间，临湘有一臣僚辞官家居，其夫人年过五十。一日忽然呕吐不思饮食，多医会诊，调治不愈，特请石先生诊脉。石先生侧首沉思良久，拍着老大人的肩膀说："高年人犹有童心耶，尊夫人是孕不是病。吾所以沉思良久，是想辨别生男生女。以脉决之，定是男也。"后果应验。又听说华容有一妇人，因产后腹痛月余，诸医束手。石先生察其脉后说："胎气不和。"妇人的丈夫听了，讥笑道："看来石先生也是徒有虚名呀！"那个妇女也说："我新产未久，怎么又有身孕呢？"石先生说："我据脉象论断，并非虚言。"于是用紫苏和气饮服。过了三日，妇女的病症大减。石先生又继续给她服安胎饮。第六天，这个妇女果然再生了一个男孩。石先生再给她服一剂佛手散，妇女的病遂告痊愈。后来，他的徒弟感到不可思议，忍不住问他，石先生说："此妇原系双胎，或因犯动，或不节欲，或受损跌，致伤其一，事后又未安胎，一般的郎中以为瘀血未尽，尽以破血、行血之药治疗，于是愈服愈严重，都未审出脉象的缘故。我从脉象中察出端倪，按脉用药，所以奏效，何怪之有？"

石先生在岳州，乃至整个湖南道，被誉为神医，孝如把最后的希望都寄托在他的身上。

午时刚过，孝如一顶竹轿子将石先生抬到了聂家市。申时已过才将他送出聂家市。一直到掌灯时分，街上灯光四起，李氏绸缎店仍是黑灯瞎火，炊烟不起，一家人悲悲戚戚。

原来，石先生诊脉后，不仅得出了黄先生同样的结论，还多出一个症瘕的结果，石先生说："绝症，命不久矣！"

孝如看昔日面若桃花今日形容枯槁的女儿，悲戚道："要是今日去了，一了百了，还留得个清白面子，可是……这可如何是好呀！老天呀——"

一声"老天"，将秋夜撕裂得如一厢不遮风寒的茅草屋。

瞒是瞒不住的，族长福贵公领着族庭掌事的几个人多次到孝如家，要梦锦交出奸夫，可梦锦除了一口否定，就是嘤嘤地哭。

族长言辞讥诮地说："孝如贤侄，你也是脸面之人，家中出此不耻之事，脸面何存？家法不张，乱之象也，今后李家还不知会闹出怎样的逆乱之事哟！"

孝如一听族长言下之音，不禁泪如雨下，他像被突然砍断的树桩一般，跪倒在族长福贵公面前，叩头如捣蒜地哀哀求告："贵叔，求您看在贱女身患绝症的份上，让她自生自灭吧，石先生也说了，她本来已没几天活头了……"

福贵公气愤道："孝如，你也是个明事理的人，族庭出了这么大的丑事，你叫我睁只眼闭只眼，今后还不出翻天大事？也罢，我这族长也当不下去了，今晚我就召集族庭大会，辞去这芭茅扎的族长，动议选你当这个族长，主一族的大事吧！"福贵公说完，带着几个掌事拂袖而去。

中秋节这天一大早，聂家市街上寂静冷清，家家关门闭户。这不是聂家市人懒，还没起床，而是大家老早就出了门，涌到李家祠堂看热闹去了。因为这天上午，李家祠堂要执行家法。

不仅是聂家市的人都到李家祠堂看热闹，方圆十里八乡的人都赶来了。

特别是那些爱慕过梦锦美貌才情的，曾垂涎过梦锦美色的，总之，那些求而不得的公子哥儿们得了信，更是天不亮就聚到了李家祠堂，此刻，他们是何种心情，还真不好说，惋惜者有之，幸灾乐祸者有之，心痛者亦有之吧？

辰时三刻，族长福贵公领着李氏掌事的几个人，焚香祭拜了祖宗牌位，读了族规，祭出家法。福贵公铁着脸，将响木往案桌上一拍，宛如一铁面判官，他大声喝道："聂家市李氏，自明洪武年间落担以来，祖德绵长，历两朝四百余年，发阅无疆，男无偷盗，女无娼妓，官不贪墨，商以信立，读书明礼者众，寡廉鲜耻者少，称临湘望族，全凭族规有度，家法严明，今在下承蒙祖上恩典，宗亲拥戴，坐堂掌事。然，族人孝如，家教不严，钟氏教女无方，致女梦锦贱人淫邪不拘，成苟且之实，犯族规第某章某条。按家法，孝如、钟氏各杖责五十，梦锦贱人沉潭，以儆效尤！"

福贵公宣毕，几个族丁将孝如及钟氏拉上堂前，按在条凳上，就是一顿板子，扑打之声，如擂草靶一般闷响。

打罢，四个族丁又将病快快的梦锦拖上来，塞入竹猪笼，准备抬到祠堂前的聂水里去沉潭。

这时，只听到看客中，一位衣着有些破旧的年轻人大喝一声："住手，你们要把这位病人怎么搞？"

"什么病人？我们要把这个淫妇沉潭，你又不是聋子，你没听见？"一个族丁见是一个陌生男子，便讥骂道。

"什么淫妇？她就是一个病人！你们这是执的什么家法？一个病人你们不让她去诊病，却要将她沉潭，这世上还有道理没有？"那陌生男子挤到堂前，一挥手，即将四个族丁拔到一边，那四个族丁都是族庭里挑选出来的打手，身强力壮，怎把这个陌生青年放在眼里？他们一拥而上，举起法杖对着这年轻人一顿劈头盖脸地乱打，边打边骂："你莫不就是那奸夫？打！打死你这奸夫！"

可法杖落在陌生青年身上，就像落在石狮子上一样，法杖折成几截，而那青年却若无其事。

福贵公见半路杀出个石头做的人，先是吓了一跳，稍稍镇定了一下，指着那青年喝道："我们在这执行家法，你来搅什么局？你是什么人？"

那青年道："执家法也要先弄个青红皂白吧？一个病入膏肓的人，你们也不放过？"

"你怎么知道她是个病人？你看她那肚子，分明是个淫妇！"

"我是一个游方郎中，我当然知道她是个病人！"

那青年说罢，将梦锦从竹猪笼中扶出来，梦锦此时早已不省人事，气若游丝地瘫倒在地。青年伸出纤指，切入梦锦左脉，又切其右脉，神情如老和尚入定一般。此刻，整个祠堂内外，静得枯叶落地的声音都能听见。

大约半炷香的工夫，青年先是叹了口气，接着笑道："糊涂呀糊涂呀，一个处子之身，怎么就被骂成淫妇了呢？"

这一声，如一个炸雷，将整个祠堂震得一个哆嗦，堂外聚集的那些幸灾乐祸的公子哥儿们一阵哦呵喧天，族长福贵公气得站起来，指着青年的鼻子喝道："胡说八道，简直是一派胡言！这明明是临盆之身，怎变成了处子之身？"

孝如夫妇闻言，从条凳上挣扎着翻落地上爬到青年脚下，颤颤地说："先生，先生，您再说一遍，我女儿梦锦，到底是怎么回事？"

青年望着被打得血肉模糊的孝如夫妇，同情而坚定地说："我说了，你女儿还是处子之身！"

钟氏一听，竟然激动得晕了过去，孝如见状，抱着钟氏，老泪纵横，青年说："莫急，这是急气迷心，一会儿就好了。"他说罢，轻轻在钟氏的人中穴点了一下，钟氏便慢慢悠过一口气来。

福贵公见青年小露一手，即见效用，但对其所言还是不信，他说："我相信你是个江湖郎中，但江湖郎中的雕虫小技，我见得多了。你说这贱……这梦锦是处子之身，谁能证明？"

青年道："我和你赌一把，如果我错了，你们将我装入这猪笼沉潭，如果我说对了，你们立马放人，并赶紧帮她治病！"

福贵公道："那如何才能得知她是处子之身？"

青年道："请这乡里最好的接生婆来，再让她娘，还有族长您的夫人，三人去验身！你们几个，来，拿绳子把我的双手绑定，我自己坐进竹猪笼里等结果！"

四个族丁一听，又是一拥而上，有的绑手，有的绑脚，好像生怕青年跑了。绑定之后，他们又拿来竹猪笼，青年果然自己钻了进去。

接生婆和钟氏、福贵的老婆将梦锦扶进隔壁人家的厢房，不到半炷香的时间，就出来了，出来时，钟氏扶着女儿，悲喜交集，泣不成声。接生婆和福贵的老婆跑到福贵身边，接生婆伏在福贵耳边说："还真是个黄花姑娘！"

福贵听罢，一脸的尴尬，他先是走到竹猪笼边，向青年作了个揖说："多有得罪！你出来吧！"说过，又走到孝如身边，也作了个揖道："贤侄，我这也是……望贤侄多多担待，你们快快回家，请个好郎中，给梦锦诊病吧！"

孝如夫妇这时也计较不了那么多，爬到青年脚边，一边叩头一边千恩万谢，并恳求道："感谢神医的救命之恩，你可是小女的再生父母啊，古话说得好，救人救到底，不知小女得的是什么怪病，还望神医再救小女一命！"

青年说："悬壶济世，救人性命，自是我们当郎中的本分，你们快起来，将小姐扶回家去，我们再慢慢计议！"

一家人互相搀扶着回到家里，钟氏拖着伤痛的身子，又是泡茶，又是做饭，邻居几个妇女，平时受过孝如家接济的，也都到家里来帮忙做饭，招待这个年轻的游方郎中。

这个自称为游方郎中的年轻人姓张名平，字汗青，年方二十有四，从小跟父亲学草医，习武功，十八岁即离家游方，拜名师，寻秘方，年纪轻轻，医术了得，常于游方之途救人性命。

这次游方至此，无意中又救了梦锦一命。

说是救梦锦一命，其实也还只救了她半条命，另半条命还悬着呢！

吃罢中餐，孝如夫妇再提为女儿诊病之事，张郎中笑道："今天也折腾了半天，小姐本身是久病之身，气血已虚，这一折腾，已是气若游丝，若续还断，脉象更是弱若死水，我看还是先去弄点人参来，调养几天，待气血稍暖，我再给她认真诊察一遍吧！"

张郎中思索再三，开了一个有着起死回生之功的"独参汤"方子，交给孝如，并嘱一定要用产于高丽白头山的多头参。人参自古以来就是进补的首选药材，具有补五脏、安精神、定魂魄、正惊悸、除邪气、明目、开心、益智等奇特疗效。单用浓剂煎服，以求回阳固脱，补气摄血。

孝如一听，觉得张郎中言之有理，又加上救女心切，也顾不了自己的伤痛之身，非要亲自到陆城岐黄堂给女儿抓药。

药用三剂，梦锦气色大有好转，说话的声音也响亮了许多。张郎中说："明天早起，让梦锦起床后不要进食，巳时一刻，我为她复诊。"

第二天一大早，孝如一家三口早早起了床，钟氏拖着伤痛的身子为张郎中准备了丰盛的早餐，但张郎中只取白开水一杯，荞麦粑粑两个，简单地吃了，即在堂屋里静坐休息。时辰一到，在钟氏的引领下，来到梦锦的阁楼，移步床前，坐下，闭目开始为其把脉。孝如、钟氏恭立一边，大气都不敢出。

大约半炷香的时间，张郎中睁开微闭的眼睛，让梦锦伸出舌苔，细察之后，叹了口气。

一声叹息，让孝如吓得一个哆嗦，钟氏更是泪涌如注。

张郎中说："真是怪病，千古少有。这脉象，家父曾对我说起过，祖上传下的医书上也有记载。不想今天还真让我碰上了。"

听张郎中这样一说，一家人似乎又看到了希望，但却不敢轻言相问。张郎中接着说："小姐确有身孕，而且是个人痫！"

钟氏惊问："先生大前天不是说女儿还是处子之身，且已验证了的呀，怎么又说已有身孕呢？什么又是人痫呀？"

张郎中沉吟了一会，说："人痫为寄生胎之一种，在外为人面疮，在内则为人痫，古书中均有记载。我先给你们说几件怪事，再慢慢告诉你何为人痫。家父为了让我弄懂人痫之症，曾让我读一本《戒菴老人漫笔》的闲书，书载：前朝嘉靖四年，春正月二十六日，吴县孔方年五十四岁，晚行旷野，闻呼其名者数次，后每夜梦有一小儿在旁，逾月腹内忽有肉块，日渐长大，越二年，腹痛，谷道产一包，剖之，有男子小躯在内，身长一尺，发二寸。又观《二申野录》，书载前朝崇祯十五年，嘉定有一男子无家室，忽腹大面黄，人以为蛊，其邻夜闻呼唤声，生一男，将执以闻之官，其人抱儿逃去，不知所踪。两书所载男子怀孕的怪事，正如小姐处子之身怀孕如出一辙。腹大面黄，为其表象。所怀之子，并非其子，实为人痫，即寄生胎呀！你们不是说前些日子，请了岐黄堂黄先生、九如堂石先生给小姐诊察了病症吗？两位先生均是杏林高手啊！症瘕之说，不无道理，小姐确有身孕，且是死胎，死胎已成症瘕之兆。但他们只知其一，不知其二。小姐的身孕是与生俱来，也就是说，是从夫人您的腹中带来，那不是她的孩子，而是您的孩子，是她的同胞兄弟呀！在您怀胎之初，这个胎儿即进入小姐腹中，在发育之初即死，死胎在小姐腹中，历时十六年，今腹如鼓，是死胎骨成石而肉已腐，如不排出，小姐命休矣。"

经张郎中如此一说，孝如夫妇似乎懂了，但如何才能医得女儿的怪病，让他们心急火燎，巴不得张郎中妙手回春，一手将女儿的病从身上拈掉。

张郎中说："这个病可不是说治就能治的，得慢慢来，但你们也别太着急，如果你们信得过我一个江湖草药郎中，我不敢说包治，但十之五六还是没问题的。"

一听说有个五六分的把握，孝如夫妇如遇救星，未治病即已是千恩万谢。

张郎中又说："做郎中的，也只治得病，治不得命，这病能不能好，还得全靠小姐的命呀！"

孝如夫妇又连连称是，他们想，只要留得住张郎中，哪怕只一成的把握，也是女儿的命好！

张郎中给梦锦配的每一味药，都是他从大山里亲自采得的。其中有一味药，他找遍了龙窖山的每一个山头也没有找到，这可是治病的关键呀，缺了它，药效至少减了八成。他突然想起年少时父亲带他到药姑山中采过这味药，可这里离药姑山有百里之遥，且药又长在药姑山剪刀叉险峻的悬崖之上，非常危险。但为了救人性命，张郎中还是决定冒险前往。

张汗青进山三日，果然找到了这株奇药，他挖大留小，又顺便挖了一些八角莲、七叶一枝花、半枝莲、白花蛇舌草，回到聂家市时，已是第五天。五天未回，孝如夫妇还以为张汗青夸下海口，怕兑不了现而开溜了呢。见张汗青背了一篓草药回来，自是喜不自禁。

用人参吊了几天，梦锦的气色大有好转，脸上还有了一点红晕。晚上，张汗青再次给她把了脉后，根据病情，将药分门别类按比例配好，连夜煎了药汤，吩咐梦锦分三次喝下。

孝如疑虑地问："这些草药，真的能治好我女儿的病吗？"

张汗青爽朗地一笑，道："不说包好，但七成把握还是有的！"

见张郎中如此自信，孝如悬着的心也算放下了，他将一大罐药，让女儿分三口咕嘟咕嘟灌了下去。之后夫妻二人守在梦锦床前，寸步不敢离开。

张汗青千难万险采得的这味药，到底是一味什么药？又有何来历？这味药，在其先祖张仲景的《伤寒杂病论》中有记载，后李时珍的《本草纲目》中又有详细描述，汗青的父亲在讲到人痫之症时，提到过它，并讲述了他偶得这味药的一个奇异的故事。

咸丰二年，汗青的父亲到药姑山采药，打住在一户山民家里，老两口有一独子，他们为儿子娶了一个漂亮媳妇。谁知新娘一过门家里就发生了一件怪事——原来家中每日必产一蛋的老母鸡再也不下蛋了。开始家里人以为是鸡下蛋时间久了，该"歇歇"了。谁知连等了半个多月也没见个蛋的影子。有喜欢扯是非的人便说是新媳妇带来了晦气。

新媳妇听到这些，心里不是滋味，越想心里越委屈，一时想不开，从山边采了一大把黄连，连叶带枝嚼吃，一命呜呼了。

新娶的媳妇寻了短见，一家人哭得呼天抢地，刚好张郎中采药归来，见这情景，急急地从背篓里找出几味药，捣了汁，从新媳妇的鼻孔里灌了进去，不到半个时辰，新媳妇一阵狂吐后，竟慢慢悠过一口气来。

汗青的父亲问清原委，觉得事情古怪，便要新媳妇留意母鸡的举动。母鸡每天吃食不减少，一到中午还是要进鸡窝，过一会出来叫个不停，好像下过蛋一般，只是等人过去窝里空空如也。下蛋的窝就在新媳妇睡的窗外，于是她便用舌尖舔破窗纸以窥这鸡究竟捣了什么鬼。

中午鸡又进窝，一会工夫，只见它使足劲两膀子夹紧一憋，一颗又白又大的蛋便"骨碌"一下从屁股里产出。原来鸡是下蛋的！新媳妇心中一喜，刚要去收，突然发现那蛋"忽"地转了一下，接着一点点地向旁边移动！她以为是自己看花了眼，再向蛋去的方向一望，可把她吓坏了，只见窝内墙角处洞里一条擀面杖粗的白花蛇正探出半截身子，张着血红的口吸那蛋呢！

新媳妇吓了得动也不敢动，闭住气，看着那蛋被蛇一口吞下，顿时蛇身鼓起一个大圆疙瘩。

"咦，这疙瘩比洞还粗，它怎么能退回去呢？"新娘正狐疑，只见那蛇猛一缩身子，"砰"的一下将肚里的蛋正好在洞口上撞碎，疙瘩不见了，蛇"嗖"的一声缩得无影无踪。

"原来是这回事！"新媳妇心里有了底，觉得自己的冤屈终于可以昭雪了，便把看到的情况告诉了汗青的父亲，那个借住在家里的草药郎中。

汗青的父亲决心要治治这蛇，先找来一个鸡蛋，又从河滩上找来一块圆石头，再把石头磨成蛋形，把那蛋的皮贴到石蛋上，一只和真蛋外表一模一样的假蛋便制作成功。

中午老母鸡又下蛋了，母鸡刚一离窝，汗青的父亲立刻收了那刚下的蛋，把假蛋放在窝里，自己则躲在一旁看蛇的举动。

蛇听到鸡叫又从洞里探出身子，没费多大劲便将石蛋吸了过去吞在腹中，像往常一样，想借洞口把那蛋磕破，可连缩好几次也磕不破。汗青的父亲暗暗发笑：这回叫你好吃难消化！看你怎么回得去！

蛇缩不回洞，只好钻出来，从鸡窝爬到院子里，来到井边石榴树下，把身子紧缠在石榴树上，使劲勒那蛋。勒了半天，肚子仍然圆鼓如初。汗青的父亲正暗自得意，蛇又使出了新招——从树上下了地，身子一曲，躬着腰把蛋举得老高，"叭"地猛一下摔在地，汗青的父亲一看更乐了，"这回知道蛋的滋味了吧？准够疼的！"

蛇在地上摔了好一阵，蛋依然未破，便向院子外爬去。

"不好，这家伙要逃！"汗青的父亲摸了把采药的镢头，跟着蛇便走，他要看看这蛇如何解决肚子的问题。蛇这时已筋疲力尽爬得很慢了，它爬过村庄，爬过农田，爬到山坡上，在一块大岩石旁一窝草前停下来，把那草咬了一截吞下肚去。

"这家伙想是疯了，竟吃起草来！"汗青的父亲正这么想着，谁知这蛇竟躺在大岩石旁边盘起身子睡觉了。汗青的父亲想，看你能折腾多久，可草下蛇肚不到一个时辰，那蛇又慢慢地散了盘，肚子里的大圆疙瘩却不见了！那蛇似乎也因为吃草恢复了元气，"嗖嗖"几下子钻到草丛深处再无踪影。

"呀，好厉害的草！连石头都能化了！"汗青的父亲本来只想治治蛇，凭兴趣看蛇怎么解决肚子里的石头疙瘩，不意这世界上还真能有化开石头疙瘩的草呢！

汗青的父亲见这草如此厉害，遂不再管蛇，走到草跟前，把草捧在手上仔细看了一回，暗想："这不是本草纲目上所载的化骨莲吗？"

那草是单茎一根，连根带梢子都有，汗青的父亲忙从竹篓中取出祖上传给他的药书，与书中画图一对比，虽说和图上的草不一样，倒有几分相近，很高兴，忙找出尺子一量，哈，三十六寸半！与书中所记完全吻合，于是大喜。三十六是个神秘的数字，在中国古文化中是天罡之数。在先天八卦中，乾数一与坤数八合为九，兑数二为与艮数七合为九，离数三与坎数六合为九，震数四与巽数五合为九，四九三十六，这是先天八卦总数。且乾阳三画与坤阴六画合为九，兑四画与艮五画合为九，离四画与坎五画合为九，震五画与巽四画合为九，四九也是三十六。八卦相荡成六十四卦，除了乾、坤、坎、离、颐、中孚、大过、小过八卦反复不变外，其余五十六卦都是由一卦反复颠倒变成二卦，实际上只有二十八卦，二十八卦加上乾坤等不变的八卦合起来也是三十六卦！故宋代著名易学家邵雍曾有诗写道："用九见群龙，首能出庶物。用六利永真，因乾以为利。四象以九成，遂为三十六。"又说："乾逢巽时观月窟，地逢雷处看天根。天根月窟闲来往，三十六宫都是春。"不仅如此，关于天罡指的是什么也是非常神秘的。有人以为天罡是指北斗七星或者是北斗的柄，其实不然，道家有诗云："月月常加戌，时时见破军，破军前一位，世人不可知。"这才是天罡定位的真法诀。也就是说，天罡是一颗星，而这颗星是隐藏在北斗七星之中，如何确定这颗星的位置，有一种计算的方法。

星就是星，为什么会有计算方法呢？这是对古代修炼人而言的。道家练功时，要对准天罡所在的方位去练。而时间是在不断变化的，天罡既是星斗，其位置也就会随着时间的变化而变化，那么如何随时随地确定天罡的位置呢？用的就是上面的这个方法。汗青的父亲从小习武又练气功，深知这"三十六"的数字绝非平凡，心中那个高兴劲就别提了。他将那草做成三十六粒药丸，以备用。

药是有了，给谁用？谁敢用？汗青的父亲决定自己亲自试药。他先买了五斤肉，先是煮熟了饱嚼一顿，直到肉吃不动为止。第二天又买来五斤肉，这次是生吃，第三天亦然，直到自己见了肉连闻也不愿闻，肚子鼓鼓的，连着好几天什么也不想吃，整天趴着睡觉。汗青的父亲这才取了一丸药，用水灌下去。第二天，身体便恢复如初，想吃东西了。

"好东西！"汗青的父亲不仅救了新媳妇一命，为新媳妇解除了冤屈，还发现了一味新药，自是喜欢得不得了：一是这小小的药丸看来没有什么危险，二是肯定有一些疗效。

又一日，东家老汉不知何故胸堵心闷，腹胀难耐，挨了数日，越发吃不下东西，肚子胀得鼓似的，坐也不是，躺也不是，难受得要命。就向汗青的父亲求药，汗青的父亲见老东家鼓胀的肚子，心中不由一动：既然石头都化得了，人心里堵得如此，何不用新得的药试一下药效呢，于是取出一粒药丸，泡了一碗水让他喝下。水一下肚，只听到一阵咕噜之声，一股气"忽"地直从喉咙贯通到肚子里，顿时觉得气息上下通畅，有一种说不出的舒服，人立时精神了许多，老东家赶快叫老伴端来一碗面条，呼呼噜噜吞下肚去，数日顽疾竟然痊愈！

后来，又有几个得了"鼓症"肚子胀得老大的人到汗青的父亲这里求医，他以新药泡水治之，无不神效。又有得了"噎食"症的，连口汤也喝不下去，求得一粒药丸，吃后居然"噎食"不噎了，面条饺子都能吃。

此后，汗青的父亲将此药用于一切鼓胀症瘕，无不神效。

后来父亲又亲自带汗青数上药姑山采得这味奇药。所以他第一眼看到梦锦的肚子，脑中一闪，便出现了父亲所说的场景。他觉得，用这味药加味，辅之以八角莲、七叶一枝花、白花蛇舌草等，以开胸利气通水化痞，进行辨证施治，应该能治好梦锦所患的人痫之症。

采得奇药，配好良方，煎好药汤，几个疗程，梦锦的病应无大碍，劳累了数日，张汗青回到住处，便倒头放心睡去。

这边安卧，可梦锦的阁楼之上，却出了大事。

不喝还好，这一喝，不到半夜时分，梦锦忽觉腹痛难忍，全身抽搐，虚汗淋漓，吐的是黑臭的污秽，泻的更是发黑的血块，小便失禁，下身流出的也是酱油般的黑水，人已是几近昏瘀。

孝如和钟氏见状，吓得要死，将张汗青从偏屋中叫起，大呼救命。张汗青急急忙忙来到梦如的小阁楼，闻到满楼的腥臭，又见梦锦面如死灰，气息奄奄，也是大吃一惊。再弯下身子为其把脉，脉息已是非常微弱。"坏了，用药过量，草药中毒了！"张汗青大叫一声，几乎跌倒在地。原来，张汗青要梦锦将药分三次喝下，是要她一天三餐分喝，没想到梦锦听错了，竟是分为三口，一餐喝下了整天的药。

汗青急忙奔回偏屋，从药篓中找来甘草等解毒之药，跌跌撞撞爬上阁楼时，楼上已是一遍号哭之声。

张汗青叫一声苦，忙用手去探梦锦鼻息时，已无丁点出气，又切其左脉，也无半点动静。汗青急忙用食指连点人中、虎口、涌泉等穴，也不见任何反应。汗青知道自己闯下大祸了，这是他从八岁起跟随家父闯荡江湖起从未碰到过的事，他长叹一声，跌坐在地上，不知所措。

李氏绸缎店的哭喊之声，惊起了邻里，有人得知那个夸下海口的江湖郎中张汗青将孝如家的千金梦锦治死了，立马到族长福贵公家报了案。福贵公本来对这个江湖郎中在族人面前，大庭广众之中丢了他的面子耿耿于怀，忽听到梦锦竟被他治死了，心中大快，他骨碌一下从床上爬起来，穿戴完毕，将几个族丁叫起，又吩咐将族里掌事的几个人喊起来，提着灯笼，进了李氏绸缎店。

福贵公也上了阁楼，问了孝如情况，大怒道："这还了得，一个江湖郎中，骗吃骗喝也就算了，竟然草菅人命，将一个活生生的娃给治死了！这可是杀人呀！自古以来，杀人偿命，还不快快将这江湖骗子绑起来！"

几个族丁一听，正好报那日之仇，便蜂拥而上，一顿拳打脚踢之后，将张汗青绑了个严严实实后，又几脚将他从阁楼上踢落在楼梯上，从楼上滚落楼下。接着将他拖到祠堂，一根绳子将他吊在屋梁上。

李氏绸缎店的独生女儿过世，孝如夫妇悲痛欲绝，早无了主张，因为是未出阁的闺女，只能按夭折的小孩处理，要连夜埋掉的。族长福贵公自然要做主按规办事，但孝如无论如何也不同意福贵公的安排，说如果连夜将女儿埋了，就一头撞死在祠堂祖宗的牌位前。几经哀告，又私下给福贵公和几个掌事的一点打点，福贵公和几个掌事的商量后，考虑到孝如再也没有后人，便同意在家办两日丧事。

对于这个江湖郎中的处理，自然是杀人偿命，族规中有一条，对本族男丁作奸犯科、偷盗抢劫的，一律活埋。虽然这个江湖骗子不是族中之人，但犯了族中之罪，理应按本族族规处理，予以活埋。

梦锦的丧事办了两天，张汗青也被吊着打了两天。

这天，这边梦锦被抬到李孝如自家的山坡上，准备下葬，那边，几个族丁则在山下聂水边的河洲上挖了个坑，将张汗青推进坑中，一锄一锄地盖土。张汗青自知自己一死难逃，也就闭着眼，任沙土铺头盖脸地将自己淹埋。眼看沙土快要齐脖子的时候，山坡上突然传来孝如的大吼："快住手！不能埋了呀！不能埋！"

孝如一边喊，一边疯了般往河洲上狂奔。

原来，当梦锦的棺木正准备下葬时，扒在棺木上哭得死去活来的钟氏突然听到棺木里传来女儿梦锦的喊声，钟氏一听，又惊又吓，止住哭声，再次听到棺木中传来咚咚的擂打棺壁的声音。便大叫道："女儿活啦！梦锦活啦！快快开棺救我女儿！"

大伙也似乎确实听到了棺木中的动静。于是赶紧将棺木盖上的码钉撬掉，推开棺盖，梦锦竟真的大哭着从棺材中坐了起来。

孝如和钟氏见女儿真的活了，忙七手八脚地将她从棺材中扶出来，一家人抱头痛哭。

这时不知是谁咕噜了一句："这个活了，那个只怕是死了！"

这一说，让孝如突然惊醒，忙丢下女儿，连滚带爬地奔河洲救那正被活埋的江湖郎中张汗青。

两条人命，生死一瞬。

奇事，怪事，稀奇古怪的事！偏偏发生了！

死里逃生的两家人，准确地说是一家半人，成了生死相依的不可或缺的一个整体。如果梦锦死了，张汗青是肯定得偿命，如果张汗青死了，这梦锦也是死路一条。因为从棺材里爬出来的梦锦，虽然转过了一口气，但全身上下除了骨头，便只剩下一张皮，如鼓的肚子，也成了一张皱巴巴瘪塌塌的袋子。整个生命就如秋夜里的一丁豆油灯，随时可能熄灭。

游方郎中张汗青就这样，在聂家市住了下来。他除了给梦锦治病之外，天晴就到近处的龙窖山采药，天雨就给方圆十几里的人治病。因为有绸缎店李孝如老板供吃供住，张郎中给人治病，从不收钱，那些富裕人家，一定要给些药资，就随便将些铜钱丢到张郎中挂在晾衣竿上的药筐里。张郎中也有时到百里之外的药姑山去采些珍贵的草药，一般若是五天十天未回，一定是某一味药难得找到，在山上耽误了时间。

孝如夫妇的皮肉之伤，自不在话下。经过张郎中汗青的精心治疗，梦锦的气色一日好似一日，不出半年，瘦如干柴的身子也慢慢丰润起来。

三月三，按临湘旧俗，是少男少女们踏青的日子，也是道教神仙真武大帝的寿诞。同治十三年三月三日这一天，龙窖山仙人殿热闹非凡。因为梦锦大病已愈，又是春光明媚，正是春心荡漾的梦锦，一大早就嚷着要去龙窖山看热闹。李孝如一听，也正有这个想法，一来想到祖师爷面前还个愿，感谢老天保佑一家人逢凶化吉。二来今天正好是女儿十八岁生日，两年来一直把她关在家里没出过门，正好一家人出去散散心。三来也趁机给女儿抽个签卜上一卦，查查平安问问婚姻。因此，女儿一提，他立马答应了。

自聂家市往龙窖山，一路上人群熙攘，沿途风光自是不用说。从山脚到仙人殿三千多步石级，大病初愈的梦锦竟然没有歇脚，这让孝如更是喜欢。来到仙人殿，孝如烧了三炷高香，又到功德箱前捐了灯油钱，便让梦锦向真武大帝求得一签，第贰拾壹签，是支上上签，签文如下："婚姻，大吉。男过弱冠女及笄，前世姻缘今世催，此际好趁琴瑟鼓，莫错良辰与吉期。"梦锦是识文断字的，一看，脸上顿飞红霞。她将签递给父亲，便有些娇羞地往一边走，这时道长道："施主留步，老道再为你卜上一卦如何？"

孝如看了女儿的上上签，当然高兴，便要女儿再占一卦。只见梦锦闭上眼，深吸一口气，再按道长的要求一遍一遍地丢竹根卦。

道长见卦象，微笑道："好卦，好卦！雷风恒，巽下、震上，安足之象也。再加上六爻，上时，婚姻已启，夫婿不为良相，定为良医。相交前期虽有些波折，但终成正果。只可惜此人命不藏财，飘萍难定，多风霜之苦，祖上寿浅，若敛性藏锋，犹可破之，且名扬四海。"

梦锦一听不为良相定为良医，脸上再次飞起霞霓。其实，梦锦的心早有所属，在大半年的病养之际，她不可抑制地爱上了那个曾为她搏命的江湖郎中，只是不知他是否已有家眷，又加上自己是个病人，即使情窦已开，也不敢有所表露，今经道长一说，立马心如撞鹿。

孝如夫妇自是知道女儿的心事，同时自己也心仪于这个性格耿直、德医双馨的年轻郎中，早有招郎入赘的想法，没想到今日之卦，竟有如此之神，心中不胜感慨！

回到家里，孝如本想直接与汗青提亲，踌躇再三，还是觉得不妥，于是暂且放下，等待时机。

一日，临湘桃林秀才吴獬先生之母病重，请九如堂石先生前往出诊而归，经过聂家市，突然记起李氏绸缎店孝如的千金所得症瘕之症，估计已不在人世，便下轿探听，孝如见石先生来访，忙将其让进店内歇脚吃茶。石先生刚刚坐定，未及探问，孝如却大声喊："梦锦，家里来了贵客，快泡盅茶来。"喊声刚落，只见梦锦迈动纤步，奉上热茶，笑意盈盈。石先生以为听错，忙问："这个妹佗是……"孝如说："就是在下小女梦锦呀，去年先生还为她诊过病的。"石先生一听，大惊，忙起身问其详尽，孝如将游方郎中张汗青及救他女儿一命的事说了一遍，石先生有点不相信自己的眼睛，请求孝如让他再为梦锦切一次脉。孝如正有此意，想知道女儿的病症好了几成。

吃过茶，石先生为梦锦切脉，切过脉，又说："能否让我摸一下小姐的肚子？"孝如虽知道男女授受不亲的道理，但郎中是为诊病，摸摸也无妨，便爽快地应允。石先生摸了一会，连叹："奇了！怪了！世上竟有如此圣手，在下惭愧得很！"

孝如问石先生女儿状况，石先生却说："不知那个张先生现在何处？能否容我见他一面？"

孝如见石先生没有回答他的问题，却急于见张郎中，知道汗青果然非同凡响，便说："张郎中到药姑山采药去了，估计得一七才能回来。"

石先生这才说："恭喜你家千金，大病已好了八成，再无大碍了。等张先生回来，你就说一七之后岳州九如堂石某定当登门拜访求教！"

"先生如此器重，定当面告。我也有一事想求于先生，不知该说不该说。"孝如道。

"你只管说。只要能办到，绝不吝力。"石先生说。

孝如于是将三月三在龙窖山仙人殿抽签问卦一事对石先生讲起，又说出想招汗青为郎的想法，想请石先生当回月老。

石先生一听，大笑道："这可是真正的天作之合呀，古人云，说合一桩婚，胜诵十年经，这个媒我是做定了。"

说罢一步三叹走出堂屋，登上轿子离去了。

石先生离去第二天，张汗青即采药而归，为梦锦配好调理之药后，本要再次出游的，听孝如说起石先生来访，他正有访问名师之心，不想先生竟亲自登门，自然是喜不自禁，于是将行期推后，专等先生。

不到一七，石先生再至聂家市，与汗青一见如故，秉烛夜谈，医理医道，颇为相近，于是无话不谈。

石先生问及汗青家世，论及医理，疑问道："老弟莫不是东汉张公仲景祖师的后人？"

汗青叹道："祖上私传，仲景公正是先祖，仲景公牧守长沙，遗我一脉，到我太祖以下，均为单传，且寿不过甲子。据说，家学传承，世代只传男不传女，如有违背，必应'单脉相承，祖不见孙'的诅咒。可我太祖不信这，将医术传与外姓之人，故魔咒应在子孙身上。我们近三代为了摆脱此魔，成年之后必定离家远避，躲开祖孙相见，遂成世代江湖游医。"

石先生一听，心中一惊，暗暗称巧。他从小也曾听父亲说起过祖上曾师承张仲景后人，以致师父犯了祖上毒咒。莫不是就是汗青所说？如果真是这样，自己与这个小兄弟还可谓师兄弟了。这样一思忖，心里便与汗青更近了一层，便要认汗青为异姓兄弟。这一对年龄相差一个花甲的郎中，在一座借居的屋檐下，指灯为誓，结了金兰之谊。

石先生又问及其婚姻之事，张汗青说尚未成婚。于是，石先生将孝如所托之事和盘托出。

张汗青沉吟片刻，心想，难怪这个梦锦，以往见了自己，总有问不完的稀奇古怪的问题，每一样药，也爱问个端详，药长在什么地方，有什么功效。可这次采药回来，不仅不再问东问西，还一见面就无缘无故面红耳赤，躲到阁楼上不下来。原来是有了这样一段心思，她才羞于与自己答话。汗青这样想着，不禁一笑，一口应承下来。

其实，汗青也早已心仪于梦锦，只是因为梦锦是自己的病人，向病人求婚，有乘人之危的嫌疑，出于医德，汗青不曾言及这事，只是全心为梦锦治病。

有了媒妁之言，又有父母之命，岂能误了这一场好姻缘？游方郎中张汗青与李氏绸缎店老板的独生女梦锦结下了百年之好，成就了一段千古奇缘。

第二章　少年天才

当梦锦瘪着肚子的时候，聂家市一街的人都在疑问，这女子还能生养吗？甚至连孝如夫妇都心存忐忑。

当梦锦的肚子慢慢长大，渐渐出怀显形的时候，大伙又在担心，不会是旧病复发了吧？还有人街传巷议，李家的梦锦这回不仅是旧病复发，还又怀了个怪胎。有的人还以看布料为借口，特意跑到李氏绸缎店打探消息。如果那几天没见张郎中，就传得更奇了，说张郎中为给梦锦治病，又到药姑山找药去了。传得多了，怪就更多，有些话传到钟氏耳朵里时，已是有模有样，有板有眼，甚至成了张郎中喝醉了酒说出来的话，虽然张郎中从来不喝酒。

钟氏一听，立马心慌意乱，吓得要死。她问了女儿又问汗青，他们都只是笑而不答，这让钟氏既放心又不放心，成天唉声叹气。

直到公元一八七五年二月二十日卯时上刻，随着一声高亢的啼哭，才让这个荒诞不经的传闻不攻自破。

李氏绸缎店添了个大胖外孙子，江湖郎中张汗青与绸缎店的千金梦锦生了个有鼻有眼、全手全脚、白白胖胖的大小子。

这一天，李氏绸缎店可谓是喜气冲天，阴晦了几年的日子，终于阳光明媚，天还没亮，孝如就在门口扯起了几十挂千子鞭，摆上八杆连声铳，将聂家市老街直炸得瓦片瑟瑟，紫烟盖顶。

聂家市毕竟是个小地方，正当李氏绸缎店里为喜添人丁而喜气洋洋的时候。紫禁城里也正在举行一个盛大的仪式。这一天，四岁的光绪小皇帝正在几个老臣和太监的扶持下，迈着与年龄极不相称的脚步，好奇而忐忑地爬上太和殿的龙椅，在椅子后面的一双鹰眼的瞪视下，宣布登基了。

这一年二月，年号由同治十四年改为光绪元年。

光绪登基与李氏绸缎店本没有任何联系，最多只是个时间的巧合，但二十多年后，一桩与光绪皇帝有关的天大的事件，却差一点与这个小子扯上了关系。

这个胖小子刚刚落地，便一声不吭地伸出肉嘟嘟的小手，紧紧拽住接生婆的前襟不肯松手，将接生婆着实吓了一跳。

"是男是女？"梦锦小声地问接生婆，接生婆还未开口，汗青就叹口气说："是个伢崽！"

似乎是汗青的一声叹息，让他心中不满，这个胖小子，将小手一松，发出一声惊人的啼哭。

汗青之所以叹息，并不是不喜欢男孩，张家的祖传医术，一直是传男不传女，如果没有男孩，岂不是要失传了吗？但张家还有一个秘闻：祖不见孙。一旦孙子出世，祖父定然已不在人世。虽然汗青出门游医，本就是为了躲开这个毒咒，但他知道，这个方式的祖不见孙，只是几辈人自己掩耳盗铃，寻求心灵安慰罢了。他回忆起父亲从小带着自己四处漂泊，悬壶济世，不问贫贱，不问富贵，一把草药救苍生，汗青十八岁那年，为了儿子能独立于世，成家立业，竟然不辞而别，从此音信杳无，竟不知老父何处埋荒冢……他这样一想，竟忍不住流下一行清泪。

湘北地区有洗三朝的习俗，出生第三天，要用艾叶、新鲜桃枝、桑枝、梅枝丹参等熬制汤剂，给小孩洗个澡，使药物透过皮肤、穴位等直接进入经络、血脉，分布全身，以达疏通腠理，发表达邪，补益脏腑，平衡阴阳，调和气血。同时族人在这一天都要带上粥米、红鸡蛋到家里看望小孩和月母（产妇），由族中长者为其赐名。

汗青与梦锦的婚姻虽说完全体现了父母之命媒妁之言的程序，且就入住在李氏绸缎店，但张汗青并未作入赘李家的承诺，更未通过族庭举办入赘之礼。所以三朝之日，贺喜者不少，但族中长者并未送贺，赐名之事更不用提及。

当孝如与汗青商量为孩子取名时，首先摆在面前的是姓氏问题。孝如认为，李家只有一个独生女，汗青虽未正式入赘，但住在李家，即已成入赘之实，所以所添之丁理应姓李。汗青平时对于岳父大人的话，还是比较听从的，但碰到关键问题，还是很有自己的主见，他笑着对岳父大人说："父亲所言不无道理，但如果是您觉得我和梦锦住了您家房子，吃了您家饭菜，我立即搬出去住就是。至于孩子的姓氏，我看还是慢慢从长计议。我们张氏从医数十代，对于祖上医术从来是传男不传女，传内不传外，如果孩子改了别姓，我这祖传医术到我这代可就要失传了。我想，让孩子稍稍长大，如果缺少悬壶济世的天分与品性，无法继承我家渊源，那我决不在乎一姓一氏。"

听汗青这样一说，李孝如沉默了。李孝如既不是个特别自私的人，也不是一个不讲道理的人，他觉得姓氏血脉传承固然重要，但道理情谊更重要，汗青为女儿舍生忘死，实乃再造之恩，没有汗青即没有女儿的今日，何来姓氏血脉的传承？于是他爽朗一笑："我也只是一说，孙子便随了张姓吧，这是他应有的姓氏。那么给这小子起个什么名呢？"

汗青对于岳父的开明，心中含有一份歉疚，但更多的是敬意，他说："父亲您饱读诗书，又见多识广，您就给孩子取个名吧。"

李孝如沉吟片刻，说："就叫元乔吧，一是时序才至二月，乃一年之元，一年之初；二是小家伙是你们张家的第一个长孙，也是我李家的第一个外孙，是老大，可谓张李两家之元，初生之苗，望今后还能有二，有三，有四，有五，发阅无疆。同时也希望小家伙能成人中之乔木。你看如何？"

汗青一听，非常喜欢，他给岳父揖了一躬，说："父亲真是考虑周全，这个名字含义深远，中医认为，元乃是人的根本，元气足，则精气神充盈，您看元乔这孩子刚刚出生，就哭声洪亮，眼明手快，出生之初即元气充盈之象呀！好名，就叫元乔吧！"

其实，元乔之名，还暗合了与光绪登基之日出生，年号为光绪元年这层意义。这是光绪登基半年之后，九如堂名医石先生与临湘秀才吴獬先生来访时，听了汗青介绍儿子元乔之名来由时，带来的信息。当时三人一听，连连称奇，说世上还有这等巧合之事，这小子今后必然不是凡人。汗青趁机又让吴獬先生给儿子赐个字，吴先生沉吟了一会，说："元，乃起始之意，万物之始，都有上升之势，乔木，更是向上，直指云天，此子又是家中长子，就取个'伯升'的字吧。"

因为元乔没有跟着孝如姓李，汗青也不好意思长住在岳父家里，便征求了岳父母及妻子梦锦的意见，请砖瓦匠挨着李氏绸缎店搭个偏屋，自己写了个招牌："张氏草医"。

张氏草医算是在聂家市街上正式立了脚。

不是凡人的胖小子张元乔还真是不众不同。自从出生时发出一声惊人的啼哭，一直到周岁这一天，就从来不哭不笑，每天除了吃奶睡觉，就张着个招风耳，只要听到哪里风吹草动，就把头转过去，碰到有人逗他说话，他便将目光盯着你的嘴唇，一动不动，直到说话的人不好意思将嘴巴闭上。

而今，每一个女人都是一厢情愿地将自己的孩子看成是神童，从出生之日起便和他说话，给他背诵古诗，给他听音乐。不要看梦锦是个古人，她比任何现代女人都不缺乏早教思想，梦锦不仅识文断字，还打得一手好算盘，所以她的早教方法自然就少不了给元乔念《三字经》，念《弟子规》，还给他打算盘，将几粒算珠拨得啪啪啪优美动听。可小家伙除了竖起耳朵听，就是用手去抓、去抢，抢到算盘后便使劲往地上扒拉。从不像其他小孩一样以笑表示喜欢，用哭表示抗议，也不像其他小孩一样跟着咿咿呀呀。

一天，梦锦实在忍不住了，小声问汗青："你看元乔也这么大了，从来不哼不哈的，莫不是个哑巴吧？或者是个傻子吧？"她这样一问，汗青没说什么，但心里确实不安。

其实，汗青也一直在考虑这个问题，他通过观察发现，这孩子智力倒没什么特别反常的表现，但语言表达却还真是个问题。可一想，小孩子两三岁才开始说话的也有，也许元乔就是语言发育迟缓了一点吧。

为了安慰梦锦，他还是装模作样地给元乔测试了一遍，然后说："没什么大碍呀，说话迟一点也不是坏事呢！"于是，他还给梦锦讲了道听途说的三岁才说话后来成了大人物的一些小孩的故事。

对于小孩子，除了洗三朝，湘北地区还有一个抓周的习俗。即满周岁这一天，将小孩放在簸箕里，再在簸箕四个方向放四样东西，如果小孩用手抓到哪样东西，就说明小孩今后会从什么业吃什么饭。当然，每一个做父母的都希望自己的小孩长大了走读书当官的路，或者发财大富大贵。所以有两样东西是必不可少的，一是一支笔，二是一个铜钱。另外两样，就是各不相同了。当然，有的穷人家的孩子有抓到笔、抓到钱，最终也没读书当官发大财。

元乔周岁这一天，孝如一家也和世人一样，在堂屋里摆周。首先是在常屋正中摆好簸箕，再在簸箕四个方向摆了四样东西：毛笔、铜钱、一块绸缎、一枝甘草。绸缎是孝如准备的，他想，小孩子即使不当官发财，长大了能继承李氏家业，开个绸缎店也一辈子吃穿不愁呀。甘草当然是汪青准备的，他自然希望元乔长大了当个郎中，将祖上传下来的医术发扬光大。

梦锦将小元乔放在簸箕中央，招呼着梦锦抓东西，梦锦有意将小家伙面对毛笔，希望他能首选读书当官，可不管梦锦怎样诱导，他坐在那里，脑袋转来转去，就是不为所动。钟氏见状，又将小元乔转个方向，让他面对铜钱，可他仍然木无表情，不说抓，就连看一眼的兴趣都没有。这时，孝如心中暗想，这小子到底继承了我们李家的血脉，于是亲自出马，招呼他抓绸缎，可小元乔照旧不为所动。孝如就差一点将那截绸缎塞进元乔的手里了，可元乔迅速转过身子，向那一小截甘草爬过去。这时，张汪青有些得意了，看来，子承父业还是有望的。可没想到，小元乔并没有去抓那截甘草，而是直接爬出了簸箕，爬向蹲在一边的梦锦，掀开梦锦的衣襟，抓住梦锦的乳房就往嘴里塞。他这一举动，弄得梦锦措手不及，全场的人则被这个小吃货惹得哄堂大笑，这一笑，让梦锦羞得满脸通红。

元乔抓周，很快在聂家市街上成为人们茶余饭后的笑谈，有人说，张郎中家的元乔，长大了一定是个吃货，看来是一代不如一代了。有人说，张郎中家的元乔，这辈子怕是少不了女人那个东西了，那可是个败家的好门道。还有一些不正经的则专拿梦锦的两个奶子说事，说是从来没见过有那么漂亮的奶子，如果能吃上一口，就是死也值得。慢慢地，"元乔抓周"便成了聂家市的一句俗语，大凡对意想不到的事、对令人失望的事，都会来一句"你这人真是元乔抓周"。

孝如一大家子，当然也对元乔表示失望。

时光总是不经用，一眨眼元乔已是三岁了，可这两年中，元乔除了长个子，除了学会了满街乱跑，还是不开口说话，连哭笑也很少发现。一开始，梦锦还不厌其烦地教他喊爸爸妈妈，喊阿公阿婆，教他背唐诗宋词，教他《三字经》《弟子规》，可那小子是油盐不进，梦锦慢慢也就放弃了，成天让他跟着父亲汗青转。有时汗青到小山上采药，他也要像个跟屁虫一样跟着，汗青晒药、裁药、碾药、配药，他也爱跟着捣乱，不是将晒在高处的簸箕弄翻，就是将碾槽里的药粉抓一把往嘴里塞。有一次，一位邻村的老头被蛇咬了，汗青将八角莲碾末后调成糊糊帮病人外敷，一转眼，小元乔抓起一把剩下的药末就往口里塞，八角莲是毒性很重的一味药，特别是生药毒性重，治蛇伤是以毒攻毒。小元乔误食后，差一点出了大事。

汗青暗暗叹息，这小子如此与药无缘，又如此懵懂，看来张家真的是后继无人了。从此，汗青再也不敢将他带在身边。

孝如与钟氏也常常对元乔的表现唉声叹气，说梦锦被汗青的草药吃坏了，生了个傻儿子。

汗青和梦锦虽然不承认儿子傻，但对他的怪异，也非常着急，甚至在心里也默认了儿子的憨气。汗青有时还想请义兄石先生来给他看看，到底问题出在哪里。

一天中午，族长福贵公上茅房，刚蹲下，只觉屁股突然像被鞭子抽了一下，他一个蹦子从大王桶上蹦下来，回头一望，见一条吹火筒大的土背蛇正望着他吐着红红的信子，他大叫一声："我的个娘呃，要命了！"他说着，一手提着裤子，一手捂着屁股，就往张汗青的草药铺子跑，边跑边喊汗青贤侄快救命。

汗青问明了情况，知道福贵公是被一种土名叫"土背蛇"的蝮蛇咬伤了，蝮蛇是一种以血液中毒为主的血液、神经混合中毒。以八角莲外敷，再以半边莲、半枝莲、白花蛇舌草煎水虑尿排毒，治疗效果较好。

汗青先帮福贵公清理伤口，再到药架上找药，可就是找不到主药八角莲。这时，他突然听到一声响亮而稚嫩的声音："八角莲。"

汗青吓了一跳，他四周望了望，不知声音从什么地方发出。

"八——角——莲——！"那声音再次蹦进汗青的耳朵，他感觉声音就从脚边发出来，他低头一看，再次吓一跳，只见元乔手上拿着一把八角莲，正要递给汗青。

"元乔，是你在说八角莲吗？"汗青有点不相信自己的耳朵与眼睛。

"八——角——莲——"三个字真真切切是从元乔嘴里发出的，汗青欣喜若狂，他忘记了病人福贵公还光着屁股趴在床上等他上药，抱起元乔就往外跑，边跑边喊："元乔会说话啦！咱家元乔会说话啦！"

一家人一听，都有些不相信，纷纷跑出来，要元乔说话，可元乔扒在汗青的肩上，却是一声不吭。

汗青将元乔放在地上，拿着八角莲问元乔："告诉爸爸，这是什么？"

元乔还是不作声。汗青说："你倒是说呀，你刚才都说了，八——角——莲——"

可元乔看着八角莲，还是一言不发，只是用手指了指愤怒地撅着屁股从房间里走出来的福贵公。

汗青回头看到一脸怒气的福贵公，才醒过神来，他连忙跑过去碾药，为福贵公治蛇伤。

元乔是真的说话了，第一句不是爹娘，也不是阿公阿婆，而是一味草药。

这让汗青在大吃一惊的同时，欣喜若狂。元乔一切怪异的表现，原来是对草药的一种敏感。汗青觉得，张氏草药有救了。

自从说了第一句"八角莲"，元乔会经常莫名其妙地说一些其他草药的名字，如甘草、半夏、钩藤、黄芪、人参，等等。当然，他终于学会了喊爹叫娘，喊阿公阿婆。

梦锦又开始她的不厌其烦的早教，教他认字，教他背一些唐诗，还有笠翁对韵之类。

元乔对唐诗呀、韵律呀，背不了几句，但对汗青教他的汤头歌诀，却教两遍，就能咿咿呀呀地背个八成。

有一次，汗青在晒场上晒药，将几味药告诉了元乔一遍后，又故意将那几味药和在一起，让元乔去分辨，他竟一样一样将它们重新择开，并能说出各自的名字。

汗青觉得元乔的天赋突然从草药这一块上冒出来，心里自然是喜不自禁，便开始有意无意地教他认识更多的草药，每天一大早，还要将他从被子里提出来，教他站桩，蹲马步，练童子功。

光绪六年，也就是公元一八八○年，张元乔年满六岁，梦锦觉得应该送儿子到私塾去正式发蒙读书了，于是经人介绍，将元乔送到聂家市的吴师父那里去。

因为元乔在家时，梦锦有事没事要教他认几个字，背几句书，特别是会背汤头歌，所以到了吴先生的学馆，对于吴先生所教，他一概不放在心上，只管一个人趴在一边，一言不发地玩自个的几个手指头，一旦逼急了，就闷声闷气地背几句《三字经》之类，或提起毛笔，在草纸上将先生要他认的几个字写出来往先生那里一推，之后继续数他的手指头，好像他的手上长了千百个指头，数也数不完一样。幸好吴先生是个开明之人，见元乔确实是认得不少字，便一边教他识字，还一边教他对课，什么天对地，雨对风，大陆对长空之类，开始几句，元乔还能跟着摇头晃脑，时间一久，元乔就有些坐不住了，喜欢一个人溜到桌子底下，这个同学的脚上掐一下，那个同学的屁股上摸一下。时间一久，同学就有意见了，都到吴师父那里去告状，元乔的手板心也就少不了要挨一下戒尺。

光绪六年，临湘人刘璈从甘肃兰州道员卸任，回乡后，为培植文风，纪念随征阵亡将士，向临湘知县黄庆莱建议建儒溪塔，由刘总揽全局，并首解囊于前，官绅及殷实户也随之捐银助资。七年十月建成，塔高九丈九尺，县人吴獬作《临湘塔记》，撰成碑文，刻于石上。

光绪七年十月，刘璈改任台湾兵备道，兼提督学政，上任途中，闻父病重，便乞归探视，恰逢临湘塔落成竣工，这一日，巴陵、临湘两县官绅为了巴结刘璈，都前往致贺。吴獬与岳州名医石先生是至交，当然少不了邀请其参加，石先生正想找个机会将结拜的义弟、忘年之交张汗青向吴獬推介一下，于是前一天特地跑到聂家市，邀请张汗青同往。汗青先是推脱说："我一介草民，凑什么热闹？"石先生说："对呀，就算是去凑个热闹吧！"

一听有热闹可瞧，闷头闷脑的元乔就来了兴致，非要跟着石先生去。汗青无奈，只好带着六岁的元乔出一趟远门。

这是元乔第一次离开聂家市，到临湘县治陆城去。

这一天，秋高气爽，一江碧水缓缓北去，站立于儒矶之上，满眼空阔，矶头之下，江水撞击石岸的声音并不宏大，但足以让一个从未见过大水的山里伢紧张而害怕。元乔紧紧抱着汗青的大腿，一会而看江，一会儿看矶头顶上的高塔及山坡上的人山人海，一言不发。

因为吴獬所撰《临湘塔记》，被知县黄庆莱奉为上宾，各路乡绅都想结识于他，所以白天时光，吴獬只是抽空与石先生打了个招呼，并约了晚上去拜访刘璈与黄知县，并给刘璈的父亲看病。

晚上，刘璈设家宴招待吴獬，吴獬便带了石先生与张汗青、元乔前往，黄知县自然要作陪。

晚餐之前，吴獬一行到刘璈父亲的病榻边探视，石先生与汗青分别给老太爷把了脉，并一一安慰。这时，站在一边的小元乔突然说："老爷爷要死了吧？"

他这一说，将汗青吓一大跳，回手就是一个耳刮子。石先生与吴獬也感到一阵尴尬，刘璈的脸更是一下子黑了。

只有刘璈的父亲无力地笑了笑，说："小孩子的话，我都不气，你们这是干什么呢？"

可这个元乔，这会儿硬是像着了魔似的，嘴巴堵都堵不住道："老爷爷要是死了，就是急死的、担心死的。"

石先生一听，觉得这孩子虽然有点不知察颜观色，但对老人的病还判断得真准。石先生便故意逗他道："元乔，你说老爷爷的病是急的，是担心的，你怎么知道的？"

元乔望了一眼谨立一旁的父亲，小声嘀咕道："爹常说，人要是着急就会上火，嘴角生疮，忧心就会脸色萎黄。我看老爷爷的脸色与嘴角，就……"

石先生一听，觉得这小子小小年纪，说他不会察颜观色，倒还真会察颜观色。确实，按中医理论，着急上火必然扰心，这心不仅包括心脏，而且包括整条心经络的。心经运行被打扰，正常的运行规律必然被扰乱，于是出现经气运行不畅的情况。心经有分支经过咽喉部，若是这咽喉部的经气不畅，那是很容易阻塞在那里郁而化火的。忧虑也易伤心，心脏出现问题，血气无法上扬，脸色必然萎黄。

从老人的卧房出来，石先生不自觉地拉住了元乔的小手。在餐厅里，石先生将自己对老太爷的病症与大家一说，竟和小元乔的判断八九不离十。

刘璈叹道："确实，这些年来，老父一直为我着急上火，忧心忡忡。自在家乡练勇以来，先是在曾公手下平乱，后又随左帅南征北战，光绪初年署甘肃兰州道员，无一日不是戎马倥偬，刀光剑影，去年在左帅麾下，驻张家口，几近命丧黄沙。今年入京面圣，圣上授我福建台湾兵备道，兼提督学政，这一去定是马革裹尸，归期无期，老父自是忧虑成疾。自古忠孝不能两全，还望两位圣手，能有妙方解得老父之疾，刘某不胜感激涕零。"

这餐饭吃得有些沉重，石先生与汗青合计之后，开了一个方子交与刘璈，说："心病还要心医，如果能让老太爷保持乐观愉快的心境，这病便会不治而愈！"

这时，元乔突然道："让我天天给老太爷打一套拳，老爷爷一高兴，病就好了。"

刘璈望着这个愣头愣脑的小家伙，笑道："你还会打拳吗？打一套给我看看？"

元乔一听，立马从座位上溜下来，在地上来了一套少林冲拳。刘璈看到小家伙打得有模有样，虎虎生威，笑道："看这小家伙骨骼清奇、机灵敏捷，前途不可限量，可惜年龄太小，不然我还真想把他带在身边！"

不知不觉，元乔在吴师父的学堂待了两年，元乔两年的时间学的东西比一些学兄五年学的东西还要多。

一日，几个学兄见元乔比他们几个都矮，就合伙出对子骂他：张矮子。他立即说了句：徐长卿。那个人又说：张矮子放屁。他又对：徐长卿防风。那人不服，再道：张矮子放屁，臭千里。他便回道：徐长卿防风，香八角。他们几个一合计，又在后面加几个字：张矮子放屁，臭千里谁脸红？元乔竟毫不费力地回道：徐长卿防风，香八角何首乌。那几个想骂他的人见难不倒他，便都约了不许和元乔玩。元乔就哭着跑到吴师父那里去告状。

吴师父一听，觉得这孩子是个奇才，在这个圈子里是玩不下去了。于是对他父亲汗青说："这孩子再放我这儿，可能会耽误他，我建议你将他送到临湘桃林的吴獬师父那里去学几年。说不定还真有大出息呢！"

可汗青听吴师父一说，一下子着了急，毕竟孩子还小，年仅八岁，临湘桃林吴獬师父的私塾离聂家市几十里路，太不方便。他于是与梦锦商量，梦锦说，这学还是得上，不如就把元乔寄放在吴獬师父的学馆里，十天半月接回来一次，不知吴獬师父同不同意。

这天大早，汗青带着八岁的元乔来到桃林吴獬的学馆。吴獬一见张氏父子，自是高兴，那次在儒溪一别，又是一年多，见元乔又长高了一些，便笑着说："元乔，你那少林拳打得怎样了？已经能看得病，抓得药了吗？"说完，又转向汗青说："你们一大早是去给人看病还是去采药呢？"

这次，元乔没有像那次在吴府那么放肆，他知道，这个先生今后会是自己的师父，少不了要挨他的板子，所以还是有些害怕，扭捏了一下便躲到父亲的背后去了。

汗青见问，将来意对吴獬先生说了。吴獬先生自那次见面，就对元乔非常喜欢，见汗青这么远的跑来替儿子求学，一口应承下来。

但他还想考一考元乔，到底学了些什么，先是写了几个字让他认，接着让他背一下三字经。接着又问："你还会什么呢？"

元乔答："会背汤头歌诀。"

吴獬先生笑道："会背汤头也很好呀，《一法通》万法通，这伢记性好！你除了这些，还会什么呢？"

元乔道："还会对课。"他说完，突然想到因为对课被同学欺侮的事，又有些害怕了，他回头怯怯地望了父亲一眼。

吴獬先生自然从他的眼睛里看出了问题，想借机鼓励他一下，便说道："我出个对子，你对给我听一下，好啵？"

元乔点了点头。吴獬先生屋前的溪边有一匹马正在吃草，灵机一动，说："马屁！"元乔略一思索道："狗嘴。"

吴獬先生听了一惊，这小子果然不一般，我的出对只是一般，可他这对句却用了谐音。以"狗嘴"对"马屁"，非常工整，同时以中药"枸杞"对"马屁"更是妙不可言。于是又说："我说的是'马屁包'，是树下的野菌子的一种呢。"元乔说："那我对的是'枸杞子'，一味药。"

吴獬先生听了微微一笑道："不错不错，我再出一对，这回我出个药对，你不许用药对药：甘草片。"

元乔一听，笑道："酸菜汤！"

吴獬先生一听，大笑道："这个伢，太乖了，我怕是教不下哟！不过，在岳州府，我教不下的伢，别人就更教不下啦！哈哈，这个伢你不给我我抢都要抢过来。"

就这样，元乔进了吴獬先生的学馆，成了他的第一个寄读生。

第一次离开父母，元乔特别想家，每天黄昏，元乔总爱一个人站在桃林河边，望着静静流淌的河水默默流泪。有一次，放学晚，同学们都回家了，元乔也想回去，便招呼也不打，独自一人沿着来时的路往家跑，一直到近半夜才赶到家。当他敲响家里的板门时，汗青还以为是有人得了急病前来就趁，当他急急忙忙将门打开，发现站在他面前的竟是儿子元乔，不禁吓一大跳。

梦锦听说元乔一个人回来了，更是吓得几乎哭了起来。

汗青知道儿子是因为想家而偷偷跑回来的后，既心痛又生气。他想，吴先生此时不知有多着急呢，他肯定正在四处寻找突然失踪的元乔，于是二话不说，背起元乔又往桃林赶。元乔说什么也不肯去，在汗青的背上又是掐又是蹬，汗青一边走一边将道理细细地跟他说，元乔才慢慢安静下来，最后在汗青的背上睡着了。

刚到桃林畈上，田边、河边到处都是火把，原来吴先生不见了元乔，也吓得不轻，他屋前屋后都找了个遍，也没见其踪影，便请左邻右舍帮忙，打起灯笼火把，屋前池塘，河边深潭，翻了个底朝天，便又将寻找范围扩大到上下屋场，五里之外。谁也没想到，这个八岁的伢，竟敢一人走几十里路跑回家去。

回到学馆，已是天亮。见汗青将小孩连夜送回，凡参加寻找的人，都说一定要好好教训这伢，不然这家伙今后还不翻天？

可吴獬先生却说："只要平安就好，这小孩子是想家想得急了。有亲情，懂思亲，这是好事。"

这事以后，吴獬先生对元乔更加关心，有时还亲自带他睡，让元乔感觉就如住在家里一般。

慢慢地，元乔习惯了离家的生活，专心跟着吴獬先生读书。

在吴獬先生的学馆，先生除了教他《一法通》之外，再也没有教他对课，而是教他策论和八股，同时教他一些帝王之学，他觉得元乔如果单只是识些字，长大了继承父亲的医学家传是太可惜了。但毕竟元乔只是个八岁的孩子，和他讲一些时事政论，又不知从何讲起。吴獬先生还真有点力不从心的感觉。

元乔呢，从吴獬先生这里，不仅认的字更多，还读了许多古典经典，懂得了修身齐家，治国平天下的道理。

光绪十年，也就是一八八六年，元乔十一岁。这年春天，吴獬先生要到京城参加三年一度的科举考试，元乔在临湘再也找不到更好的老师，再说，在汗青的家传中，是反对子弟入学当官的，他只希望儿子读些书，能当一个好郎中，并能将自己的家学发扬光大。所以从吴獬先生的学馆退学之后，汗青也不再打算送元乔上学，而是让他专心致志地跟着自己学医。

五年私塾，元乔学了不少知识，也懂得了不少道理，对文字的理解也比一般人要强。汗青再手把手地教他望闻问切的方法，虚实之症的各种表现，各种常见病的病程轻重，各种中草药的药性、炮制方法，用途用法。这些知识，每说一遍，元乔都能强记于心。

有一天，汗青将一个藤条编制的箱子打开，从一个厚厚的布包中翻出十本厚厚的线装书，交给元乔，说："这是我们祖上一直传承下来的宝贝，你识字不少，理解能力也不错，你除了跟我学些皮毛之外，还要多看看这些书，向老祖宗学习，从这些书学到更多的真本事。"元乔一看，有几本是张仲景的《伤寒杂病论》手抄稿，几本是经张氏几代人点评的李时珍的《本草纲目》刊本。

元乔拿着这些书，真是如获至宝，连夜就将那本《本草纲目》翻了一遍。书中的每一样药上都做了标记，这种药在邻近三省哪个地方产得较多，哪个山头的药效最好，都一一作了记录。

《伤寒杂病论》一书元乔也在几个雨天躲在屋里通读了一遍，一些病理元乔不是很理解，但对每一个病例，他却特别感兴趣。有些病例他还将其当作故事看，看了再讲给汗青听，一个讲一个听，两人有时还能从这个病例中发现一些问题来。

光绪十二年秋，由于长江大水，洞庭湖水位猛涨，许多内垸被淹，聂水河水倒灌，岳州府下临湘、巴陵两县遭受水灾，方圆百里，低洼处房屋被淹的多，老百姓多流离失所，到处逃荒，一些人在逃荒途中病倒了，因得不到救治，多数病死在途中。汗青见此惨状，便带着元乔四处游医，以随地采集的草药救治病人，但从不收人分文钱物。

这场大水，一直到冬至左右才消退，可大水退去，瘟疫又流行起来，汗青怕儿子跟着自己风餐露宿，染上恶疾，便要元乔在家看药店，自己出门游医。一日清晨，有位三十多岁的妇女被人抬到张氏草医堂，要张汗青给诊治，可汗青又不在家，不知何日才回，可病人被送来，病情又急，见见不到张汗青郎中，急得不得了，十二岁的元乔见状，便说："让我来帮你看看吧。"病人家属一听，说："你一个小孩子，看得什么病？"但见不到张郎中，总不能抬回去等死呀，只好硬着头皮让元乔给看看。元乔揭开被子一看，这位妇女病得果然不轻，躺在床上，全身浮肿，肚子胀得老高的。于是赶快诊脉，脉是沉弦而细，仔细询问后得知，水肿是从头部开始肿起的，现在口中经常有血块出现，耳朵已经听不到声音了，眼睛也似乎看不见东西，尤其骇人的是，只见患者鼓胀的肚子上，满都是暴起的青筋。元乔倒吸了一口凉气，按《伤寒杂病论》推断，这可是一个脾阳衰败，肝气郁勃的症候啊。

顺便说一句，在《伤寒杂病论》认为脾属土，具有统摄津液的作用，如果脾阳不足，那么体内的水湿就会泛滥，其中一个最主要的症状就会是水肿，比如有的人经常感到四肢肿胀，大便溏泻，这都是水湿泛滥的表现，服用一些补脾的药物后，这种情况就会明显的改善。这个时候元乔想到父亲曾说过，"势太危急，不敢骤然用药"。这个病情已经很危急了，患者听力、视力都出现了问题，此时使用缓慢的补脾策略恐怕就来不及了，元乔略微沉思，立刻想到了一个好的方法。但又怕病人家属不相信他，于是，他对家属说："你这病太凶险，我也不敢用药，我父亲可能明后天会回来，你不如在我家等两天如何？"

病人万般无奈，也只好同意。

中午，他要母亲到市场上买来一条大鲤鱼，既不去鳞，也不开膛，加葱一斤，姜一斤，水煮熟后，再加醋一斤，让病人的家属慢慢喂给病人吃。

病人的家属不解地问："她这样子吃鱼好吗？"

元乔的母亲梦锦叹了口气说："病人身子弱，大水过后，又没什么好吃的，只有这鱼价格便宜，你就将就着让她吃点吧。"

家属一听，也只好这样。

等了一天，汗青没有回来。

等了两天、三天，汗青还是没有回来。

也许是梦锦的鱼味道不错，病人平时吃不了什么东西，却爱上了吃鲤鱼，所以只要病人一饿，梦锦就将鲤鱼热了让她吃，三天时间，一条大鲤鱼被病人吃光了，可奇迹也出现了，病人一天要解五六次小解，浮肿的身子竟消退了许多。病人逐渐就能够看见东西了，耳朵也好使了，神气清爽，只是全身的肿胀还没有消除。病人家属一看，也是大吃一惊，病人药也没吃一剂，怎么这病却好了这么多呢？

这时，元乔说："我爹曾在《本草纲目》鱼部作过读药笔记：思至阳而极灵者，莫如龙，非龙不足以行水而开介属之禽，惟鲤鱼三十六鳞能化龙，孙真人曾用之矣。但孙真人《千金》原方去鳞甲，用醋煮，兹改用活鲤鱼大者一尾，得六斤，不去鳞甲，不破肚，加葱一斤，姜一斤，水煮熟透，加醋一斤，任服之，其善利水。再者，从气味论，鱼之气味是腥的，气腥者入肺，鲤鱼大补，肺得其补则华盖开通，水液自能自上而下地流通，所以能够治理一定的水湿证候，这就是中医所谓的'提壶揭盖法'。兼且此物味甘，甘即能补土以克水，合则具有不错的治水功效。所以我突然想到这个办法，再说，鱼反正吃不死人，又便宜，不如边吃边等我爹回来，再想好法子。"

听元乔这样一讲，大家对元乔真是刮目相看。

第四天，汗青拖着疲惫的身子回来，见家里多了几个人，再听妻子梦锦将元乔治病的事一说，汗青突然将脑袋一拍，说："这次大水过后，水肿病人奇多，我用一方，效果不佳。这真是踏破铁鞋无觅处，得来全不费工夫！我怎么就把这个古方给忘了呢？"

接着，又把元乔使劲地夸了一通。

过后，汗青又给医人把了脉，说："这病有了很大的好转，但还没有真正治愈，如果以我的方子为主，辅之以鲤鱼汤，一定会收到奇效。"

于是汗青就开了《伤寒杂病论》中的麻黄附子甘草汤，这方特简单，就三味药：麻黄、熟附子、炙甘草。他边写边说："《内经》里面说这种病，如果是从身体的上部先开始肿，最后是下面肿得厉害的，别管下面肿得多厉害，也要先治疗上部，你这个病，是从头开始肿的，那我就要用发汗之法，先去掉上部的水肿。"可他刚将这个方子写完，还没有加上分量呢，站在旁边家属就说："这个方子绝对没有效果！"

汗青很纳闷地问："您怎么就知道没有效果呢？"

家属说："我当然知道，因为几个郎中都给我们使用过这个方子，没有效果嘛。"

汗青笑了："别人用这个方子没有效果，但是我用它可能就有效果！"

这个时候，元乔听了非常好奇，问道："同样一个方子，药也就那么三味药，也没有什么加减，怎么别人用就不灵，你用就灵？难道是这些没有灵性的草木，就只听你的号令吗？"

汗青笑道："以前我也用这方子，确实效果不佳，今天就不同了，有了鲤鱼做药引开道，我可以加重分量啊！这可全是我儿子的功劳呢！"他用手拍了拍元乔的头，又接着说："我们一般的用药，都是怕麻黄发汗的力道大，就少少地用八分，附子保护阳气，就用一钱（才三克），用附子来监制麻黄，然后又怕麻黄、附子两味药的药力大，又重用了药性和缓的甘草，用到最多，一钱二分，来监制麻黄和附子，等到这个方子用了一服，没有效果后，就改用阴柔药较多的八味丸（金匮肾气丸）了，八味丸平稳，这才敢加大分量使用，这么个治法，确难取得效果。"

这时，病人家属从口袋里掏出方子，一看，分量与汗青所说的一点儿都不差。于是，汗青让元乔给他开的方子加上分量，自己则在另一张纸上标了个数字。元乔提起笔，在每味药的后面加上了分量：麻黄二两、附子一两六钱、炙甘草一两二钱。

写完后，两人将各自的数字亮出来，竟然一模一样。

光绪十四年，湘北的春天来得特别迟，三月二日夜，一场罕见的大雪将聂家市盖在了雪被之中。元乔本打算这一天随一家人到龙窖山进香的，所以起得特别早，当他推开大门，只见院子里昨天初绽的桃花，已被冻成了一树嫣红的冰凌。对面往龙窖山去的石板小路已被大雪封住，连聂家市河里也结上了厚厚的冰壳。

正在元乔慨叹的时候，爹爹汗青也起了床，他走出大门，不禁也发出一声惊叫，年近四十，还从没见过这样大的春雪。

父子俩站在雪地里，有些兴奋，又有些惋惜，本打算去龙窖山的，这雪一落，却是去不成了。

还是元乔眼尖，他在雪地里跳跃的时候，突然发现，在窗台底下躺着一个人，大雪已将那人盖得严严实实，盖成了一个高高的雪堆，从那雪堆中露出的一只手，好像正要爬上去敲那扇临院的窗子。

元乔停止蹦跳，怯怯地走向那雪堆，俯下身子看了一下，大叫道："爹，这里有个死人！"

元乔一叫，汗青也吃了一惊，他连忙奔过去，拉住那只冻僵了的手，用力一翻，是个穿着单薄的中年汉子，破旧的夹衣上，染满斑斑血迹。

汗青见状，再吃一惊。

刚刚在前几天，岳州出了一件大事，岳州会党刘幅元等在铜鼓山聚众图谋起事，设立"九华山大新堂"，竖立帅旗，上书"仁义连天，马到成功"字样，计划先劫云溪富户刘秀松后再谋发展。临湘知县黄世煦知情后即刻报告到岳州府，岳州府即上报湖广总督张之洞，张之洞命岳州团练进行镇压围剿。事件刚刚平息，却出现这事，汗青有点害怕，如果这人与那会党有关，那可是个灭九族的大罪呀。但作为一个郎中，总不能见死不救吧？

出于一名郎中的习惯，汗青用手探了探他的鼻息，已无一点动静。他又用手切了一下他的左脉，还有一点微弱的跳动。他连忙招呼元乔说："还有一点脉，没死，快，我们把他抬进去。"说完，父子两人七手八脚将那人抬进堂屋，取下一块门板，将他放在门板上，弄干净那人身上的冰雪。

元乔说："爹，我去生一堆大火，将他烤过来，这人只怕是冷坏了的。"

汗青说："好，你快去生火，但不是给他烤，你去烧一壶开水，准备几只布袋子。"

元乔说："要布袋子干什么？"

汗青说："你只管按我的吩咐去做就是，一会儿便知道了。"

元乔很快在火塘里生起了一堆大火，又准备了四只布袋，烧了一壶开水，准备给父亲当下手。

一切准备就绪，汗青又从岳父家借来一口方桶（打谷的工具），再从偏房的炕上搬来一捆稻草，铺在地上，用木瓢将烧得滚烫的火塘灰上面一层均匀地洒在上面，又足足用布袋装了四袋烧热的火塘灰，薄薄地盖在那人身上，最后在他的身上盖上厚厚的棉絮。

元乔则立在父亲身后，看父亲抢救病人。这时父亲才点拨道："冻坏的人，只要还有一点脉动，都是有救的。但不能突然让他升温，如果直接烧火去烤，一是不能全身同时慢慢回暖，二是升温太快，往往适得其反。滚火塘灰均匀地覆盖身体，再以稻草、棉絮保温，一是回温效果好，还可去掉透入骨血中的湿气，病人就能慢慢缓过气来，再以姜汤灌之，从外到内都能回暖了。"

父亲一番话，让元乔恍然大悟。

大约一炷香的时间，那病人果然喉咙里发出一阵咕噜咕噜的声音，从嘴里哈出一团水气，又慢慢睁开了眼睛。

汗青一见，连忙说："去，叫你娘去泡一盅姜茶来。"

元乔又让娘泡来姜茶，递给父亲。汗青一边给那人喂茶，一边问他情况。那人除了配合着张嘴、吞咽，一言不发。姜茶喝完，那人也许是有了一点力气，就挣扎着要坐起来，被汗青按着躺下。

当那人完全回过暖来，汗青便将他扶起来，弄干净身上的火塘灰，揭开他血迹斑斑的上衣，发现他身上多处刀伤，伤虽不致命，但刀刀伤筋入骨。除此之外，背上疤痕累累，不忍目睹。见此情景，元乔吓得捂住嘴巴，轻轻地发出一声惊叫。

汗青也是一惊，忙问："你这是怎么搞的？怎么伤成这样？你是做什么营生的？"

也许是全身有了知觉，当汗青察看他的伤口时，他痛得牙齿咯咯作响，但就是一声不吭，好像没有听到汗青的问话。

见那人不说话，汗青便说："既然你不想回答，你就走吧，张氏从来不医无由之伤，不治无故之人。"

那人听了，将满是血迹的衣服往身上一披，挣扎着就要起身走人。元乔一见，忙说："爹，他这一走，会死在雪地里的，那我们救他不就前功尽弃了吗？"

那人低头望了元乔一眼，那眼神凌利得像把刀子，但那刀子分明又透过一缕柔光。

这时，汗青叹道："唉，不想说就不说吧，这乱世之中，每个人都是一个隐秘世界！救人救到底，你就待在一个地方不要出来，我帮你治好了伤再悄悄地走吧！"

汗青说服了岳父，将那人藏在岳父的阁楼之上后，将院子里的雪清理了一遍，见路上也没有人留下的痕迹，便放下心来。

中午时分，一哨清兵突然闯到张氏草药铺，前前后后翻了个底朝天，其中一个小头领握着一枝梭镖，指着汗青的鼻子问："昨夜有没有一个受伤的会匪到你这里治伤？"

汗青一听，心中明白，但他故作吃惊道："会匪？治伤？没有没有，昨夜一夜大雪，我们早早地睡了，今天本是要到龙窖山去烧香的，不想大雪封了路，去不成，一大早起床，我们把这一院子的雪扫得干干净净，一上午，除了老总们，这路上可是没见一个人影子呢！"

那头目瞪了汗青一眼，又转过头问元乔，元乔将头摇得像个拨浪鼓一般。

见问不出什么情况，那头目便说："谅你们也不敢收治逆贼，以后如果有人到这治伤的，不管是什么伤，一定先向族长报告，否则杀无赦！"

汗青连忙点头说："是是是，一定一定！"

一连几天，天天有清兵到聂家市街上巡逻，汗青不敢白天为那汉子疗伤，只能在夜深人静时为其换药。元乔则天天为其送饭递水，倒屎倒尿。

半月之后，那人伤口痊愈，汗青让他走人。

临走之夜，那人将一张巴掌大的狗皮塞给元乔，说道："不要让任何人知道，好好收藏，不得已之时，好好琢磨。"

"我爹娘也不能知道吗？"元乔问。

那人点点头。

元乔说："那我就不能要！"

那人瞪了元乔一眼，目光如刀，这把刀已没有一点柔光，让元乔打了个冷战。

那人说完，蹬蹬下楼，也没与汗青等打个招呼，就直接从后门消失在黑暗之中了。

那人一走，汗青一大家子才轻了口气，而从这夜起，元乔的心里却压上了一块石头。

第三章　偶得奇技

　　光绪十四年夏天，离那场春雪刚刚两个月，端午节的前一天晚上，聂水里又发了一场大水，山洪冲毁了许多良田，聂家市街上的水都齐膝深，水也淹进了张氏草药铺和李氏绸缎店。往年端午前后聂水是要发几次大水，被称作龙舟水，但好多年没有这次的龙舟水那样吓人。

　　可恰恰是那个大水之夜，聂家市街上还发生了一件人事，街上所有店铺和大户人家，被不知从哪里来的土匪洗劫一空。

　　张氏草药铺的门被砸开，窗户被撬烂，蹊跷的是，这些劫匪却没有进屋一步。

　　隔壁的李氏绸缎店的门窗也被砸坏，除几匹布被抱出丢在路上，也没丢什么东西。

　　族长福贵公家是门没坏一张，瓦没掉一片，可一大早却站在街头呼天抢地，说所有家当全被抢劫一空，并亲自跑到岳州府报了官。

　　中午，岳州府责成临湘县知县黄渭亲率一干衙役前来缉盗，也没查到什么线索。下午，就有黄氏米店的老板暗暗里对知县老爷反映了李氏族长福贵公家门没坏一张，瓦没掉一片的真相，说怀疑是福贵公里应外活，贼喊捉贼。黄知县是个少有的昏官，更是一个贪官，他一听，知道这可是个难得的发财机会，不管他是真是假，抓过去怕还敲不出他大把的银子？便一根绳子，将福贵公绑到了临湘县衙。那福贵公耐不住一番严刑拷打，不仅屈打成招，还又咬出了一大串内外勾结的名单，这里面自然少不了李氏绸缎店的老板李孝如、张氏草医张汗青。

这样一来，被抢的财产没追回，还今天一个，明天一个，整个聂家市街被绑走十几人。

李孝如和张汗青被绑走了，梦锦和钟老太吓得六神无主，整天以泪洗面。

张元乔虽然是家里唯一的男人，可毕竟只有十四岁，一时也不知如何是好。他突然想起自己的师父吴獬先生。吴獬先生三年前参加科考名落孙山，前两年一直在外游学，今年又逢三年一次的科考，这次他是势在必得，所以他此时正闭门在家里备考，过年的时候元乔还和父亲去给师父拜了年。

于是，他急急赶到桃林，将聂家市街上的不幸事一一向师父诉说，吴獬先生是个直性子，他一听这荒唐之事，气得一拍桌子，大骂道："这大清的天下就是被这些贪得无厌的昏官败坏了！"

吴獬先生丢下书本，带着元乔，直奔临湘县衙，找到黄知县，要求查明真相，即刻放人。可黄知县竟说："这可是岳州府督办的案子，上次岳州府追两个会匪，可追到聂家市却不见了人，报到知府大人那里，知府大人就怀疑是有人藏匿了匪徒，只是查无实据这才作罢，这次让我逮到了人证物证，怎可轻易放人？我正要向知府大人请功，向朝廷请功呢！不过，在我上报之前放人可以，但必须每人交一千两银子，并有两个以上保人。"

吴獬先生一听，暗暗吃了一惊，现在这朝廷，早被那太平军长毛吓怕了，别的都好说，如果被冠上一个会党的名头，或者加个通匪的罪名，不管有无证据，不死也得脱层皮。这黄某人看来不是一般的角色，他是有备而来，不敲到每人一千两银子，是不会罢休的。吴獬原打算和黄知县交涉不来，就直接上岳州府，岳州府不行就趁着今年的科考，直接把这荒唐之事报上朝庭，听他这一讲，若要救人，还真不能往上捅。于是，他改变策略，先与黄知县谈起今年的科考，又谈起与刘璈的交情，谈起汗青为刘老太爷治病的情景。其实黄知县早知吴獬其名，只是不曾打过交道，这一路说下来，也就熟络起来，最后便同意由吴獬与临湘岐黄堂的黄先生担保，十人共出八千两银子，将他们分批保出。

吴獬和元乔从临湘县出来，返回到聂家市，先是与梦锦、钟氏商量，先筹钱将李孝如和张汗青保出来，待吴獬先生一说，梦锦和钟氏两就急得哭了起来。这李氏绸缎店也是个小本买卖，若要筹个两三百两银子还凑合，可要一下子拿出八百两，是无论如何也拿不出的，张氏草药店就更不用说了，平日里汗青给人治医，都是由着病人给点药钱，有些贫穷人家来看病，不仅没钱，有时还要倒贴几餐饭钱，家里也就解决个一家人的温饱，哪里拿得出这多银子？

这时，元乔突然想起那自己收藏的那块狗皮，那人不是说在不得已之时可细细琢磨吗？莫非他是有所指的？他飞快地跑进屋，将手伸向枕头底下，但他又想，这不是还有办法可想吗？应该还没到不得已之时，于是，又慢慢将伸出的手缩了回来。

不管有钱没钱，这救人可是大事，耽误不得，万般无奈之下，钟老太太说："这两人都得救啊，不如将这绸缎店卖了，先救个急吧，可一时又从哪里来找这个买家哟。"

吴獬沉吟了一会，说："看来也只能这样了，这买家嘛，先把消息放出去，肯定会有人买的！"

梦锦听母亲与吴獬先生这样一说，心里虽然万分难过，也别无他法，便对吴獬先生千恩万谢一番。

果然，不出一七，聂家市黄氏米店老板黄得意请吴獬先生做中，以两千两银子的价格买下了李氏绸缎店，李氏绸缎店易名成了黄记绸缎店。在黄记绸缎店正式挂牌这一天，张汗青挽扶着李孝如从临湘县的大牢里走出来，回到聂家市街上，当李孝如看到祖上传到自己手上的绸缎店已成别姓，一口鲜血对着天上的太阳喷涌而出。

接着半月之内，在吴獬先生的帮助下，另外八人也陆续被保释了出来。当族长福贵公拖着奄奄一息的身子走到聂家市街上的时候，迎接他的不再是招呼和笑脸，而是口水与唾骂。

回到家里的福贵公，身体的摧残尚能承受，心理的愧疚与尊严的屈辱，让他难以面对，就在这夜，一根绳子将自己吊在了祠堂的正梁上。

李孝如遭此打击，也是心如死灰，他躺在女婿家里的病床上，已无活下去的欲望，所以虽然汗青想尽办法为其治疗，还是无法挽回其日益枯萎的生命，一个月之后，李孝如让自己的生命画上了休止符。

李孝如一过世，钟氏夫人也因悲伤过度，一病不起，无论女婿如何诊治疗理，也无回春之力，不出三个月，也弃世而去。

这年夏天，两场人祸，让昔日繁华的聂家市老街一下子失去了八成生机。

经此之变，吴獬先生在他这年的科考策论中激愤地写道："噫嘻，耕不问奴，织不问婢，各取盈于编户之家，何堪不晓事长官，转使穷年冻馁；斧自趋左，锯自趋右，郡受值于儒生之宅，借问贤主人谁氏？知非素性狂愚，子固通者也。独于仁义人，屑屑焉何也！"

吴獬先生凭自己的才华，完全可取状元，就因为文中有这段话，被认为讥讽朝政，只能取在二甲，不许入翰林。

一场变故，让原本热闹繁华的聂家市街变得冷静萧条了许多，往年春节时分，玩龙舞狮、打地花鼓、玩竹马的，一拨接一拨，可光绪十五年的春节，一直到正月十五，街上除了走过一条草龙，就没听到过一声鼓钹之声。

吃过月半饭，各家各户便正式开工，各行其是了。十五岁的元乔，也开始跟着父亲上山采药，出门游医了。

这个春天，天气格外的好，晴七雨三，二月刚到，漫山遍野的野生樱桃花就开了，那粉红的花，这儿一坡，那儿一坡，远远望去，就像云块落在山坡之上。

这天一大早，元乔就与父亲汗青上龙窖山去采药，刚入山，元乔就被这山中的美景迷住了，一会儿到这儿折一枝野樱桃花，一会到那里折一枝梓树花，把个药篓子塞得满满的。

从去年家里出事起，他就从来没有这么开心过。父亲见他难得这样有孩子气，也就随他去玩。

爬上半山，路边的药草慢慢多起来，父亲便教他如何认药，如何采药：如"采大留小，采六留四""春采花夏采茎，秋采果实冬采根"的一般规律等。还有一些特例，早春时，万物刚刚生发，药性较好的药物也可抓紧采挖，如七叶一枝花、丹参、虎杖、赤芍、独活、柴胡、黄芩、黄精，等等。

一听父亲讲到药经，元乔的玩心就随之收敛了，父亲讲得仔细，元乔也听得认真，一样一样，细致入微。每采到一味药，父亲都要从它的生长环境到药性药效、配伍、对症，一一详告。

不知不觉，他们父子已攀上山顶，每个人的药篓里，也已装得满满的了。

站在龙窖山顶，一边是临湘，一边是通城，山脚下的村庄，稀稀落落，远处的长江如带，洞庭荡荡，却是船单帆孤，好不萧瑟。

汗青指着炊烟不起的村庄和隐在山中的道观庙宇，叹了口气，好像是自语，又像是对元乔说："当郎中的，不是天师，也不是菩萨，救不得世，渡不得苦，但手中的一把草，却可以减得三份病，七份疼。我们守住自己心中的菩萨，就是守住了郎中的根本。"

元乔听得似懂非懂，但有一种神圣的东西，却像远处道观里的钟磬之声，慢慢入耳、入心。

夕阳开始西下，血一样的云裹在太阳身上，好像要将那将落未落的一轮阳光，浮在一层血水之上。汗青对儿子说："走，我们要赶在天黑前下山，这年头，山上总是不大太平的。"

父子俩背着两个药篓子下山，汗青在前，元乔在后。转过狮子石，下山的路突然陡峭如梯，汗青怕儿子脚力不济，就将元乔背上的药篓取下来，倒扣在自己背上的药篓上，再砍一根藤条将两个篓子绑紧。汗青背着两个药篓，就像背着一座高耸的山。俗语说，上山容易下山难，汗青背上的篓子又高，重心就有些不稳，几次差点被树枝或突出的岩顶将他碰下窄窄的山路。

天慢慢暗下来了，脚下的羊肠小路又越来越陡，元乔从来没有走过这样的山路，突然一脚踩歪，哎呀一声，身子猛地往下滚。虽然父子俩都学过一些功夫，但天暗路窄，又突如其来，两人都无法应对。汗青听到元乔一声喊，知道不妙，可背着笨重的背篓，无法转身去接摔下来的儿子，只好将身子往外一堵，元乔的差点滚下悬崖的身子被汗青一堵，稳住了，可就是这一堵，他自己却连同药篓摔下了十多丈深的悬崖。

见父亲摔下悬崖，元乔一下子吓傻了，他趴在路边，看着路下峭壁上还在晃动的树枝和树枝上挂着的药篓，大哭起来！

天彻底黑了，月亮升上来，却照不到脚下的悬崖。元乔想爬下崖去寻找父亲，但望着深不见底的幽谷，听到山风吹在斜出的松枝上的怪叫，却不敢下去。他急得哭一阵，喊一阵，希望有奇迹出现。

正在他失望的时候，山路上突然冒出一个人来，这时元乔既惊喜又害怕。那人走到元乔身边，说："这位小兄弟，这么晚了为何还不回去，还在这里又哭又喊？"

元乔一听，知道是个人，心中一激动，有些语无伦次地说："大爷……大叔，快救救我爹，我爹摔到这下面去了。我是聂家市街上张氏草医堂的，我和我爹今天到山上采药，一不小心踩空，将我爹砸下去的……"

那人一听是聂家市张氏草医，惊叫一声："啊！原来……别急别急，我下去看看。"

那人说完，将腰上一根绳子往路上的一棵树上一挽，身子往崖下一纵，便不见了。

约过一炷香的时间，只见那人背着汗青，从悬崖底下攀爬上来，说："万幸得很，张郎中命大，掉下去时，可能被崖边的树枝挡了几挡，手脚伤得蛮重，但脏腑应该不碍事。快，今晚到我寨上去，让我兄弟帮你看看。"

那人边说边将树上的绳索收了，背起汗青就往一条更难走的路上跑。

那人背着个百五六十斤的汉子在山路上健步如飞，元乔紧眼其后却有些吃力。元乔在心里暗暗想："这人是干什么的呢？功夫真的了得，如果我也有这一身功夫，也不至于将父亲撞下崖去。"

越过几个山头，拐过几个山嘴，通过一条狭窄的石门，突然出现一块平坦开阔的山坳，山坳边上，一排木屋，木屋里透出点点火光。那人将汗青背进正中的一间屋内，放到一张木板床上，大喊道："大哥大哥，你快出来，看看我救了个谁来？"

"什么事大喊小叫的？这么晚了有谁会到这来？"

"你来看看，是不是你的大恩人张郎中？"

里间的人一听，挑帘出来，没见床板上的汗青，却一眼认出跟进来的元乔。

那人一见元乔，大叫道："哎呀！哎呀！你怎么跑到我这儿来了？一个人还是？你爹张郎中呢？"

元乔一见那人，也是大吃一惊："你……不是那个谁？怎么……你住在这？"

"哎呀，小张郎中，我的恩人啦！"

那个背来汗青的汉子指着床上笑道："大哥，看来这个人果然就是张郎中了！"

那人这时才发现床上还躺着个昏迷不醒的人，他连忙走过去问："怎么回事？张郎中是怎么啦？"

那个背人的汉子笑道："不碍事，我点了他的昏睡穴，免得他受痛。"他接着又将如何碰到元乔在路边又哭又叫，如何下山谷寻人，发现受伤的汗青躺在乱石堆里呻吟，动弹不得，为了莫让他痛苦而点穴让他昏睡，一一说来。说过之后，再在汗青的身上点了几下，汗青才叹口气，醒过来。他一见那人，也是大吃一惊。

原来，这个被称着大哥的人，正是去年被张汗青雪夜救过的那个人。

这个被称作大哥的人，就是去年被汗青救过，一年后在湖南闹出一桩天大事情的人，他的名字叫汪殿臣。

汪殿臣是临湘桃林骆坪人，曾跟随刘璈在甘肃军营当兵勇，刘璈调任台湾兵备道后，被遣回原籍。在清朝的兵营之中，会道门暗潮涌动，秘密结社无处不在，当太平军进入湖南时，各地天地会闻风兴起，一般贫苦劳动人民苦于清军蹂躏也纷纷结党拜会，汪殿臣在营中即为天地会的一个小头目，回籍后，将其旧部兄弟召集一起，在县境龙窖山开立天宝山玉华堂，聚众放飘，打家劫舍，酝酿起义。

去年三月，汪殿臣在临湘羊楼司一个兄弟家吃酒，被同在一起吃酒的李氏族长福贵公向岳州府告了密，岳州府急令临湘县派团防捉拿，在打斗中身负重伤，如果不是张郎中相救，差点丢了性命。五月，他便策划了聂家市的一场打劫，本想一箭双雕，既劫得一批财物，又借刀杀人，将李福贵除掉，以报告密之仇，没想到竟连累了自己的恩人。

汪殿臣多次想找机会报答一下张郎中，没想到这次却意外地救了张郎中一命。

这个从悬崖下将汗青救起来的人叫僧思陶，俗名夏思道，本是少林僧人，一次偶然的机会与汪殿臣交结，成为汪殿臣手下的二号人物。这僧思陶不仅武功高强，还深得少林佛家医术精髓，尤其是跌打损伤，堪称绝学，当他从悬崖底下找到汗青，只是用手将他全身摸一遍，便知汗青哪里断了几根骨头，哪里扭了几根筋，有无性命之忧。

僧思陶曾多次听大哥汪殿臣提到张汗青郎中的救命之恩及其医术医德，特别提到小郎中元乔的聪明与医术天才，久有拜访之念，但由于特殊身份，便去了这念头。所以当碰到元乔，并听他求救，就毫不犹豫地跳入谷下寻找、救助汗青。现在经大哥一确认，更有相见恨晚之感。他再次将汗青全身摸了一遍，边摸边念道："两只手断十三处，有碎骨二十五块，腿骨碎三处，肋骨断三根，颅骨一处破损，腰椎碎三节……"

他这一念，不仅把汗青与元乔吓得不轻，汪殿臣都吓了一跳，这一身伤，不说骨头已是寸寸节节，这腰椎一碎，岂不终身瘫痪？

僧思陶却仍在说："不碍事不碍事。搞了晚饭吃饱肚子再来帮他捏捏。"他说得轻轻巧巧，好像帮人搞个按摩搔搔背那么简单。

汪殿臣不和汗青与元乔叙旧，也不和他们说起在聂家市发生的一切，只是吩咐厨房搞了一桌好菜，提了一壶酒，要陪汗青喝几盅。汗青平时从不喝酒，这次伤得这么重，更不可能喝酒。僧思陶便转向元乔道："小兄弟，你来陪洒家喝一盅！"

这元乔也是从来没喝过酒的，此时一心担心着父亲的伤势，更没心思去喝酒，便闷不着声的将头转向一边道："我喝不得酒。"

汪殿臣笑道："元乔，喝一盅！今后在江湖上行走，少不了喝酒的。"

元乔望了汪殿臣一眼，道："我真的喝不得，你们还是快点吃了帮我爹接骨吧！"

僧思陶见元乔执拗，便逗他道："你不喝了这酒，我就不给你爹接骨。"

元乔一听，便有点生气道："救人一命，胜造七级浮屠，我们当郎中时，只管救人，从不图报。没见过像你这样当郎中的，你不接，我自己动手！"

僧思陶见元乔赌气，嘴里还讲的是医德，越发觉得元乔可爱，便更逗动了他的老顽童般的性子，笑道："这骨你就是天师父也接不了，不过呢，如果你喝下这盅酒，我不仅把你爹的骨头接得天衣无缝，还把这接骨的医术传给你。"

这元乔是一个对医术有着痴迷的人，听僧思陶这一说，就当了真，说："你说的可当得真？"

"哪个还对一个小孩子说假话？"僧思陶本来一见元乔就心生喜欢，又看他这倔强的性子、仁厚的心地，也是自己喜欢的一路。自己漂泊半生，这乱世之中，一身武艺没有传人无所谓，这接骨治伤的绝技可是救人救世的仁术，正一直在为找不到一个合适的传承者而发愁。现在自己正在干着一件刀尖上寻找救世的大事，说不定今天明天就死了，这绝学要断送在我这里了，那岂不是人世的罪人？所以他故意用喝酒一事试探元乔的反应。

元乔听僧思陶不像是开玩笑，便端起桌上的酒盅，一仰头将一盅酒倒进了喉咙！

这时，僧思陶哈哈大笑地望着元乔，一言不发。

元乔一看，以为僧思陶反悔了，着急道："你！不会说话不算数吧？"

僧思陶仍是笑而不语，元乔的脸便急得通红。汪殿臣知僧思陶用意，便对元乔说："你这伢崽，还不快快跪下拜师！"

元乔回头望了父亲一眼，见父亲正高兴地望着自己微笑点头，便叫一声师父，扑通一声跪下，连叩三个响头。

僧思陶示意元乔起来，又对汪青说："张先生，我早听大哥说起你医术高明，医德高尚，早想拜访于你，向你讨教，不想今天以这种方式相见，还抢了你的儿子做了徒弟，也不知先生心中有无块垒。自古医家，门户之见甚深，讲究家学传承，而我是方外之人，又行走在草莽之中，早无后继之忌，元乔与我性情相似，大智若愚，又痴迷此道，我如果不抓住机会将终生所学托付给他，那可是天地不容！先生莫要怪我！"

汪青在医学上，确实信奉家传，但他其实也不排斥博采众长，他在游医途中，只要碰到此中高手，总会主动求教，碰到好的方子，他便记下，并通过临床进行验证。现在天上掉下个方外高人，能传授儿子接骨疗伤绝学，真是求之不得，还会有什么偏见呢？汪青笑道："大师如此厚爱犬子，在下感激不尽，今因伤动弹不得，不然理当拜谢！"

僧思陶说："先生言重了，我历来相信福报，如果不是先生和元乔救人于先，说不定也不会有今天的因缘。多话不说了，饭也吃饱了，让元乔帮我打下手，给先生治伤吧。"

僧思陶将张汪青衣服脱了，仰卧于床，便净了手，盛了一碗清水，又上了三炷香，合掌静默了一会，便用左手端碗，以右手中指在碗中蘸了一下水，在碗中水面画了一会，口中默念道："弟子遂在香山头上，过香一遍，祖师敕变，过香二遍，本师敕变，过香三遍，三元将军敕变，过香四遍，华佗祖师敕变，过香五遍，五百蛮雷敕变，过香六遍，太白星君敕变，过香七变，天上七姐敕变，过香八遍，八硐神仙敕变，过香九遍，九天玄女敕变，过香十遍，亲口传度师父敕变，敕变灵水，化变成水，不敕不成水，即敕即成水，弟子手中端碗清凉水，一碗化作十碗，十碗化作百碗，百碗化为千碗，千碗化作万碗之灵水，吾令将来有用处，特来给与信人张汗青名下，移疼除痛，封血接骨，连皮合封，肿处即消，热处即凉，痛处即止，骨断骨相接，皮断皮相连，筋断筋相合，弟子观请文童女海上仙，弟子叩请，霎时到，实时灵。”

念完灵咒，僧思陶喝了一大口水，猛地喷了一大口水雾到张汗青的全身，又分别用右手实指在他的几处穴道上点了几下，再用手拉了一下汗青的手臂问道：“疼吗？”

这一碗水也还真的神了，一喷到汗青身上，汗青一个激灵，本来疼得钻心的身子，一下子不疼了。几个穴道一点，周身一股热流涌过，任僧思陶怎么拉他，也没什么知觉。

僧思陶一边给汗青施展手段，一边对元乔说：“这是镇痛接骨水，给水施咒时，心要静，要专注地奉请祖师神明，喷出水雾时要有力道，将神水喷成雾状均匀地散在伤者的伤痛处。所点穴道要精准，下暗劲。这暗劲也不是那么容易练成的，要有童子功，你从明天起，装一升砂子，每天早上未小解之前，一双手的食指和中指分别在砂中插一百下。”

僧思陶说完，拖一把椅子坐在汗青的床前，用烧酒一品，将酒烧热，反复涂抹于患处，不断地推抹，很快就肿消瘀散，肌肉变得很松软，再用手轻易地能触摸到骨骼，很明显地触觉到错位形状与程度，他先摸一遍，再让元乔摸一遍，要元乔将摸到的感觉说出，他再一一告诉他此处骨头的情形，元乔也将师父说的与自己感觉到的一一对应，再铭记于心。

接着，僧思陶又开始教元乔如何接骨，他先是从左手开始，分别施以按摩、推拿、按压、提拔、转摇、拖拉、衔托、对插等手法，将每一节断了或碎了的骨头捏合到原来的位置，还一边捏一边告诉元乔要领，包括指法、力道。一直达到完全复位，分毫不差为止。再将从山上挖来的爬山虎、土三七、鳖刺根、八菱麻、川芎以及灰鳖虫等中草药，用斧头砸绒，敷在患处，紧接着，他又用早已剥好了的干杉树皮，将捏好了的手臂包好，用布条扎实，不紧不松。

僧思陶一遍一遍地讲解，还指导元乔将汗青的一条腿骨捏回原位，并告诉他复位后的手感。

接好了手脚，又将断了的肋骨接好，敷上草药，再绑上几块桐木板。

在绑固料的时候，他又告诉元乔，要再根据不同部位，分别用杉树皮、桐木板、书本或竹简垫上棉花夹捆固定之，松紧要适当，太松会挪位，过紧会妨碍气血流通。中草药用以来消炎、止痛、活血、化瘀、舒筋长骨的，三天要换一次，而且还要备一份用来煎熬内服。

整个过程，足足用了一个时辰。一切摸捏接妥、包扎之后，再去抓了一包草药，将每一样药翻出来让元乔去辨认。过后又将方子写下来，交给元乔，告诉他，药的分量要看伤情加减：七叶一枝花十五克、骨碎补二十五克、祖师麻十五克、当归身二十五克、制乳香十五克、制没十五克、马钱子六克、龙脑十克、血竭十克、儿茶六克、自然铜二十克（醋淬七次研为细面）、地鳖虫二十五个（研为细面），后两味药混合均匀另包冲服！

这夜，师徒两抵足而眠，元乔问僧思陶："师父，你们这伙人是干什么的呀？住在这深山老林里，是不是……"

僧思陶知道元乔想说什么，他叹口气道："这世道，官府无道，匪亦无道，自古就说，成者王侯败者寇，我本出家之人，现在仍是无家可归，一切都无定数，莫问也罢！"

僧思陶的话，让元乔听得莫名其妙，他还想问，却再次被僧思陶制止道："为天下苍生，一心为医，才是我们做郎中的本分，其他的，知道得越少越好！"

僧思陶不想将自己的身世告诉别人，更不想将自己所干的事告诉一个不谙世事的孩子，因为自己所走的路，或许是一条不归路，他不想连累一家无辜的好人。所以他再次将话题转移到接骨疗伤之上。他说："跌打毁伤，皆瘀血在内而不散也，血不活则瘀不克去，瘀不去则折不克续，气为血帅，血为气母，肝主筋，藏血；肾主骨，生髓；脾主肌肉，司运化；肺主外相，朝百脉。凭据这些，我们利用活血化瘀、续筋接骨、滋养肝肾、补气非血的中草药，就能达到瘀去、骨充、肌生、筋舒、气和调畅的效用。"

说到具体用药，他又告诉元乔："方药重要由乳香、没药、马钱子、天然铜、骨碎补、土鳖虫等中草药构成。方中乳香辛、苦、温，没药苦平，同归心肝脾，活血止痛，消肿生肌，为君药；土鳖虫、马钱子散血通经，消结止痛，为臣；佐以天然铜益肝补肾，续筋接骨；龙脑辛香定窜，行气止痛，引药达病所为使。君臣佐使，相辅相成，对各种骨折都有较好疗效。该方之外敷药，同时辅助内服药成零星应用均可，对付种种骨折，有化瘀生新、消肿定痛、续筋接骨之效用。早期骨折瘀血肿胀，痛苦悲伤较重；骨折后期有些病人.呈现软构造粘连、肢体麻痹等症。依据这些特点，在利用上述药方的同时，把骨折分为三期，早期重用大黄、土鳖、木瓜、蒲公英、马钱子等的用量，以止血化瘀、退肿止痛为治疗要领。中期以和谋生新、续筋接骨为法，可利用原方，如无痛苦可减马钱子、血竭、土鳖虫等药物。后期因折骨已连续，重要以舒筋活血、滑利枢纽关头、化瘀消结、坚筋壮骨为主。可换药方：刘寄奴、大蓟、小蓟、羌活、独活、桑枝、川芎、大黄、红花、地鳖虫等，疗效更好。

元乔将师父的话一一记在心里，等师父睡着了，又在心里过了三遍。不知不觉已是天亮。

第二天早上起床，元乔见父亲肿痛大减，心中暗暗夸赞师父的医术高超。

僧思陶不仅教元乔接骨疗伤之法，还教元乔一些少林功夫。所以元乔天不亮就起床按照师父的要求，苦练功夫，晚上则跟师父学一些骨科和伤科的医术。不知不觉一七已过，汗青竟已能下地走动了；半月之后，则能健步而行。

僧思陶说："我再帮你摸一次，如果没问题，你们就下山吧。"

他让汗青躺下，给他全身摸捏了一次，又让元乔摸捏了一次。让元乔摸捏时说："你检验伤者是否复位，一是凭手感，抚摸到无裂缝，骨骼平复无丝毫挂碍；二是凭观感，接好后，就会明显地看到患处无异常，肢、指、趾就能活动了；三是靠对比，首先是患者自身同部位比较，其次是术者与患者同步比；四是凭患者的自身感觉。"

元乔在父亲身上摸捏了一遍，果然是无挂无碍了。

元乔和父亲下山时，汪殿臣将他们送到寨口，也不多说话，只是挥手而别，但僧思陶却将他们送到汗青受伤的山崖边。临别时，元乔有些恋恋不舍道："师父，我知道你们是做什么的，但我不会说。只是不知什么时候还能再见师父。"

僧思陶拍了拍元乔的头，说："此次山中偶遇，是天意，也是因缘，更是虚妄。你们下山之后，一切都只当是南柯一梦，我们并未识得，我既非你师，你亦非我徒，并且谨记，永远不要再踏入此山中半步。"

元乔不解道："师父，这是为何？"

僧思陶道："一切都是天数，不必多言。"说罢，转身飞步上山而去。

汗青与元乔下山后，只道是出外游医而回，对梦锦也只字未提及山中之事。晚上，元乔解衣休息，突然从衣袋里掉出一个手抄本，元乔一看，是一本《正骨经》，翻开第一页，是一幅人体的骨架图，后面是一首歌诀：

接骨一道手中出，须看出白与折骨，肩骨跌出最易见，上肩骨子自耸出，举手不能上至头，疼痛难熬全无力，若遇此症要医他，手法妙中好顷刻。

令人两手骑跨抱，坐正其身莫偏侧，一手将来拽下臂，一手推其肩上骨，两手一时齐拽动，自然入白陷充溢。

若用此法未见功，肩下须当用竹筒，两头随力略抬起，我举两手如上弓，重用气力只一拽，拽上之时痛不凶。

中臂白出最难识，屈则难伸伸难屈，且将好臂比别他，骨子若出自然屈，令人用手捏上臂，我将下臂用拽直，举手之中要用巧，须向内边略一侧，随手屈之又要伸，放手叫他自伸屈，若还肿胀难屈伸，其中消息要详精，向内向外频转侧，须审骨节无砖声，无声无碍好之音。

近手骱出也难认，看他高骨方为定，高骨偏时骱必偏，高骨正时骱必正，高骨非是诊脉骨，手骱底边高骨起，医人看处要分明，治法无非用拽直，且将其骨将上抬，活动频频要仰抑，将他大拇指来伸，又伸大拇指下骨，方才筋骨得和平，要好且须半月日。

近骱臂骨悬半寸，此骨若损如折骨，治用薄杉板绑之，扎缚须教他挺直，近手扎缚莫太紧，委曲不得反成疾。

又有一种锁子骨，近肩横连在喉侧，此骨若出无白藏，若折之时易补茸，或出或折但须平，就将围药浓摊匀，要加绵絮来包裹，更用桑皮按其平，抄肩绑缚用脚带，复络患手在胸心。

背梁骨出如何验，上下参差不得平，扶正患人席地坐，用布抄胸吊上身，上身一起骨便见，急将手去按须平。肋骨折时须指按，按其骨节听其声，按着之时须用绑，棉絮加之急裹身。

臀髀骨出最难看，坐得平时无大患，扶他好足平直立，放下患足自然见，膀出侧外骨出里，若内里侧出外面，令他仰卧端正身，两手举足用一伸，随将脚按其内踝，一拽仍须要屈伸。

唯有膝盖骨无白，跌失之时难依旧，用药围定用圈箍，总然成疾也无咎。膝盖骨下中白骨，此骨生来未易出，若出之时也可医，用力一伸再一屈，转侧内外看来由，骨入之时自平直。

脚骱骨出最难医，一出外边便难入，此骨若出成疾多，十好三四病六七，若遇此症要医之，医家全在手指力，频伸脚背揉宽筋，大拇指头向一抵，抵入之时随缚住，围药膏贴两相宜，若还不入病一世。

又有一种模糊疾，但觉肿痛不出骨，此等虽为跌扑轻，若要速好也难得。

四肢骨折皮不破，折在中间好调护，治法轻轻要拽齐，拽其捏平疾不做，速将围药包裹之，绑板两头齐白缚。若是骨子近白折，绑板须宜透白结，委曲白边板休透，免致筋骨不动活，如包胀肿并血，银针挑破生肌抹，六七日后缚若宽，再换围药随力扎。

又有皮破血淋漓，皮开骨露甚恐危，治法也要轻拽入，生肌散抹膏药随，夏月须当露伤口，香油时上免生蛆，或有些小碎骨出，不需惊惧耐心医，诸般骨节俱堪医，天灵盖破无药医，天柱之骨在顶内，若还跌出极为危。

下颏脱落如何验，口角流涎齿下齐，口角若正是双落，口角歪斜单落医，令人背后抱住额，两手捧其腮颊骨，二大拇指入口中，尽齿根头捏着实，轻轻拽出向上挽，随用一拽自平复。

如觉指下叽然声，不需放手目暂停，试看入白未入白，妙法无机在性灵。

单落一边用指治，治法无过悉如此，若医此疾漫心机，心性鲁莽徒然耳。

元乔得此书，喜得不得了，日夜翻读，不到三日，就烂熟于心。

熟读《正骨经》的元乔，每天都希望有摔断了手脚的人到张氏草药铺来找他正骨。可是来治病的没有一个断手断脚的，一天，他实在是忍不住了，便对父亲说："爹，怎么没有一个人来治骨伤的呢？"

父亲一听，正色道："我们当郎中的，怎么能够盼人生病呢？世上如果没有病人，即使我们饿死街头，也是当郎中的福分。你学会正骨，是为了救治不测的人，但如果我们盼别人遭遇不测，就坏了郎中的良心了。"

父亲的一番话，让元乔面红耳赤。其实，他并非是盼望有人摔伤，只是想试试自己的医术而已。

有一天，他看到邻村的张猎户牵着一只一拐一拐的狗从药店门口走过，他一下子来了精神，对张猎户说："张叔，您的狗这是怎么啦？"

张猎户说："莫说起，今天碰到一只两三百斤的野猪，我一铳没把它打死，我这狗见势冲上去撕咬，不想这三百斤的野猪一张嘴好厉害，一嘴就将我这狗的后腿咬住，还一摆头，就将它甩到两丈远的山坎下去了，那猪疯了一样钻山跑了。真是背时倒霉，野猪没打到不说，还废了一条好狗！"

元乔忙说："张叔，我帮你家的狗治伤吧！"

"你？你还会治伤？它的腿是彻底废啦，骨头断了几截几寸，治不好了，只能养它的老了哟。"

"让我试试吧，保证还你还条好狗！"为了争取张猎户的同意，本不会夸口的元乔，在他面前夸下海口。

张猎户见这个小草药郎中竟然夸口说能治好他的狗，便说："如果你真能治得了我这狗，我送一只角麂子给你吃。"

元乔说："好！可我怕它咬我。"

张猎户笑道："不怕不怕，我这狗乖得紧，你帮它治伤，它怎么会咬你呢？"

张猎户说完，将一拐一拐的猎狗牵过来，让它躺在地上，一手摸着它的头，一手按住它的屁股。那狗好像知道了什么，乖乖地躺着，眼睛巴巴地望着元乔。

元乔拿出治伤的架势，先画了一碗符水，喷到狗腿上，再蹲下身子，慢慢地摸捏着伤了的狗腿，说："这骨头哪里是断成几截几寸哟，都被咬成碎碴子了，不过不要紧。"他边说边捏，那狗也不哼不叫，还蛮舒服地闭上了眼睛。

不到一刻钟，元乔就将断骨碎骨一一捏复位。之后又让父亲帮它找来几样鲜草药捣碎后，敷到伤口上，再用三块木板将伤腿夹上，绑好绷带固定好。之后吩咐张猎户说："你莫让它到处乱跑，不能让它把这夹板啃掉，过七天再来看。"

七天一过，那张猎户果然将那狗带来了，说，这狗还真能用脚踮着走路了。元乔将绑在狗腿上的绷带解开，将夹板取下，用手摸了摸狗腿骨，说，伤口是长拢去了，但还不能着力，我再给它换一味药，再养一七，就能下得地了，但要咬兽，怕还得两三个月。

张猎户一听三个月能咬得兽，喜得不得了，说："要真能咬得兽，别说一只角麂，一只野猪都舍得。"

半个月，张猎户再次带狗来复诊，元乔帮它拆了夹板，那狗像箭一样冲出去，来了个百米冲刺，跑回来，围着元乔的脚跑了三圈，一双前腿趴在地上拜了三拜，立起来扒到元乔的肩上，把元乔吓了一大跳。

第二天一大早，元乔起床，竟然发现院子里有一只被咬死的兔子，元乔一见，惊喊道："爹，院子里有一只死兔子。"

汗青忙跑出来，一看，突然悟道："这人畜一般呢，一定是张猎户家的狗送来的，这狗也会感恩呢。"

从这以后，隔三岔五就有死兔子呀，死野鸡什么的出现在元乔家的院子里。

治好了狗伤，元乔正骨的信心大增，为了让人知道他能正骨，他甚至还写一了块"正骨张元乔"的牌子，背在身上，在聂家市境内走了一圈。有的人觉得稀奇，都跟在后面看热闹，还有人把他当成疯子，说："张郎中家的那个小郎中，只怕是得了失心疯，整天背着个木板在外面跑。"

这些话传到元乔的母亲梦锦的耳朵里，梦锦心里很难过，她怕儿子正骨入了迷，就找汗青商量，汗青说："没关系啦，初学之时，心情都很迫切的，慢慢就好了。"

"可慢慢要到什么时候呢？"梦锦说。

"他一个小孩子，没一点名气，谁敢冒险请他正骨？如果有一两个人能到他这正骨治好，有了名气，自然就有了病人上门。"汗青说。

有一天早上，梦锦爬在梯子上想将挂在梁上的一只药篓子取下来，突然从梯子上摔下来，将右手摔伤了，她大喊着："元乔，快来救我，娘的手好痛呀！"

元乔正在院子里练功，一听母亲叫喊，吓了一跳，忙跑到堂屋将母亲抱到床上，摸了一下母亲受伤的手，发现胳膊骨折，手肘脱臼，心痛道："娘，您怎么这么不小心呢，要取东西你说一声不就行了吗？为何要亲自去爬楼梯呢？"

汗青听到叫喊，也跑进来，他一看，就知道是怎么回事，叹了口气，心痛地看了梦锦一眼，竟没说一句话。

梦锦笑道："不碍事的，有我儿会正骨，我怕什么呢！"

元乔吩咐父亲帮他照顾母亲，自己很快找来一些器材，按照师父的指点和书上的要诀，画水、念咒、点穴，再轻轻地按摩、推拿、拉捏，很快即将脱臼和折断的骨头复了位，再敷上草药，绑扎固位。又配了草药帮母亲煎熬，伺候母亲喝下。

半个月时间，元乔侍候在母亲床前，问这问那，把问过的情况都记录在一个本子上面。直到母亲的手完全活动自如，他才放心。

过后，父亲汗青对元乔说："你知道你娘是如何摔了的吗？"

元乔说："娘也是太不小心了，今后爬高的事一定不能再要她干了。"

汗青叹了口气说："你是真傻呀，你娘还不是为了你？"

"为了我？"

"她是看你天天想找个伤了骨头的人试手艺，自己故意从梯子上摔下来了的呀！"

元乔一听，简直有点不相信，但他知道父亲不会骗他，他激动地冲进母亲房中，哭道："娘，您怎么这样傻呀！"

母亲笑道："傻孩子，你爹对你说了什么？可别听他乱说，是娘不小心摔的，幸好有儿子的精湛的医术，看，娘的手不是完好如初了吗？"

这件事之后，元乔又成熟了很多，他懂得了什么是无私的爱，做郎中的，就要有母亲一样的爱，一定要有怜惜心，要有大慈悲，人活在世，都不容易。

第四章　初露峥嵘

由于多年来风不调雨不顺，不是春上水患，就是夏秋大旱，再加上各地经常会党起义，土匪为患，老百姓常常是流离失所，民不聊生。光绪十四年五月，临湘县也发生大范围的抢米风潮，首领是三田人王联露。这王联露长得五大三粗，八岁时即能将两头斗架的水牯分开，曾随刘璈到台湾当兵勇，是刘璈的一个贴身保镖。光绪十年，法军入侵台湾，刘璈率两名亲兵登上法舰，不费一兵一卒喝退法军而名垂青史，这王联露即是两个亲兵之一。光绪十二年，刘璈受同僚陷害，被发配黑龙江，王联露也随行左右，刘璈因受陷而忧愤成疾，同年病死于黑龙江，王联露即被遣散回家。

早已对朝廷不满的王联露见家乡父老食不果腹，而一些米店老板却趁机囤积居奇，哄抬米价，便组织了一百多名流浪乞讨的灾民，将临湘的一家米店抢了。一听说临湘县出现抢米事件，各地纷纷响应，一时间，所有临湘县的米店全部被砸被抢，风波又迅速波及到巴陵、通城等一些邻近的县。

聂家市的同发米店也被抢了，在抢米的过程中，同发米店老板易善友组织护店伙计十多人，手持扁担，与抢米百姓发生打斗，一时间，聂家市街上哭喊之声令人胆战心惊。

这场恶斗，可谓是两败俱伤。打斗结束，米店的米一粒也没保住，十几个伙计不是头破血流就是手断腿折，参与抢米的百姓也有几十人受伤，不是破了头，就是被打折了腿，捅断了肋骨，倒在街上动弹不得。

突然就有人想到，草药郎中张郎中家的小郎中张元乔是会跌打损伤、治伤筋断骨的，只一会儿工夫，张氏草药铺的院子里便或抬或背来了十几个受伤的人，还有的自己跑来了，一时间，院子里躺满了哭爹喊娘的。

毕竟没见过这样的场合，元乔被这场景吓坏了，不知道先给谁治。汗青便先将那些伤得不重，或只是一些皮外伤的，安排家里人都出来帮忙敷药止血、包扎，将伤筋断骨的安排躺在一边，按轻重缓急排好队，再帮着元乔一个一个的诊断治疗。

有一个老头，六十多岁，是个流浪汉，已三天没吃一粒米了，本想夹在人群中抢一点粮食，没想到刚走到米店门口，就被一个伙计一扁担打在腰上，倒地后，又被无数双脚一顿踩踏。当打斗结束，人群撤退，已是奄奄一息。被人抬到张氏草医堂的院子里时，已不省人事。

汗青把了把那老头的脉，脉象已非常微弱，汗青忙将老人扶正如僧打坐，再让元乔提住头发，将一包自制的半仙散吹入鼻中，并用野三七三钱，煎酒让他灌服，大约半袋烟的工夫，老人便慢慢苏醒过来，并从口中吐出一口瘀血。元乔又从头到脚帮他摸了一遍，发现老人有十多处骨折。在父亲汗青的帮助下，他一处一处地帮老人复位断骨，再用杉树皮、木板、竹块等，将复位后的手脚、胸腹进行固位绑扎。

这一忙，竟忙到子时已过，才将一院子的伤者处理完毕。折了手脚的，处理好了即让人将伤者抬回去，有三位伤得特别重的，就安排在家里养伤观察。

除了那六十多岁的老者外，还有一位三十多岁的中年汉子，名叫萧干城，断了两根肋骨和右小腿骨，躺在门板上动弹不得。另一位七八岁的少年乞丐叫恒伢子，被踩断了一根肋骨，打破了踝骨，可这个小家伙竟是一声不哼。

元乔和父亲汗青每天精心给他们治伤，梦锦则一天三餐伺候他们吃喝，还煎药帮他们调理身体。不知不觉半个月的时间过去了，他们三个人都基本痊愈可以离开了。老头子临走时，从怀里掏出一个污浊的破布包交给元乔，说："这是我的一个老友临终时托付给我的，我也不知这是一本什么东西，他对我说，这是我几十年在行医途中收集或调配的一些药方，倘若你哪一天碰到一个善良的郎中，你就交给他，它也算找到了他真正的归宿，对你来说也是一件大功德。我十多年来一路乞讨，将它揣在最贴肉的地方，看得比自己的命还重要，生怕有负老友信任与重托。我流浪半个中国，也碰到过一些好郎中，总觉得都不是它的主人。这半个月承蒙救治，你们的善良与医术，使我找到了该找的人，这本子也终于有了最好的主人。"

元乔找来剪刀剪开破包皮，里面有一本泛黄的书，书名叫《回生集》，还有一个残破不堪的本子。翻开本子，里面记录了许多奇奇怪怪的病例与药方，救治的过程及疗效。元乔将本子交给父亲汗青，汗青翻了几页，手便颤抖起来，他连忙跑到睡房，从他的一个常年锁着的木箱子里找出一本同样的本子，前后左右比较了一番，自己收藏的那本封面上写着"张氏草医方（上），而这一本残破的封面上隐约能辨出"长＊＊医方（下）"几个字。汗青捧着残破的手本，鼻子一酸，眼泪滚了出来，他轻轻念叨："爹呀！爹呀——"

当汗青从里间走出来，那老人已经消失在老街的尽头。

这既是一段机缘，也算是一段福报吧，汗青父亲的心血，几经周折，竟因元乔的治病救人，回到了家里，得到了最好的传承。

那中年汉子临走时，只是向元乔父子揖了揖手，说："大恩不言谢，山水有相逢，后会有期！"那人说完，转身就走了。

可这个七八岁的小家伙就不好对付了，他见其他人都走了，自己也不好意思再住下去，但他又不知该到哪里去，便怯怯地对元乔说："哥哥，你教我做郎中吧？"

这一下，元乔就有些为难了，这么大的事，他怎么可能随便答应呢？再说，对于医术，自己还只知一些皮毛，还有很多东西正在跟着父亲学习，怎么能收徒呢？他将小家伙的想法告诉父亲，父亲正色道："这医也不是随便什么人都能传的，祖上曾有誓在先，只传内不传外，非张氏嫡亲，不可妄传。这事你就让他死心吧！"

元乔将父亲的话对那小家伙一说，那小家伙竟咚的一声跪在元乔脚下，说："哥哥不收我为徒，我就先自己断了你接的骨，再一头撞死在这里！"

这时，汗青刚从里间出来，见那小子霸蛮，就有些不高兴，对着元乔"咳"了一声。

元乔虽觉得为难，却倒是蛮喜欢他这性格，思索了一下，便与父亲商量道："爹，我看这样，我就教他正骨之术吧，这正骨之术也非我们张氏祖传，既然是从他处学来，就不受这传内不传外，非张氏嫡亲不传的誓言的约束。这乱世之中，正骨之法随处可用，让它发扬光大，正合我们做郎中的救人济世的法度。再说了，这伢这么小，让他到哪里去都会饿死，不如就……"

汗青见元乔小小年纪竟有这样的胸怀，自然不好再说什么，默许元乔收下这个弟子，但只让元乔教他正骨之法，不可教他张氏祖传医术。

两年之后，这个年仅十岁的徒弟离开张家，竟不知所终，张元乔和父亲游医时曾四处打听，也没有打听到他的下落。

光绪十七年八月中秋之夜，在岳州府临湘县与通城县交界的龙窖山天宝寨，汪殿臣召集众兄弟计议大事，并歃血为盟，众兄弟喝过雄鸡血酒后，汪殿臣道："各位，我们在座的，大多是为朝廷卖命多年的兄弟，我们不是怀着精忠报国的决心奔赴沙场，就是为活命在刀枪剑戟中讨生活，自道光三十年，广西人洪秀全举义旗，建天国，风暴席卷华夏，我等随左帅南征北战，舍命灭之，本以为从此天下太平，百姓能安居乐业。没想到，清廷腐败，对外卖国求荣，对内压榨民脂民膏，弄得举国上下，民不聊生，老百姓流离失所，比长毛有过之而无不及。现在想来，真是悔之晚矣！今正逢天下纷扰，各地会党暗潮汹涌，不如我们先行一步，引爆风潮，摧枯拉朽，或有奇功！我们与其生无所依，不如死无葬身地！大家愿意跟着我，效天朝英雄之壮举，揭竿而起吗？"

聚集在龙窖山天宝堂的，不是积年的军营散勇就是贫苦群众，经汪殿臣一番激情演讲，顿时群情激荡，纷纷表示要随汪大哥起事。

汪殿臣又以几个出生入死的兄弟为核心，安排十人一哨，共五十哨，分散到临湘、巴陵、平江、通城、蒲圻、崇阳等地招兵买马，发动起义。但由于走漏风声，这年十月，湖广总督张之洞派湖南振字营统领余成恩率部会同岳州防营三千人，将龙窖山天宝寨团团围住，由于山中兵力空虚，不到三日汪殿臣义军即被清兵击败，义军死伤一百多人。汪殿臣率余部走秘道潜往小湄飞鸣山（现临湘忠防）计图再举，因清兵缉拿甚紧，遂转移到药姑山渔角亭，继续招收会众。

药姑山跨湘鄂边界，方圆二百余里，山径崎岖，地形复杂，汪殿臣义军在四山塔立营棚，设卡据守。余成恩率部与岳州防营多次攻打，均损兵折将，久攻不下。

光绪十八年八月，汪殿臣等再张布告，称"顺天王总统乾坤离坎四卦天宝山"名号，设军师、元帅等封职，竖旗起事，他与军师吴子余、僧思陶，元帅张兰田、余正喜等商议，准备率领会众先攻通城，再下蒲圻，向北发展。

湖广总督张之洞闻讯后，急派营兵两哨一千余人驰往通城、蒲圻边界阻截，又派湖南振字营统领余成恩率部会同岳州防营三千多人前去镇压。八月十二日晚，清兵乘天色昏黑进抵药姑山麓，袭攻山寨。义军仓促应战，遭遇失败，死伤、被俘数十人，汪殿臣和主要将目从小路出走。

张之洞以湘鄂毗邻，地域辽阔，深恐汪殿臣等乘时再起，于是派防营两哨由湖北候补道李谦带领，乘船赶至临湘，会同余虎恩等部清兵把守四境要道，分途专拿义军。九月九日，汪殿臣、吴子余、僧思陶、余正喜等首领在龙窖源商讨突破余虎恩部重围，重新招集人马举行起义，被叛徒出卖，为余虎恩围堵在仙人殿。

天已全黑，大伙已将突围路线计划好，约定十天之后在通城九宫山会集，以谋东山再起。汪殿臣与兄弟们一一拥抱告别，僧思陶抓住汪殿臣的手，久久不愿放开，他盯着汪殿臣的眼睛说："我们只要还有一个人在，都要举起大旗！"

汪殿臣坚定地点了点头，吼道："兄弟们，都听到军师的话吗！"

"听到！"大伙异口同声。

汪殿臣说："好！我们出发！"

当汪殿臣推开大门，嗖嗖两枝火箭直射门面，他将腰间的大刀拔出一个横扫，那箭镞叮当两声扎在殿门之上，这时，从大门两侧闪过两片刀光，汪殿臣再一闪，荡开刀锋，跳到一棵白果树下，十几个兵丁立刻围杀过来。在也一边与清兵厮杀，一边大喊："兄弟们，还不快快冲杀出去！"

僧思陶紧随汪殿臣冲出殿门，映入他眼帘的是漫山遍野的火把。

他舞动一根一丈多长的长矛，左挑右刺，带领众兄弟杀向后山。当他掩护着大伙退向一处崖边小道时，一队人马追杀过来。他将长矛一挺，将冲在最前面的一名清兵挑入崖下，指挥大伙消失在夜色之中。

僧思陶站在小路中间，连挑十余人，这时，一名挥舞着长刀的汉子冲过来，大喊道："夏思道，你这逆贼，看在你我曾同在左帅麾下出生入死的份上，你快快投降，我免你一死！"

僧思陶知道这是振字营把总余虎恩，便大怒道："余虎恩，你这贪生怕死、投机钻营的无耻小人，你有本事就与你大爷拼个死活！"

原来，这余虎恩与汪殿臣、僧思陶均在左宗棠部下任职，后来都入了天地会，可这余虎恩为了升官发财，竟然将军中天地会会众向上级告密，一夜之间，军营中数百名天地会会众被抓住处死，汪殿臣、僧思陶等少数人得到消息后，从甘肃逃回湖南，不想这余虎恩因告密而被左宗棠所不齿，不仅没升官，反而被遣返，他后又投靠张之洞，升到振字营把总一职。

两人一言不合，便又厮杀起来，刀来枪往，两人杀得难分上下。僧思陶的人马均已撤退，而余虎恩的人却越来越多。僧思陶不想恋战，他希望打个空子突围，可余虎恩却缠住他不肯放松半点。僧思陶一时性起，使出撒手锏，挑、刺、扫、劈，将余虎恩逼到悬崖边上，这时，余虎恩一个后仰，避过僧思陶的一个挑刺，舞刀紧贴过来，这个招式分明就是一个两败俱伤的打法，僧思陶想避过这一劈，因为后背正贴在路上的石壁之上，根本无法跳开，只好将手中的长矛一摆，两人的武器同时脱手，飞向山崖之下。僧思陶紧接着一个反肘直冲余虎恩的左肋，只听得咔嚓一声闷响，余虎恩一个后仰，直坠崖下，就在这坠崖的一瞬，也反手抓住僧思陶的前胸，僧思陶一个趔趄，也随后坠下崖处。

天亮时，清兵们从悬崖底下找到僧思陶与余虎恩时，两人依然互相撕扯着，虽然都气息奄奄，却双手紧攥。

这一战，汪殿臣起义军全军覆灭，十余名首领全部被捕。

九月十八日，湖广总督张之洞下令岳州府就地处决逆贼汪殿臣、吴子余、僧思陶等二十余人。告示文书贴遍岳州大街小巷。

元乔在聂家市街上看到告示之后，吓了一跳，他急急回家，将消息告诉正在裁药的父亲。

汗青自在龙窖山天宝寨养伤半月，心里就知道这天宝寨不是个寻常的地方，为了不惹火烧身，他连在妻子梦锦面前都只字未提过父子俩的一段不敢告人的经历。汗青在江湖上闯荡多年，对于会堂之类知之甚多，但从不过问，更不会涉入，但通过那次接触，知道他们也并非全是一些游手好闲，甚至是什么十罪不赦的人。他们讲究的信和义，还真让人敬佩。

汗青在无意中救人一命，他们的回报，更是感人至深。所以汗青听儿子元乔一说，先是一惊，后是心中一阵莫名的难过。他沉默了很久，才对元乔说："这事，可不能有什么反常的表现，不然的话，惹出事来，可不是小事！"

元乔却说："可那是我们的救命恩人，还是我的师父呢！"

汗青忙一手捂住元乔的嘴，小声说："我的活祖宗！这个话千万说不得的呀，这可真要诛九族的啦！"

元乔挣脱汗青的手，说："我要去看！"

汗青说："你不是已经看过了吗？"

"是明天，岳州府的南岳坡！"元乔说。

汗青一听儿子那语调，知是九头牛也拉不回了，这可怎么办？不行，无论如何也不能让他去，去了说不定会弄出个什么事来！

晚上，等元乔睡了，汗青悄悄将儿子的睡房一把锁锁了，还搬了把椅子坐在门口。梦锦看了疑惑道："你这是干吗呢？不去睡不打紧，还将元乔的睡房锁着，出什么事了呀？"

汗青说："没什么事，你先去睡吧！"

梦锦有点不相信地说："没什么事？不会吧？你快说，儿子怎么了？"

汗青见梦锦非要弄明白，便说："我发现这小子这几天晚上有点梦游，我坐这里观察一下，看是怎么回事，如果有病，好给他对症治治。"

梦锦听丈夫这样一说，才放心去睡。

一夜到天亮，元乔的房间里没一点动静，汗青心里才稍安，心想，毕竟只是个孩子，嘴上说说也就过去了。他将门锁打开，推门进去，往床上一看，竟没人，他大惊失色地喊道："他娘，快起来，元乔这鬼崽还真的跑了！"

梦锦听汗青一叫，一个翻身起床，跑出来问："跑了？跑到哪儿去了？你昨晚不是守了一夜吗？门都没开，怎么梦游出去的啦？"

汗青叹了口气道："唉，这鬼崽，硬是要惹出个大祸才好过！"

梦锦追问道："到底是什么回事哟？"

汗青含糊其辞道："元乔他……他到岳州府看热闹去了！"

梦锦听汗青这样一说，便有些放心道："岳州府看热闹？什么热闹哟？"

"这满世界都贴着告示，今天午时三刻，在南岳坡要杀人呢，二十多个造反的会党，龙窖山天宝寨的。"汗青说。

"杀这么多头，也太吓人了吧？这孩子，也不怕，快去把他找回来，莫吓落了他的魂不得了！"梦锦说。

汗青说："我就去，扛也要把他扛回来。"

这元乔也是铁了心要去看看师父，想去送师父一程，虽然两人相处的时间不长，但师父毫无保留地将自己的正骨绝学传给他，还为了不连累他，将他赶下山来，这一切都让他感动。所以当父亲不同意他出来，并将他锁在房里，他就推掉房顶上的几片瓦，逃了出来。天刚亮，他就赶到了南岳坡，找个高点的地方藏起来。南岳坡他来过，八岁那年，父亲带他到鱼巷子拜访石先生，就打南岳坡经过。南岳坡面临洞庭湖，冬天，洞庭湖是枯水季，南岳坡的坡底全是泥泞，湖边上，几只破旧的渔船正停在那里，几位衣服破烂的渔民正在往船下搬鱼篓。

虽然湖风吹在身上有点冷，但太阳一出来，他窝着的草丛又有了点暖意。因为一夜没睡，又赶了三四十里夜路，元乔有点困，迷迷糊糊间便睡着了。

突然一阵连声炮响，一路当当的锣声将他惊醒，这时太阳已经当顶，南岳坡的湖滩上，已黑压压地挤满了人。随着锣声开道，一队清兵押送二十多辆囚车从湖堤上走过来，人群便开始骚乱起来。其时，早有一大拨清兵已将人群与湖堤隔开，人群根本挤不到囚车边上。

元乔虽然离湖滩较远，但因为站得高，湖滩上的人事他看得清清楚楚。当清兵将二十多个犯人从囚车里拉出来，元乔第一眼就认出了师父僧思陶及义军头领汪殿臣。僧思陶虽然被人架着，双腿无法站立，仍然挣扎着想摆脱两边架着他双臂的清兵，自己站起来。汪殿臣则被反绑着，傲然昂起血迹斑斑的头。

元乔从师父被架着的姿势，一眼就知道，他的双腿已经骨折，肩骨也已经脱臼。元乔看得心里一恸，有着一种立即上前为师父正骨的冲动。

二十多人被一字排开，二十多个刽子手走上前，只等坐在临时搭起的木台上的一个官员的宣判。

也不知那官儿说了一些什么，二十多个刽子手高高举起了鬼头刀，师父最后一刻，将头抬了一下，元乔感觉到，师父向他这边望了一眼，随着刽子手的刀光一闪，元乔感觉到有一束目光随着那刀光将自己的双目闪出一阵瞬盲。

元乔的脑子里一阵空白。

当刽子手们收起鬼头刀，转身离开，南岳坡大堤上的人群，再次骚乱起来，官轿在清兵的护卫下急急地离去，人群也慢慢散去，只有十几个清兵仍然站在坡顶，扛着梭標，像猫看着湖坡上晒着的鱼一样，来来回回地踱着步子。

元乔也像一只饿及了的流浪猫，他伏蛰在草丛中，等待着另外一群猫的离去，他的目标是晒在湖滩上的那一条"鱼"。

张汗青也目睹了这样一场砍杀，他看得有点心惊肉跳。他挤在看客当中，这一群被砍杀的人中，有他的病人，也有他的恩人，但他只能做一个与己无关的看客。当汪殿臣和僧思陶的头滚到三尺开外，那一腔腔热血喷射而出的时候，他想到的唯一的东西便是一剂止血的良方：三七、白及、仙鹤草等份碾末。可是这个有用吗？

他在人群中寻找着儿子元乔，但他没有发现，他最担心的事也没有发生，他担心在鬼头刀高高举起的时候，他的儿子元乔会突然从那个藏身的地方跑出来，惹出一个天大的祸事，但没有，这让他一直悬着的心放了下来。但他坚信，儿子一定就在现场，可一直到湖堤上的人都走光了，也没有看到儿子的身影，他有点不相信，他认定他的眼睛出了问题，元乔一定是夹在人流之中离开了。

汗青是最后一个离去的看客，他回望了一眼湖滩上那一排红血黑泥混染的无头尸体，有一股酸腥的液体从喉咙里涌出来。

太阳从湖面上落下去，砸起一湖的血水，湖中间的君山岛，被一湖血雾笼罩着。天黑下来了，月亮从湖里升起，被冷飕飕的湖风一吹，好像将蒙在上面的灰尘吹落，突然亮堂起来。

元乔从蛰伏了一天的草丛中爬起来，捏了捏早已麻木的双腿，在坡头上走了几圈，慢慢向坡下移去。

湖堤上的那一群清兵撤离了，有几只野狗直奔湖滩，嘴里发出一阵阵低吼。

元乔踩着猫步，慢慢靠近那条躺在泥泞中的"鱼"。他从怀里掏出一只小碗，从湖里舀起一碗水，左手托起碗底，右指蘸了一点水，在水面上画起符咒，口中念叨："弟子遂在香山头上，过香一遍，祖师敕变，过香二遍，本师敕变，过香三遍，三元将军敕变，过香四遍，华佗祖师敕变，过香五遍，五百蛮雷敕变……移疼除痛，封血接骨，连皮合封，肿处即消，热处即凉，痛处即止，骨断骨相接，皮断皮相连，筋断筋相合，弟子观请文童女海上仙，弟子叩请，霎时到，实时灵！"随后，猛喝一口水，将水雾喷在僧思陶身上，并轻轻揉捏，并在嘴里念叨："左胫骨，两节骨折，右大腿骨骨折，肋骨两根骨折……"，他再以按摩、推拿、按压、提拔、转摇、拖拉、衔托、对插等手法，将每一节断了或碎了的骨头捏合到原来的位置，又从衣服上撕下几块布条，从湖边找来几块被浪冲上岸的木块和树皮，固定、包扎、捆绑……

正当他按照师父教的方法正骨完成时，突然听到一声吼："不许动！"紧接着，被几双手将他扑倒按在泥地上，让他啃了一嘴的血泥。

"终于让我们逮到了这个余孽！"那几个人大喊道，随后一根绳子将元乔绑了个严严实实。

这时，从堤坡上面突然冲出一个人，将那两个绑元乔的清兵推开，大声说："他只是个孩子，你们为什么要绑他？"

那两一先是一愣，随后大喊："快过来，又来一个逆贼余孽！"

这时又从黑暗中冲出两个人，去拿那人，那人说："不要你们动手，只要你们将我儿子放了，我跟你们走！"

原来那人是张汗青。张汗青白天没有看到儿子元乔，但他仍然相信儿子就在附近，所以他并没有走远，一直在湖堤上走来走去。当他发现清兵大喝着将一个人按在地上绑起来时，知道那被绑的人一定的元乔。于是，他奋不顾身地冲了出来。

那几个清兵哪里肯听他的？他们不仅没有放元乔，还把张汗青一同绑了起来，带回了驻地。

原来，张之洞指示将义军头目就地正法后，估计会有人同党来为他们收尸，于是又让振字营驻扎在岳州，协助岳州团练抓住余部。

在抓捕僧思道时，余虎恩身负重伤，几天来躺在床上动弹不得。但为了抢得更大功劳，他带着伤痛坚守营地，躺在床上指挥手下暗地里在湖堤上埋下几十名伏兵，只要有人走近尸首，就一律拿下。只要拿到收尸的，每个赏银子五两。

这不，抓到两个人，他们正好可向上级邀功，怎么会轻易放过一个人呢？

那几个清兵将汗青与元乔父子俩带到营帐，推到余虎恩的帐前，听候他的发落。余虎恩虽然只能躺着，还是坚持亲自问案。

那几个清兵将汗青父子按跪在余虎恩的床前，余虎恩说："你们到底是干什么的？为什么要给那几个逆贼收尸？是不是他们的部属？还不快快招来！"

汗青怕元乔说漏嘴，忙说："回大人，这实在是冤枉呀，我们父子俩是聂家市乡里的小草医，平日里走村串乡治病救人，怎么可能是逆贼的属下呢？您可到乡里去调查取证的。做郎中的，以救人济世为本，怎会干杀人越货，造反谋逆的勾当？请大人明察！"

"既然不是逆贼，为何去给逆贼收尸？"余虎恩道。

汗青忙叩头道："大人，您真是误会了，我们怎么会去为逆贼收尸？我儿元乔，去年从一个游方郎中那里学了点正骨术，一直想找人试一下，可总没有机会，今天在人群里看热闹，发现那个逆贼走不得路，估计是骨折了，一时心痒，看没人在哪，就想云试一下手艺，竟然做下这等荒唐之事，请大人高抬贵手，饶草民们一命！"

余恩虎一听这小子会正骨之术，心想，自己正多处骨折，还未找到一个好郎中处置，如果他果然会正骨之术，还真是踏破铁鞋无觅处，得来全不费功夫。不如让他试一下，看他们说的可是真话。于是努力转动脖子，对着元乔说："你说，这个人，可是你父亲？"

元乔自被绑至现在，还一句话都没说，也因被那一按，吓得不轻，竟不知该说什么，见问，便说："是。"

"你们是哪里人？是干什么的？"

"我们是聂家市乡里的，草药郎中。"

"你会正骨之术吗？"

"不会！"

余恩虎一听，便火道："那你父亲说了假话？不会正骨，说明你父亲说你给逆贼正骨是假，收尸是真！好，不用多问，推出去斩了！"

听儿子这样回答，汗青就吓一跳，再听余虎恩一声喝，吓得连忙再次叩头道："大人息怒，这小畜生是怕大人怪他不谦虚，才说自己不会正骨，他真的会，看我这腿，这胳膊，去采药的时候掉在山崖下，就是他帮我接上的，看，我现在一点后遗症都没有，想蹦就蹦，想跳就跳……"

"谁能证明你去年摔断了腿？你能证明你真的是郎中？"

汗青想了想，突然想起了就在南岳坡边鱼巷子开药店的石郎中，便大声说："大人大人，有人能证明，就在前面，那个鱼巷子开药店的石郎中石先生就能证明，他老人家还经常到我们聂家市乡里去看我……"

"我不管什么石郎中土郎中，你说你儿子会接骨，如果能将我的骨头接好，我才信你说的是真话。"

汗青一听，忙对元乔说："你个畜生，还不赶快去给大人瞧瞧！"

元乔从一见到躺在床上的那人起，就知道那人骨伤不轻，又知道师父等人就是被这些官兵杀害的，本来心中就有怒火，所以说自己不会正骨。但如果不给他正骨，看来父子俩都性命不保。所以将心中的怒气压住了。他又想起父亲和师父都说过，在郎中的眼里，就没有好人与坏人，只有病人。这躺在床上的人，且不说他是好人还是坏人，但他肯定是个病人，是病人，就得给他治病。所以他听父亲那着急的样子，便说："那还不给我松绑，我怎么瞧病正骨？"

余虎恩说："松绑！"

几个清兵走过来，将元乔身上的绳子解了。

元乔走到余虎恩的床前，弯下腰，将他从手到脚，从胸到背，都细细的捏了一遍，说："断了七处！

余虎恩被元乔捏得大汗淋漓，但听他说断了七处，心里知道这小子说得不错，果然是个行家，便吩咐兵丁道："还不给那位松绑，给这位小郎中搬个座？"

几个兵丁忙一一照做，又按元乔吩咐，找来一碗水，几截绳子，几断木板，作了法，再一处一处将余虎恩的骨头慢慢捏到位，绑上木板和绳子。

一切妥当后，元乔说："今天我没带药，得明天到湖边找些草药外敷，再到石先生家捡些中药，慢慢调理。"

余虎恩被元乔的符水一喷，在没有一点痛感时就被捏归了位，对这个十七八岁的小伙子刮目相看，心想，这行军打仗，断手断脚可是常事，如果能把这小子留下来当个军医，是再好不过了，便暗暗想着如何将他收为己用，笑道："嗯，不错不错，果然是个正骨的郎中，但我还有些不信，你为一个死人正骨，只是为了练练手艺！你和那伙人到底是什么关系？"

元乔帮余虎恩正骨成功，心中就不很怕他了，说："没有关系，我就是为了练手。现在我帮你也把骨头接起来了，明天帮你弄了外用药后，你可要放我们回家！"

余虎恩道："放你回家？待明天再说。"说完，又吩咐兵丁将他们父子绑在一起，派两个人看守着。

余虎恩将元乔父子关了三日，软硬兼施，也没能说通他们留在军中做军医。再加上梦锦得知元乔父子被抓，便找到石先生托人取保，余虎恩才将他们父子放了。

接连几件大事，聂家市张氏草医堂的小张郎中元乔的名气迅速飙升，有时甚至盖过了老张郎中张汗青，张氏正骨的名气也盖过了张氏草医。在临湘县，甚至岳州府，只要有跌打损伤，人们首先就会想到张氏正骨张元乔。

从余虎恩的振字营放出来之后，张汗青一直在考虑一个问题，那就是如何让儿子真正成为一名正骨高手。张汗青知道，儿子元乔所掌握的正骨之术，还只是处在复位的手法之上，至于真正的舒筋壮骨、疗伤瘀积，还没完全弄懂，如果能将张氏草医中的筋络之法、穴位针刺之法，以及内治之法加以融和，方可真正达到最佳效果。

于是，张汗青将家传医书医案翻出来，特别是将父亲记录的《张氏草医方》拿出来仔细研读，找出与正骨相关的病例病案。其实，张氏家传中，不仅对骨科有研究，而且对与之相关联的跌打损伤均有较详尽的记载与描述，只是其治骨之法多以内治为主。

通过对祖传医书医案的认真研读之后，张汗青就抓住一切机会，和儿子元乔讲解自己对伤科的理解，并将这些重要的东西翻看给元乔，让他自己去研读。

通过父亲的讲解与对祖传的研究与思考，元乔的思想豁然开朗，他认识到了自己的肤浅，在这之前，他一直认为，治伤最重要的是正骨，将骨头接好了，伤就治好了，其实要真正成为一个正骨高手，必须懂得所有的跌打损伤，包括刀伤、箭伤、刺伤、跌扑、擦伤、骨伤等。

在乱世之中，不管是战争还是匪乱，一旦发生，对人的伤害是多方面的，往往伴随着骨伤，对人体的伤害还有刀伤、箭伤、刺伤等金属利器造成的，容易在人的体内残留铁屑、铁锈，有的箭头上带有毒液，伤者更难救治。因此在医治的过程中只将骨头接续起来，是远远不够的。

在祖传的医方中，有一项让元乔非常感兴趣，那就是"刀尖药"。"刀尖药"的治疗功效是以止血、解毒、镇痛、消炎、散瘀为主。其中有几个方子"七厘散"、参黄散、紫金丹、复元活血汤等。元乔仔细研究了几个方子的成分与功效，发现各不相同，其中七厘散由血竭、红花、乳香、没药、儿茶等中药共同研细加工而成的散剂中药。具有活血、散瘀、止痛、消肿等功能。常用于外伤所致的瘀血肿痛、肌肉酸痛、闪腰岔气等症。而参黄散由参三七、大黄、厚朴、枳实、桃仁、归尾、赤芍、红花、穿山甲、郁金、胡索、肉桂、柴胡、甘草、青皮等十九味中药研末为散剂。具有逐瘀下降、疏通的功效，须用酒调服。紫金丹出自祖上自创的《张氏医通》：由琥珀屑、降真香末、血竭等研末而成。具有散瘀、止血的功效，主治金创出血不止。该药有伤口愈合后不留瘢痕的特点。复元活血汤则为内服汤剂，由柴胡、天花粉、当归、红花、生甘草、炮山甲、大黄、桃仁组方。具有活血祛瘀、疏肝通络的功效，主治跌打损伤、瘀血留于胁下、疼痛不已。

仅外伤一项就蕴藏了无穷奥妙。至于综合性的跌打损伤，其治法就更不只囿于正骨一法了。

元乔还了解到，治疗跌打损伤的方法分为外治、内治两种。自己所用的只是治法中的一种。虽然外治法在治疗跌打损伤中占着重要地位，但还需与内治法配合应用，常用的有药物治疗、手法治疗、夹缚固定，还要配合传统中医的针刺、拔罐等。其中药物治疗包括了敷贴药、搽擦药、熏洗法。手法治疗包括了接法、端法、提法、按摩法、推拿法。夹缚固定应用在骨折伤，经正骨处理后用来保持它的整复位置，要求固定直至骨折断端达到理想的愈合。

在正骨过程中，有时还须针刺治疗，用来急救、止痛，恢复后遗症等应用。拔罐则多用于陈旧性伤而兼患风湿性关节炎者应用。

至于内治，自己所用的草药方是其中的一种，父亲在这方面更有独到之处，父亲汗青能根据患者损伤的虚实、缓急等情况而选用攻下、消散或先攻后补，或攻补兼施，或消补兼用等不同治法。这一点，父亲曾多次对元乔说起过，也手把手的指导，只不过平时元乔理解不深。但祖父的草医方中将其分类，让元乔一看便明白：初期治法，攻下逐瘀、行气消瘀、清热凉血；中期治法，和营治痛、接骨续筋、舒筋活络；后期治法，补气养血、补养脾胃、补养肝肾、温经通络。

这些看似枯燥的东西，元乔是越看越觉得妙不可言。平时急于展示自己的手艺，竟然不知自己只知其皮毛，顿感羞愧不已。

当他读到祖父抄录的《回生集》中的一段话时，更是感慨万千，其中有一句，好像是专门写给元乔的："盖闻天地以好生为心，仁者以救人为念。施药以治病救人之术也。然一己之能救人曷？若人人之能救人之为功广也。"他突然想起自己收恒伢子为徒的事，觉得自己这一点是做对了。但想到，那时生怕恒伢子从自己这里偷学到张氏草医的医术，最后将他逐出师门，又惭愧不已。

《回生集》对跌打损伤的分类之细，也让元乔如醍醐灌顶，元乔一连读了三遍，才真正理解其中的一些内容。比如说，书中对"伤"与"损""跌""打"就有明确的分析，认为见血才是伤，骨疼即是损，其病势有缓有急，医者要根据实际情况加以施治。从高处坠下，或倒压闪锉为跌，跌是先受患而后惊，与人争斗及杖夹为打，这是先惊而后患，跌打俱有伤损，须看轻重而治。治跌先宜治患，而后镇惊。治打先镇惊，而后治患，这是普遍规律，但具体情况也会有不同。如果伤破肌肤，不论伤在哪里，要外用止血生肌药，内服祛风药。如果内伤吐血及鼻孔流涕血的，又要以和气活血为主。如果损了筋骨，外治时应整接敷夹，内服活血止痛药。如果损脏腑，昏闷气绝不省人事的，又应以和气行血为主。如患处肿或红紫黑青的，都是因为气血郁逆不散。外宜熨法并敷药，内服破气破血药，若患久用药太过，肿不退，又当和解。若破伤肉肿者，又当祛风为主。胸胁腹背受患，致令肚腹膨胀，而疼痛不止的，外宜敷贴药并熨法，内服破气去瘀药。若大便通，又当和血行气……

元乔在医理和医案中，慢慢悟出了正骨的精髓，正骨之法，不全在骨，骨只是表象，而气血才是骨的本质。接骨复位，只完成了正骨之术的三分之一，调理气血，理顺筋络，还需要强大的内治之法来支撑。

通过学习，元乔脱去了少年轻狂，变得谦恭有加，凡有不懂，必定向父亲请教，向书本请教。不知不觉，元乔的骨子里已融进了大医的气质。

湘军振字营把总余虎恩因剿灭汪殿臣谋反有功，受到张之洞的嘉奖，在为余虎恩的庆功宴上，张之洞问及余虎恩的伤情，余虎恩说："承蒙大人挂念，在下虽九死一生，但不出一月便已完好如初。"说罢即席舞刀以助酒兴。张之洞惊诧道："是何处圣手，能在这么短的时间你让你伤愈？"

余虎恩便将张元乔、张汗青父子为他正骨疗伤的事对张之洞说了，当然，在讲这段奇事时，一是为了怕节外生枝，二是怕张之洞忌讳，余虎恩隐去了元乔为天宝寨军师僧思陶的尸体正骨这一节。只道元乔父子感谢振字营为地方除害，仰慕自己英勇，为国负伤，特意到军营为自己治伤。

张之洞一听有这等大义之人，感慨不已。又问："这张氏父子治骨病如此了得，家母多年足疾，骨疼不已，行走艰难，不知张郎中是否治得？"

这余虎恩本就是一个善于投机之人，一听，这不是一个最好地讨好上司的机会吗？如果治得好张总督母亲的足疾，自己又是一件大功，如果治不好，那是张氏父子的医术不到家。这样一想，便夸口道："这张氏父子，是真正的神医，在岳州府家喻户晓，特别是治骨病，可说是药到病除。在下这次回岳州营防，即刻将他们捉来为太夫人治病！"

张之洞听了高兴地说："不是捉，是请，若张氏父子能治好家母陈疾，当记你头功！"

余虎恩当即跪谢。

余虎恩即日赶回岳州府，连夜到聂家市张氏草医堂，将张氏父子押回岳州府振字营驻地。

一路上，张氏父子莫名其妙，以为又因天宝寨的事再起祸端。到了余虎恩军营后，余虎恩才将湖广总督张之洞请他们父子为母亲治骨疼的事说出。张汗青对余虎恩的做法是敢怒不敢言，但张元乔虽经历了几次变故，仍是初生牛犊不怕虎，他对余虎恩呵斥道："治病救人本是我们做郎中的本分，病不分贵贱，张大人的母亲有病，若看得起我们父子，我们自是不会推脱，但用这种方式，我就是死，也不会去。我们没有作奸犯科之事，还请大人将我们放了。"

余虎恩见张元乔这样认真，怕误了自己的功劳一件，连忙向他们赔不是，并说总督大人是要求用八抬大轿将两位先生抬到长沙总督府的，八抬大轿太慢，还是请两位先生委屈一下，坐马车去长沙。

见余虎恩放下架子，苦苦相求，父子俩还是答应去长沙为张之洞的母亲看病。

　　进了总督府，张之洞将张氏父子奉为上宾。张之洞在与张氏父子交流中，得知与张氏父子与自己同宗同派，更是亲热，张氏父子原本有些紧张忐忑的心也轻松下来。张之洞对张汗青说："你们有个邻居，叫吴獬的，是否知道？"

　　张汗青说："怎么不知道？他还是犬子元乔的恩师呢！当年，我和岳父大人被冤关在临湘县的大牢里，还是先生竭尽全力相救才留得一条性命！"

　　张之洞一听，感慨道："凤笙才学人品，张某自叹弗如。如果不是性格刚直，己丑科考策论直砭时弊，也不至于知政不毛之地。"（后来，张之洞曾对部属说过类似的话，如"洞庭一湖水，唯凤笙饮一杯，我与诸公仅尝其涓滴耳"。）

　　也是张之洞对人性洞察至微，他怕一介草民见了他这样的大官，心情太紧张，把脉不准，难以对症下药，所以先和张氏父子扯拉家常。见张氏父子完全放松了，才带他们去给母亲看病。

　　张氏父子走到床前，先是问了一些病症，了解到张太夫人已卧床多年，长沙名医都已看过，药也吃了不少，但效果不佳。主要是两手十指，痛后而肿，骨痛如刀绞一般，左右膝盖更是痛得伸展不得，无法触地。元乔先是将太夫人的手脚骨头摸了一遍，发现膝关节肿大，关节内有骨痂如刺，上下腿肌肉萎缩。便说："这病，怕是关节已坏，骨内长刺，在下所学，无非是接骨续筋，对骨断骨碎，推拿按捏，尚能应对，这等医症，恐难胜任。"

　　张汗青沉吟了一下，说："这病，在南方还算是常见，南方湿气重，湿热之风火流入肌骨，日久而生病变，虽为骨疼，却是内病。我再来为太夫人把下脉吧。"

张汗青轻轻按住太夫人右脉，闭眼良久，最后说："依我之见，此病应为鹤膝风，虽然已是老病根，还不碍事，应有治疗之法。"随后，他又让元乔也给太夫人把了脉，并要他记住脉象特征。同时开了一个以"石膏、知母、黄芩、甘草、苡仁、当归、防己、茵陈、忍冬藤、当归、山羊角、僵蚕、蜈蚣、全蝎、地鳖虫"加减的方子，交给张之洞。

　　张之洞接了方子，说："还望本家先生多费心事。"

　　回到客厅，张汗青道："太夫人之病，为筋骨痹症，落在月子，大人兄妹中，有生在四五月的没有？四五月间，南方湿热，女人产后，如未避湿热，或常用冷水，湿热之邪气最易入侵，久之成疾。"

　　张之洞忙说："在下即闰四月生人，常听家母说，在下出生后，经常亲自洗尿布，以致得了月中冷热之病。原来家母是因我而得病根，实在难过。"张之洞说完，竟是泪光闪现。

　　事后，张汗青让元乔回忆张太夫人的脉象，并给他讲解说："痹症在骨，即为骨病，当郎中的，不能只拘泥于一病一症，正骨是一科，需专而精，但仍须兼及其余。如这痹症，是贫苦人家的常见病，一旦得病，求生不得，求死不能。我们郎中不能以不治以对。"

　　他又说："这痹症，有风、寒、湿、热四种，按照这四种因素多少强弱所表现出的症状都有不同。如：风痹又称为行痹、痛风，也叫走游风。此病以风邪为主。风性善行数变，上下串动而游走。故此病的痛点多，游走性强。寒痹又叫痛痹，此病以寒为主，关节疼痛时不发热或不红肿，且很少能游走，疼痛点基本固定，遇冷痛增，遇热痛缓。湿痹又称为着痹，此病以湿为主。在关节疼痛时带有酸胀、麻木、沉重之感。有肿痛，一般不红肿、不发热、不变形，游走性不大。热痹又称为热风湿，风湿热。此病以热为主。痛时表面皮肤关节发热有红肿，遇热痛增，遇寒痛缓。筋骨痹症发病致快，变化多端。严重时，皮下结节，骨头硬化变形甚至萎缩。痰瘀闭阻经络、治疗时顽固艰难。筋骨痹症是以筋骨为主病变。筋骨痹症早期症状为有重着、麻木不仁。中期症状是经络痉挛，骨重不举。后期症状是筋结、皮下结节硬块，骨关节硬化变形。筋骨痹症可分为筋痹和骨痹二种。筋痹是经络、经脉之痹。筋痹是出于肝脏肝亏、肝气不足、肝血亏枯、筋失血的营养，使筋脉经络产生病变。出现筋脉抽搐颤抖，皮下经结，皮下结节等症状。骨痹是骨骱之痹，肾主骨，骨骱之病多出于肾亏，肾主骨髓、骨髓空虚，就易产生骨萎，骨头萎缩重叠，引起瘫痪，畸形症状。筋骨痹也可另分二种，一是湿兼风寒型；二是湿兼风热型。二型要懂得辨证施治。湿兼风寒型，主要症状为四肢关节肿痛不红。从手是（指趾）关节逐步发展至腕、肘、踝、膝等关节移动，遇冷疼痛加烈，逐步上延，形成腰脊顶背强直，变形，而畸形发展，舌苔白腻或薄腻。湿兼风热型，主要症状为四肢关节红肿疼痛，疼痛较甚，变形较快。脉多濡或濡数，舌质红，苔藻黄而腻。治疗筋骨痹症，早期宜祛痹通络为主，中后期须兼补肝肾、养气血。反复发作，历久不愈者。当加活血化瘀药和祛风搜邪的虫类药。张太夫人的病，当为湿兼风热，这种鹤膝风和历节风，发病都在膝关节，使关节肿大而发热。都能出现上下腿肌肉收缩（叫萎缩），关节肿得很大。其实都是因热和湿使膝关节肿胀发热，使大小腿肌肉削去。治疗宜用清热利湿，活血祛风，有内热、脉洪数，所以我用石膏、知母清热利湿。黄芩清热燥湿降火，甘草、苡仁清热降湿止痛，当归活血，防己、茵陈清热利湿退肿。红肿甚者用忍冬藤。皮肤发紫加红花、当归。肢节拘挛加山羊角、僵蚕。

通过半年的调治，张太夫人骨疼消失，并能下地行走了。张之洞对张氏父子感激不尽，后来曾多次向同僚举荐他们为其亲人治病。"

元乔也从父亲那里懂得了更多疑难杂症的治疗之法，并为后来形成了自己的骨病学理论打下了坚实的基础。

第五章　博采众长

　　为了让张元乔真正能独当一面，将张氏祖传草医与正骨之术融为一体，张汗青有了让元乔守家，自己再次游方江湖的想法。但元乔是一个孝德之人，他不忍心让父亲独自一人漂泊无定，风餐露宿，便与父母商量，决定趁自己年轻，独自到江湖上闯荡几年，一是磨炼一下自己的意志，增长一些见识，同时可以遍访名医，丰富阅历，积累临床经验，真正成为一名优秀的郎中。

　　元乔的想法一出，首先得到了父亲的支持。汗青说："一个郎中，只想固守在自己狭小的天地中，是无法真正提高自己，成为一代大医的。再说，当郎中的最要紧的是能知天下人疾苦，懂天下人病痛，才会有悲悯情怀，济世之心。"母亲虽然不舍，但她是一个深明大义的人，懂得轻重取舍，所以在汗青的说服下，也同意了儿子的决定。

　　光绪二十年春天，二十岁的元乔，背着医箱，踏上了他为期三年的江湖游医之途。这三年中，他的足迹遍布湖南、湖北、江西三道，最远时到达江浙、云贵，历尽了千辛万苦，饱览了人间悲欣，同时也积累了丰富的从医经验。

　　光绪二十年端午节刚过，张元乔沿汨罗江上溯到了的平江一带，傍晚时分，他来到一个小山村，村子不大，也就是十来户人家，他走进村口边的一户山民家里借宿，这是一座非常破烂的小木屋，一间堂屋，两间侧房，火塘就架在堂屋的一角，别人家此刻正是烧火做饭的时刻，可这家的火塘里却没一点烟火，整个房子散发出一阵霉腐之气。他刚走进门，就听到一阵呻吟之声，作为一个郎中，他第一感觉就是这个家里有一个久病的人。但他又不好往里间走，只好站在堂屋里喊："老板，叨扰了哟！"

他喊了数声也没见有人出来，便又问一句："不知屋里有人么？"

这时，只听到房门吱呀一声，从里间走出一个看不清年龄的妇人，非常木讷地打量了一下元乔，问："你是干么哩的？"

元乔忙说："叨扰了您啦，我是一个游方的郎中，天晚了想到你家借宿一晚。不知能给个方便啵？"

那妇人说："我家就一个活人，半个死人，一张破床，如果不嫌霉气，就到火塘角里歪一夜。"

元乔忙说："要得要得，只要有个挡风躲雨的地方就行。"

那妇人再瞄了元乔一眼，问："你是个郎中？"

元乔说："在下正是。"

那妇人眼里亮了一下，立马就暗淡了下去，说："你随便吧，夜饭冒得呷。"她说完，又退回房中，将门掩上了。

元乔走了一天的山路，一路上都是荒无人烟，终于找到一个落脚的地方，虽然此时已是饥肠辘辘，但还是高兴。他放下背箱，坐在火塘边的一张破椅上，歇了一下脚，便从外面捡来一些干柴，点上火，打了一壶水挂在木勾上烧着，又从箱子里拿出一个红薯，放在火塘里，盖上灰，让火慢慢地烤。

因为不时有呻吟之声传来，又有轻轻的骂声传来，元乔有些坐不住了，他起身敲了敲房门，问道："家里有病人吗？让我瞧瞧好吗？"

这时，那个妇人将门打开一点，说："有什么好瞧的？半个死人呢！郎中瞧了千千万，除非你是神仙。"

从半开的门缝里，透出一点松明子昏黄的光，随着那光飘过来，一股腥臭气味扑面而来。元乔说："是什么病，让我瞧瞧再说嘛，又不要你的钱。"

听说不要钱，那妇人才将门敞开，让元乔进去。

元乔来到病人床前，只见那床上的被子补了无数个补丁，已经分不出颜色，坐在床沿上，满床的尿屎的骚臭味让人难以呼吸，那病人瘦得不成样子，深陷的眼眶里藏着两点昏暗的光，如果不是见人后迟缓的转动一下，根本就见不到一点活气。

元乔向他探问病情，那妇人半天才告诉元乔，他男人叫山根，才三十岁，自己叫秋姑，也才二十六岁，五年前，山根在山上伐木，一棵枞树倒地时压在一根檀木上，将檀木压成了一张弓。为了将那枞树弄下来，山根爬到檀树上想将檀木的树梢砍掉，刚爬到树上，那檀木突然咔嚓一声断了，一根碗口粗的树枝像一把弹弓，呼的一声反弹过来，打在他的腰上，人就被弹出一丈多远，从树上掉在地上，当时就不省人事了。后来被一同伐木的人抬回家，准备给他做丧事的，不想他又慢慢悠过一口气来，从此就瘫痪在床上，腰以下已没一点知觉，屙屎屙尿都不能自理，吃喝拉撒都在床上。一开始，也请过几个郎中看过，都说断了腰，一辈子起不得床了。后来也有自称能治好他病的游医，骗吃骗喝几天后，也偷偷地跑了。都五年了，身子都烂得流脓灌水了，也不知何时是个尽头。

元乔将山根身上的被子揭开，他下身一丝不挂，元乔又帮他翻过身子，只见皮包骨头的屁股上，皮肤溃烂，大腿内侧都已化脓。元乔将被子重新盖好，到堂屋找了几块杉树皮，扎了个火把，点燃后出了门。

秋姑见元乔出门，以为是被山根的病吓得连夜跑了，不想过了半炷香的时间，元乔又回来了，他从路边采来了一大把草药，让秋姑将火塘里烧开了的水倒来一盆，将药泡了水，拿了一块破布，轻轻将山根的下半身洗了一遍，擦干后，将他的椎骨摸了一遍，不禁叹道："第五椎腰骨断了，错位太多，断口都已长了骨痂了，要接起来，还真不容易。"

听元乔这么一说，他们夫妇俩眼里燃起的一点希望之火突然又暗淡了下去。

元乔又说："不一定能治得好，你愿意试下吗？"

"死马当活马医吧！"山根说。

元乔道："那就好！明天我再想想办法吧！"

元乔说完，又帮山根作了一次全身的按摩推拿，然后让他休息。

第二天一大早，元乔即到附近的山边路旁采来一大堆草药，分类洗干净后备用，又让秋姑找来一些干杉木板，剪一些布条。一切准备停当后，开始帮山根正骨。

元乔将山根翻过身子，画了一碗符咒水，念了咒语，将一口水喷到他身上，又用食指点了他十处穴位，一手托住他的腹部，一手按在他的腰椎上，一发力，只听得咔嚓一声，错位后长在一起的椎骨断了。他再将山根放平，轻轻地摸捏提按，将两截断骨完全对上位后，再在他的腰背之间敷上准备好的草药，用杉木板将他有腰背固定好后紧紧地绑扎，让他趴在床上休养。

元乔就此在堂屋用门板搭个简铺住下来，白天出门采药，给远近村庄的人治病，晚上回到住处，给山根熬药，按摩理筋。

一个月后，山根的气色明显好转，身上溃烂的地方也完全结痂长出了粉红的嫩肉。元乔帮他检查后发现腰骨也已端端正正地长在一起，长了骨痂。于是帮他拆掉夹板，只等慢慢帮他恢复知觉。

元乔打住的这段日子，远近十里八乡的病人听闻山里来了位神医，都肩抬背驮地来到这里，让元乔给他们看病抓药。有钱的随他们放些药资到他的药篓里，无钱的他从不问人要钱要物，碰到食不饱腹的，他还将别人给的药资送些给他们，让他们买些食物补充营养。有些庄户人家，治好了病又实在不好意思，就捉只鸡提点野味送给元乔，他都让那东家妇人杀了炖些汤在家里，让病人都吃一点肉，喝点汤。

　　随着男人病情的好转，秋姑的心情也日益好了起来，开始将自己收拾得清清爽爽，把家里打扫干干净净。元乔第一次见到她时，看上去不下于五十岁，现在一收拾，竟然是眉清目秀，满身都散发出一种青春的气息。

　　两个月后，山根的双脚已有了麻木的感觉。元乔便为他准备了半年的草药，告诉秋姑如何熬制，又教她如何给男人按摩、推拿。

　　不到三个月，山根的双脚稍稍能够动弹一下，用手一掐，还有了痛感，身上的烂肌坏肤，已完全好了。

　　秋姑也是个心灵手巧之人，元乔稍一指点，她竟能很快上手，对按摩推拿之术学得有模有样。

　　这平江地界，处在大山之中，缺医少药，山民们三病两痛，都只能熬着。元乔见此境况，便有心将一些常见的小病小痛的偏方告诉那秋姑，这大山里，草药遍地，元乔又教她认一些草药，告诉她这些草药的功用，让她在山民们小病小痛时帮一下。元乔还告诉她一些简单的接骨入骱之法，在危急之时也可用得上。特别是他知道山民常被毒蛇咬伤，不治而亡后，又悉心教她认一些特效的蛇伤药以及蛇伤的紧急处置方法。

　　这秋姑，也许是天生聪明，也许是极为用心，凡元乔所教的，她都能很快接受，特别是对中草药的识别，可说是过目不忘。慢慢地，她对一些小病小痛，也能试着用药，并能药到病除了。

有一天，秋姑家里来了一个小客人，穿着一身补丁叠着补丁的衣服，人也长得黑黑瘦瘦，除了一双黑得像一潭深水的眼睛满让人一见难忘之外，一切都可以让人忽略不见的那种。如果不是秋姑叫她秀秀，元乔还以为她是一个男孩子。

这个叫秀秀的小姑娘不爱说话，在姐姐家住了三天，总共没说过十句话。可元乔问她是否认得字，她竟然红着脸点了点头。元乔以为她是听错了，她又用一根小木棍在地上写了三个字："张郎中"。

元乔一看，笑着说："哈哈，这么难的字也会写，我以为你只认得一、二、三呢！"

秀秀一听，有些生气地丢下小棍子，转身走了。

从元乔逗她起，一直到她离开姐姐家，这秀秀竟一直赌气不理元乔，元乔也当她是发小孩子脾气，笑一笑就过去了。

但当秀秀离开后，元乔竟突然生出些落寞来，特别是一想起她那深潭一样的眼睛以及从那深潭中射出的那束怒光，不禁又暗自笑着摇摇头。

元乔觉得山根的病已没有大碍，只是得一年半载的疗养，即可恢复，同时，秋姑也能动手按摩，又能治得一些小病，便计划再到别的地方走走。

他将自己的想法告诉了山根与秋姑，秋姑一听，眼中闪过一丝淡淡的哀伤。一连几天，元乔走到哪里，总发现她就远远地跟在后面，元乔一回头，她立马站住，要么假装弯腰到路边扯草药，要么假装伸手理掉在额头的头发。

元乔还发现，秋姑每天都把脸洗得干干净净，衣服虽然打了不少补丁，却收拾得整整齐齐。

应该说，这秋姑是湘北山地难得的漂亮女子，二十多岁正是青春焕发的年纪，端端庄庄的脸麦子，黑黝黝的眼珠子，厚厚实实的嘴皮子，高高挺挺的鼻梁子，特别是那一走一颤的奶把子，鼓鼓墩墩的屁蛋子，还真有些撩人。

但元乔是青皮后生，原来把她当作病人家里人看，就自然没有顾碍，现在病人在一天天向好，她也从那黄肌寡瘦的样子长得硕硕丽丽、丰韵水灵，再加上天气越来越热，衣服越穿越少，他再看她时就会莫名其妙地有些脸红耳热。

时序已是盛夏，在湘北山区，虽然不是那么燠热，但也足以令人汗津津的。这天晚上，元乔在晒场的一角点燃了一堆熏蚊的艾蒿后，搬了一张旧竹床睡在晒场上，睡到半夜，凉风渐起，他便将竹床搬到堂屋。第二天一早他就要离开这个短暂停留了近三个月的村子，心里感慨很多。一路游医至此，在别的地方，他待得最多的也就一七的时间。如果不是看到这家人太可怜，又一心想通过这个病例，找到治疗腰椎骨折导致半身瘫痪的治疗方法，他不可能在一个地方待这么久。虽然这一住两三个月，滞住了自己游医的行程与计划，但他一点也不后悔，他甚至感到无比的快乐。他用自己所学，拯救了一个人，也拯救了一个家庭，他还打破了张氏草医传内不传外的祖制，将一些简单的医术教给了一个与自己完全无关的外人，让更多无医无药的贫苦人能病有所医，这不是一件功德千秋的事吗？

他越想越兴奋，他觉得自己做得很对，今后每到一地方，在治病救人的同时，能将一些简单的医学知识与医术传播出去，不是比自己一个人更能济世救人吗？

他正在思绪难平的时候，只听到房门轻轻地响了一下，朦胧月光之下，一个白色的影子悄无声息地飘向自己，在他的竹床边坐下。元乔分明看到一个一丝不挂的女人，虽然月色蒙蒙，但那丰满的身子，轮廓清清楚楚，他认出是秋姑。元乔吓了一跳，心立刻呼呼地跳了起来，他虽已年及弱冠，但还从未接触过任何女儿之身，所以碰到这事，虽然不是全懂，但也明白了一二。他假装闭上眼睛，屏住呼吸，让自己乱跳的心平静下来。那秋姑突然俯下身子，一把抱住了元乔。元乔一个翻身滚到竹床下面，轻声道："你……你这是干什么？"

秋姑忙乱地去拉元乔，不想自己也从竹床上滚落地上，一下压到元乔的身上。

元乔想推开她，却已是全身酥软无力。他一边喘着粗气，一边挣扎道："你……你怎么这么……不要脸。"

秋姑一听，一下怔住了，她停止抚摸元乔身体的手，一滴泪突然掉在元乔的脸上。她低声滗泣道："好人，好人，我……我没办法报答你，我一家人都没办法报答你，所以……"

元乔听了，鼻子一酸，道："我几时要你报答，我们做郎中的，能治好你男人的病，是积德呢，怎么要你这样报答我！"

秋姑说："我知道你不是要报答的人，可我男人要我报答你，我……我也喜欢你……就……"

元乔一听，心中滚过一阵雷，多么纯朴忠厚的一对夫妻，又是多么可怜的一对夫妻呀，他用手擦了一下秋姑满是泪水的脸，说："多谢你们一家的真情厚义，这样的报答我真的担当不起。你起吧！我明天一大早会动身起程，我教你的一些草医之术，虽治不了大病大痛，但一些常见的病痛还是治得了，你要报答我，今后如果乡里乡亲有三病两痛，你能出手相救，就是对我对好的报答。但我要嘱咐你一句，这山里草药多，你也认得不少了，你凭力气到山上挖些草药，卖到山外去，那是你劳动所应得的，虽然发不了财，也足以让你一家不饿肚子。所以治病救人，不能图人家的钱财。切记！切记！"

秋姑听了，连连点头，她从元乔身上爬起来，有些羞愧地理了理有些乱了的头发，转身进了侧房。

这一夜，元乔再也睡不着了，他在竹床上翻来覆去，回忆自己一路的游方经历，又想一些日后未知的游方之路，心中既充满了幻想，又有些无措。他越来越觉得自己所做的是正确的。他想，如果如父亲所言，张氏祖上"张氏医术，传内不传外，传男不传女，如有违背，祖不见孙，传之广者，断子绝孙"的咒语灵验，那就是苍天无理，何来济世之德？如果真的要断子绝孙，那就让他应验到我的身上吧！

里面房间里，这一对夫妻也是彻夜未眠，先是山根埋怨秋姑没有办好事，天大恩情无以为报，后来是两人的轻轻叹息。

一大早，元乔即起了床，他收拾好自己的一应行囊，先与山根告别，山根拉着元乔的手，泣不成声，想挣扎着爬起来给元乔叩头。元乔按住他的肩头，说："慢慢轻养，一年半载，定会好起来，那时不仅走得路，还上得山，爬得坡，但千万莫负重，寻些山货、挖些草药，是绝对没问题的。过两年，我还会过来看你的。"

山根听元乔这一说，更是泪眼婆娑，连连点头。

出得门来，元乔背起行囊，正想与秋姑道别，却不见她的人影，元乔便有些失落地踏上了山路。可就在那山路拐角的地方，元乔回头再望，见秋姑正站在山嘴上，远远地相望，她见元乔回头，忙伸出手，将飘在额前的头发往脑后轻轻地扎着，像似无意的转过头去。

他一路游医，只要听说哪里有名医老郎中，他必定前往拜访，哪怕不在他的游方线路上，他就是绕道也在所不惜。经历了一年半的游历的张元乔，因见过了无数的疑难杂症，通过实践的摸索与应验，医术大有长进。

光绪二十一年秋天，元乔来到了贵州铜仁府境内，听说广西一瑶医有一秘传的柳木接骨术，能用干柳木雕成骨头的模样，植入肉内代替坏死的骨头。他曾在一本《伤科补要》一书里看到"杨木接骨，破腹建肠、解胪理脑"的字样，因为那里没有具体疗法的记载，所以他有些不相信，可这次有人将瑶医的方法说得有板有眼，他听后兴奋不已，他就决心一定要到广西去寻找那个瑶医，一探究竟。可广西瑶山茫茫，只听到一个传说就贸然前往寻找，不啻于大海捞针，谈何容易？但他念头一起，即刻成行，从铜仁府到桂林府，路途千里，其间崇山峻岭，常常是百里渺无人烟，其中艰险，自不待言。

　　他进入桂林府境内后，即一路打听关于瑶医柳枝接骨的真相，有的说得很简单，有的说得很神秘，让人莫衷一是。有一个瑶族老人说，他曾见过一个瑶医用柳枝接骨，简单得很，就是把剥皮的柳枝整成骨形，再将断骨的部位用刀剖开，安放在两个骨头的断面的中间，代替被烂掉了的骨头。安放时在骨、木的顶端涂上公鸡鲜血。缝扎时在肌肉和外皮上撒上生肌长肉的药物就成了。而另一位老人说，他也看到过一位瑶医，只是用柳木削成薄板，作为固定骨头的材料，其作用就和他所用的杉树皮差不多。但在没有见到能用柳枝接骨的瑶医之前，一切传说都不能让元乔彻底信服。

　　他在桂林府待了半年，寻遍了三百多个瑶寨，也见过了四十多位在当地很有些名气的瑶族，他们都一致认为柳枝接骨不只是个传说，而是实实在在存在，但到底谁会这门秘技，却又都语焉不详。在一位老瑶人的指点下，元乔找到了一位据说会用柳木接骨的老郎中，那位老郎中姓杨，这位姓杨的郎中说，他曾按传说中的方法，在师父的指点下，在一只狗的腿上作了试验，两个月后，这条狗跑跑跳跳同手术前一模一样。可是事不凑巧，他老婆嫌这狗到处屙屎撒尿，把家里弄得脏兮兮，一天，趁他外出，就把狗子撵跑了，事后他到处寻找，已经无踪无影了。后来，他又在第二、第三只狗的身上作试验时候，不是麻药下的太多，把狗都给毒死了，就是麻药太少，试验还没作完就让狗跑了。到作第四只狗的试验时，又成功了。过了半年，狗还极为活跃。他为了想看看狗腿里的情况，又将接过柳枝的狗腿切开，一看柳木没有了，柳枝已经和骨头长在一起了。

元乔问那狗现在怎么样了，在哪里，那姓杨的郎中又说，那狗老死了。再问一些具体的问题时，他又答不出一个所以来。

他还说，他师父真的会柳木接骨的方法，灌阳县石匠李民远的左下腿被石辊砸断了，在胫头上有一寸多长的地方，皮肉被砸烂了，骨头也砸得粉碎，由于没有人能够治得，时间一拖，伤口开始化脓，一个本地郎中说，如果不把那腿用锯子锯掉，就只有等着被烂死了，后来，他听说我师父能用柳枝接骨，就将我师父一竿竹轿抬到灌阳，请我师父帮他用柳木接起来，我师父果然就用柳枝接骨之法。将那被砸烂的腿接起来了，他不仅保住了一条命，还保住了那一条腿，后来不仅可以走路，还能上山打石头，扛石块。

元乔让那杨郎中带他去找他师父，他说师父前几年就去世了，要他带着去访那个灌阳的石匠，他说那石匠也死了。

一切线索又断了，那姓杨的郎中见元乔拜师心切，就又给他提供了一个线索，说是在阳朔县有位姓陈的老郎中，曾经学过柳木接骨法，不如去阳朔试试运气。于是，他又踏上了去阳朔的路途。

他在阳朔的一个山洞里找到了那位接骨的老郎中，老郎中告诉元乔，柳木接骨法，只是一个传说，他们瑶医用柳木接骨，就和用杉树皮、竹片接骨的原理是一样的，只是取材不同而已，它是用鲜柳木板按肢体周径、长短取材四至五块，修制成形，再将柳木板加温按肢体外形加压塑形，根据骨折的情况安放固定垫，用手法整复，再用中药膏外敷后包扎夹板，三至五天换药重包一次，一月左右拆除夹板。它的特点就是取材较方便，经济适用，固定可靠，轻便舒适。除此之外，也别无二致。

通过交流，元乔发现瑶医的正骨之道，与其他正骨郎中的方法也是大同小异，只是在气血的调理方面，有一些独特的方法。

他说，瑶医药源远流长，博大精深，其医药的很多古方古法、特效验方是极为保密的。瑶医药师之间，各自保密，互不相传，所以瑶医之间各师各教，疗法用药千姿百态，各不相同。但其医理医技特色，还是有着一些共性的。瑶医明确将骨科疾病分为"骨伤"和"骨病"两类，认为"筋骨之疾，其因有内外之别"，内在无形的是"病"，外在显形的是"伤"，诊断和治疗宜"内""外"兼理。在手法的运用上都有着非常严格的讲究，强调"手到、心到、气到，才能心手合一，运用自如"，同时注意尽可能减轻病员痛苦，"切忌伤而再伤"，应做到"气沉丹田，力透肱腕，劲达指端，视之不见，触之如丝"。在用药上，"局部用药，直达病所，效速而无伤阴败胃之弊"。如治损伤，"当辨筋伤骨伤、气伤血伤。孰轻孰重，药有轻重之别；甚或异病同治，同病异治"。"固定之方，不能应万变之疾"。讲究药物运用的"温""补""和"三法。

通过与老瑶医的交流，使张元乔对骨病骨伤有了更进一步的了解。虽然此行没有找到想要找的传说中的柳枝接骨之法，但却让他悟出了各流各派，万法同宗的道理。

在西南地区盘桓了一年之久，足迹遍布瑶寨苗疆，对西南地区少数民族的各流各派医术博采众长，再融会祖传医艺及偶得正骨之法，元乔的这一趟游方之旅，收获满满。

至光绪二十三年春天，他开始踏上归程。

这一路春暖花开，风光宜人，他走走停停，在路上又收了几个徒弟，将自己所学倾囊相授，有时为了传授一些医技，不时还会在一处待上十天半月。

离家久了，少不了想念父母，为了早日到家，元乔行至洪江，便计划改走水路，沿沅水而下。

这洪江虽属弹丸之地，可也不是个简单的地方，因沅水、巫水和潕水在这里汇聚后流入沅江，至此江面变宽，水势浩大，宛若一股洪流，故得"洪江'的称谓。得天独厚的水运条件使洪江自古以来就是湘西南重要的驿站和繁华的商埠，有"五省通衢"的美誉。自明清以来，洪江商贾云集，店铺如林，沅巫两岸千帆竞发。大街之上，列肆如云，川楚之地的丹砂、白蜡，洪白的胶油、木材，乘流东下直达洞庭，接长江而济吴越，连帆大舳衔尾而上，环货骈积。在地域上，南连桂林，西趋滇黔，因为地窄人众，至劈山湮谷，连屋层楼，栉比而居，俨然西南一大都会。

洪江街头，还有一道景致，那就是大大小小的草药铺、草药摊，席地而坐的苗医。因为洪江以苗人居多，洪江苗人逐巫水而居，分布在巫水流域。巫水流域"民居十之三，苗居十之七"，而洪江正是洪江苗人对外交往的窗口。

苗医千万年形成了自己独有的医药特色，在用药上主张"立方简要"，"一方一病"，"对症（病）下药"，以单验方治病为主，所谓"苗药三千，单方八百"，许多家传秘方、单方、验方经长期使用和优化，其疗效在民间得到了充分的确证，在苗族地区，几乎每人都能掌握几种甚至几十种药物治疗方法，有着"百草皆药，人人会医"之称。

所以元乔一踏进洪江梨头嘴的市面，就被浓郁的苗医苗药街景所吸引。有放血的、刮痧的、爆灯火的、滚蛋的、抹酒火的，千奇百怪的手法，吸引了一群一群从下江滞留在这里的桐油客和木材客。

洪江苗人称苗医为"匠嘎"，苗药为"嘎雄"。他们认为一个人身体某部位，或心理或精神抵御不住过量的负荷，必然会导致气血、经络的运动不正常，产生疼痛难受的现象，而治病就是要采取种种手段使气血、经络疏通，恢复正常，达到疼痛消除，各个器官发挥正常功能的目的。因此，除了医药之外，苗医还采用其他许多治疗的手段：如刮痧散气、弹筋活血、刺活散瘀、灯火止痛、油针挑浓、蒸酒祛风、火罐拔气等。元乔这里瞄一瞄，那里蹲一蹲，从药滩上捡起这味药闻一闻，又捡起另一味药咬一咬，脚都有点挪不开。

他来到一个放血的老匠嘎的嘎雄摊前，那老匠嘎正在给一位中年汉子放血，只见那汉子端端正正地坐在一个木凳上，仰着头，伸出肥大的舌头，那匠嘎从包中取出一根铁针，用一块桃木板将那汉子的舌头一压，将那铁针往舌下的青筋上一扎，挤出两滴黑血来。那汉子将舌头一缩，低头吐出一口口水，大叫舒服。旁边药摊上，是专门刮痧的，一个老匠嘎正在给病人刮痧，那匠嘎先用一团鲜草药在病人的脊柱两侧推揉了一会，再用一根筷子蘸了桐油，在涂过药的地方从上向下刮轻轻地刮，大约二十下，脊柱两侧即出现了暗红色瘀斑。之后又用那鲜草药团揉了一遍，便将病人的衣服拉下来，说好了好了。

元乔在市面上转了半天，见识了各种不同的手法，有些方法与他所用的推拿按摩手法非常相近，所以见识一下也就不想深探了。但当他看到一名匠嘎在给一位肚子痛得直不起腰的小孩画水时，他再次停下了脚步。他在给人正骨时，也画水给病人止痛，但其中到底有何奥妙他始终没弄懂，今天见到画水的，即刻吸引了他。只见那匠嘎平端一碗水，在水上不停地点划，口中念念叨叨，再让那小孩一口喝了下去，不到一会，那小孩竟不再叫唤，并且直起身子，蹦蹦跳跳起来。

傍晚时分，市面上的人渐渐少了，摆摊卖药的也收起摊子，各自回家。元乔远远地跟在那个画水的匠嘎后面，随他进了一个山边的村子。看到元乔紧跟其后，那个匠嘎警惕起来，他侧头向后望了一下，立即加快了速度。元乔一见，知其误会，正准备打招呼，突然一只大黑狗横地里冲出来，挡住了元乔的去路。元乔吓一跳，一边与黑狗对峙，一边抬头观察，看那个匠嘎进了何处木屋。

也是奇怪，那黑狗好像有灵性，当那匠嘎从一处青石叠起的石砧边消失时，它竟对元乔摇了摇尾巴，很友善地望望元乔，踏着碎步进了村。

元乔有些不甘心，再远远地跟在黑狗后面。可元乔走几步，那黑狗就会停下来望着元乔咆哮一陈，吓得元乔不敢近前。

一连几天，都是这样，元乔有些气馁了。他决定就在那匠嘎的嘎雄摊前与他交流。他逮住一个没有病人的空当，坐到那匠嘎面前，那匠嘎一眼就认出了元乔，知道元乔就是那跟踪他的人，所以一见面他的脸色就沉了下来，问道："后生仔，你想搞么哩名堂？"

元乔忙说："我是一个汉人，也是一个游方的郎中，想向您请教。"

那匠嘎脸色又一沉，说："你走吧！我们井水不犯河水。"

元乔又说："我不是想偷您的秘方，我只是想和您交流。"

那匠嘎脸色稍微缓和了一下，说："我们苗家人，人人都是匠嘎，你为何独独找我交流？"

元乔说："我看您的咒水很灵，我也学过一些符咒，但不知其中的奥妙，所以想向您请教。"

那匠嘎听了，有些轻蔑道："你也学过符咒？你也能画水？"

元乔道："懂点毛皮。"

那匠嘎道："那好，我们各自画一碗水，自己喝了，再各对擂十拳，如果我哼了一句，我请你回家喝酒。如果你哼了一句，你快快走人。"

元乔说："如果我没哼呢？"

那匠嘎道："我也请你回家喝酒！"

元乔爽快地答应道："那就一言为定！"

"一言为定！"

那匠嘎说完，将上衣一脱，露出一块一块的腱子肉，他从桶里舀出一碗水，在水面划了一通，同时口中念动咒语，然后一口喝尽碗中符水，说："你先擂我十拳！"

元乔其实只从师父那里学过正骨止痛咒水，对其他的是一点也不知道，他怎么会画这符水呢？为了解这咒水，他真豁出去了。元乔也从桶中舀一碗水，一边画符一边念咒，之后也一仰脖子喝了下去，再将上衣一脱，拉开了架势。

元乔从小跟随父亲学医练武，不说是武林高手，平时也还能对付两三个壮汉，所以也就没有太多顾忌。

那匠嘎可不是一般的人，苗人自古尚武尚医，每个匠嘎都是打家子，武艺高强，功夫了得。只见他气一沉，大喝一声："来！"自己先从摊上操起一根木棒在身上前后左右捧了十来下。

元乔迟疑了一下，随即一口气挥出十拳，那匠嘎挨了十拳，面露微笑。他围着元乔走了一圈，喝道："招架吧！"一记直拳落在元乔胸脯之上，震得元乔一个趔趄。元乔立即稳住身子，大喝一声："来！"

那匠嘎再连发九拳，力道却少了两分。但十拳下来，元乔顿觉脑袋发晕，有一股热流涌入口中，他摇了摇头，再次稳住，将热流强吞入肚中，硬是一声未哼。

那匠嘎见状，忙收起摊子，拉起元乔就走，说："硬扎，走，回去喝酒。"

那匠嘎带着元乔急急回家，让元乔坐下，从坛中舀出一碗酒，画了一道符咒，让元乔快快喝下。元乔也不说话，将那酒一口喝了。随着那酒下肚，元乔便有些不省人事了。

当他醒来时，已是第三天了。但元醒来，觉得有一股热气始终萦绕在小腹之间，通体舒泰。

那匠嘎见元乔醒过来，有些责怪道："后生仔，以后可不能这样强横自己，如果不是碰到我，你这小命怕是丢了。看你根基不错，你想要什么，你说吧！我讲给你，你就赶快走人。洪江这地方，可不是随便能混的。"元乔一听，即要拜师，那匠嘎说："我不会收你为徒，你我虽然有缘，但也只会是一面之缘，终不会再见，不留挂碍，便得脱身。"

那匠嘎将元乔留在家中再住了三日，面传口授了一些苗疆秘技与用药用水之道。

如止痛消肿咒：天清清地灵灵三奇日月星，通天透地鬼神惊，凶神恶煞奉吾令走不停。天灵灵、地灵灵、凶神恶煞、阴杀、阳杀、麻煞、喜煞尽改灭形，神兵火煞如律令。东方止痛神，西方止痛煞，南方止痛神，北方止痛煞，中方止痛神，五方止痛煞，止痛变化血变池，池变血，血变水，水变血，变化分响子丑寅卯辰巳午未申酉戌亥敕。十二时辰敕敕敕敕止止痛敕。

还有止血符咒：伏以、伏以，手执大金刀，大红沙路不通，手执小金刀，小红沙路不通，内血不出，外血不流，人见我忧，鬼见我愁，十人见我十人愁。老君坐洞口，有血不敢流，血公姓邱，血母姓周，不流不流真不流，祖师倒起流，太上老君急急如律令。

一边念咒，一边画在伤口处画符，再取青树叶一片，在口中念咒自嚼后，贴于流血处，念完画完用脚踏地，血即止。

元乔认真领会了其中的一些要诀，知道了一些苗医的路数。苗乡医病，多请巫师施用巫术、药物与巫术相结合的方法。他们最常使用一种"画水"来治病痛，所化之水有华佗水、鹭丝水、担血水、封刀口水等。画水时须举行简单仪式，默念咒语，名目有《难产水符》《解胎水咒》《小儿绚胎咒》《肚痛画水咒》《刀伤画水咒》等。这些除了起到一些精神疗法的作用外，将药物化在水中，其效用其实是药物在起作用，画水只是彤药的方法，同时增加一些神秘性，也是虚虚实实的一种治病方式。据说学画水有三个过程，即拜师、设坛、练功。拜师要承诺遵守各种规矩，设坛要按照师傅传授的方法，在家中某个隐蔽处放置一小桌，上放一缸清水，一组香案，每逢初一、十五要插香，每天夜里的某个时辰要对着它练习发功。除了掌握发功的技术，还要了解一天中十二个时辰人体气血运行情况与血位关系，这才是画水治病的关键。所以看似不可思议，却也能收到神奇效果。这种疗法的主要功能为止血、止痛、止寒、退高烧、安神驱邪。

元乔与那匠嘎既无师承关系，也就没有那么多的讲究，老匠嘎将一些常规的用水方法告诉了元乔，因为太复杂，元乔择其要领而记之，待回家后再慢慢领悟。

拜别苗师，元乔乘一艘货船直下洞庭，回到离别三年多的临湘聂家市，已是光绪二十三年秋天。

第六章　妙手奇缘

元乔回到家里，父母自是喜不自禁，又是杀鸡，又是买肉，就像家里来了个贵客。元乔在外游医三年有余，虽也不时捎些家书报个平安，对旅途的艰辛却是只字未提，但汗青怎不知游医之苦？看到儿子平安而归，且人也长得更成熟更高大，特别是他由过去的一介白面书生的样子变得黝黑健壮，心中便有几份安慰。

晚上，元乔和父母说起游医的一些见闻与奇奇怪怪的病例，听得汗青夫妇唏嘘不已。元乔又将向瑶医学习草药，学苗医学习画水的经历一讲，讲得母亲泪水婆娑，听得汗青心惊肉跳。

但知道儿子这三年游医的收获如此之大，汗青对儿子的独自掌事能力有了更加充足的信心。

不知不觉又近年关，元乔转眼即是二十四岁了，二十四岁在当时可是大龄青年，与其同龄的都已是几个孩子的爹了，但元乔因耽于游方四海，这亲事也就一拖再拖。

由于张氏草医在方圆百十里的名气，元乔一回家，给元乔提亲的自然是不在少数，但都被元乔一一回绝。

汗青虽然对此事不是太着急，但梦锦却有些急切了，和她一般年龄的早做了奶奶，她心里羡慕得很，也巴不得早日抱孙呢。

一日，元乔突然想起平江的那个小山村，想起那个卧床的山根，不知他是否已痊愈，还有那个曾激起他一丝春心的秋姑，现在是否还好？对父亲说，他曾在平江救治过一个病人，不知现在情况怎样了，想去看看。他没有将传医之事对父亲说，只说那家的特殊情况，以及病因病程和救治情况、效果。父亲听后也觉得应该回访一下，于是元乔简单收拾好行囊，便上路了。

当他再次踏入平江境内，他就直奔那个小山村而去。

刚进村口，就有相熟的人热情地打招呼，惊呼神医来了，并告诉元乔，山根早已能下床了，今儿一早就随他妇人上山采药去了。元乔一听，心中自然高兴，就探问了他们一家的情况。那人见问，也很兴奋，说："秋姑真是个好人，他男人在床上躺了四五年，她硬是顶了下来，那日子苦得说不出，若是没碰到神医您，不知会如何过下去，如今好了，男人不仅能下地了，还能上山挖得药。秋姑也会一些医术了，上山八里下山十里，只要哪户屋里有个三病两疼，她是随喊随到，哪怕是半夜三更也不误事。她帮人诊病又不收人家半文钱，饭都不舍得吃人家一餐，真是难得。"

元乔一听，心中感慨不已，觉得自己将医术传给她没有错。

村里的人听说那个张神医又来了，纷纷跑过来，想要他瞧老病根的，想感谢他救治之恩的。

元乔这一忙，便近黄昏了。

他来到曾经住过几月的木屋前，只见木屋收拾得整整洁洁，曾经破旧不堪的景象全没了，屋前屋后都晒满了各式各样的草药。秋姑夫妇还没有回来，他在晒场上转了一下，弯下身子捡一把草药闻闻，又用舌头试试味，觉得这些药纯正地道，功效一定不错。

正在元乔试药的时候，从屋内走出一个年轻的女子，她见一个陌生年轻人在晒场上，吃了一惊。元乔见那女子，眼睛一亮，这不是秋姑吗？从眼睛到鼻子，到嘴巴，到身段，简直是一个模子里出来的，只是皮肤更白皙，更年轻。

元乔愣了半日，心想，这人怎么会越长越年轻呢？都说家宽出少年，这秋姑也太见少年了吧？

那女子见元乔，怯怯地问："您找谁？"

元乔见问，方知自己认错了人，秋姑不可能不认识自己。便问道："打扰了，秋姑回家了吗？"

那女子说："我姐和姐夫上山采药去了，应该快回了吧。"

元乔说："你是？"

那女子说："我是她妹妹，叫秀姑，看她一天到晚忙不赢，就过来帮她帮下忙，裁药晒药。"

元乔正在与秀姑攀谈，秋姑和男人挑了药回来了，她一见元乔，便惊喜地喊道："师父，是你吗？张师父，真的是你呀！"

山根也忙放下药担，惊喜道："救命恩人啦，真的是你呀！"

山根说完，直奔过来，抓住元乔的手，激动得泪水盈盈。

一家人的热情，让元乔既感动又不好意思，他见秀姑惊奇地望着自己，脸一下子红了。

这天晚上，秋姑和秀姑两姐妹弄了满满的一桌菜，让山根陪元乔喝一杯。元乔本不喝酒，架不住一家人劝，也就硬着头皮端起了杯子。

半杯酒下肚，元乔就有些晕乎乎的了。秋姑也喝了一点酒，说话就放开了，她问元乔："师父已成家了吗？"

元乔一听，偷偷瞟了秀姑一眼，秀姑此时也正在一边扒饭一边偷偷地看他，两人目光一对，元乔和秀姑的脸都红了。

两人的神情被秋姑看到，心中一动。她再次问道："师父是不是已成家了？或是已定了亲了？"

元乔闷迫道："没有。我近几年一直游走在江湖之上，也没空闲时间考虑这事，再说了，婚姻大事，也不是随随便便就能解决的。"

秀姑听后，好像松了一口气，她放下饭碗，借给不胜酒力的元乔去盛饭，离开了饭桌。秋姑笑道："师父看我这妹妹如何？"

元乔看了一眼秀姑的背影，有些尴尬地笑笑。秋姑接着说："我们虽是小户人家，但家教严格，祖祖辈辈善良厚道。我这妹妹虽说不得漂亮，但性格温和孝顺，勤快能干，又懂得疼人，如果师父不嫌弃，我做姐姐的可做这个主的。"

元乔听后，脸更红了。从第一眼看到秀姑起，他就心动了，他从秀姑的身上，感受到一种让他从未有过的柔情。听秋姑这样一说，他再次望了秀姑一眼，秀姑也正在等元乔的反应，她用饭勺子有一下没一下地在锅沿上翻动。元乔小声说："我……倒是没……意见，但我还得回家问一问我爹爹。"

秀姑一听元乔说自己没意见，端了满满一碗饭，轻快地走过来，放到元乔面前，瞟了元乔一眼，抿着嘴轻轻一笑。

元乔这次出门，本就是为了散心。因为父母一再提到要为他说一门亲事，但他也不知出于何种原因，冥冥中总觉得有一点别扭，觉得所提的亲事中没有一宗会是自己心中所期待的。又冥冥中觉得有一种力量在指引着自己，让自己心有所牵。不想在这个小山村，果然让他找到了前所未有的感觉。

以在山里找药为由，元乔在小山村住了一七，白天上山，晚上回来，享受一下秀姑端到面前的饭菜，泡着秀姑亲自准备好的热水澡，心中升起从未有过的柔情蜜意。

一七之后，元乔背了一篓从山中采得的七叶一枝花、八角莲等珍贵药材，依依不舍地离开小山村，又急急地往家里赶，他要父母帮他去提亲，他觉得，这一辈子要为他生儿育女，陪伴终老的人，就是秀姑了。

光绪二十四年秋，张元乔冲破重重阻力，终于与秀姑成亲了。

对于元乔的这桩婚事，父亲汗青是极力反对的，这并不是张汗青嫌贫爱富，而是因为陆城岐黄堂吴先生早以看中了元乔，想将自己的孙女许配给元乔，汗青觉得这可是天下最好的姻缘，就不加考虑，也没征求元乔的意见，一口应承了下来。

可元乔却是非秀姑不娶，甚至拿从此游荡江湖终身不娶为要挟，为这事，汗青气得血往头涌，中风当场倒在地上。

见父亲气病，母亲也急得一夜白了头，元乔无奈，只好答应父亲娶吴小姐为妻。也许是心痛儿子，也许是终于想通了，汗青最后主动向吴老先生赔礼道歉，辞去那门亲事，应许元乔娶平江山里小户人家的女儿秀姑为妻。

为了给父亲冲喜，母亲亲自请了媒人到秀姑家提亲，并定下光绪二十四年中秋节这天为儿子成婚。

看着儿子成家立业，儿媳贤惠聪明，一代草医圣手张汗青于这年冬天含笑而归了。

父亲的去世，让元乔心中无限愧疚，儿媳秀姑也觉得公公的去世是自己引起的，内心非常不安，因此把对公公的愧疚化为对婆婆的敬爱，虽然自己已有身孕，仍日夜侍奉婆婆，无微不至。

好在次年夏天，即光绪二十五年，秀姑为张家生了个胖小子，一家人才从悲痛中抬起头，将生活过回正常的秩序之中。

据说，在张家小子出生的那晚，聂家市的天空腾起了一条火龙，有人认为是凶兆，并传得沸沸扬扬，但元乔到龙窖山智云道长请教，道长却说这是瑞兆，并给小家伙取名为瑞云，说小家伙长大后一定能将张家的医术发扬光大，并成为杏林中的一面旗帜。

在三年的守孝期间，张元乔在治病救人的同时，利用空余时间，将几代张氏草医的诊疗及用药风格进行了一次全面的梳理，并结合数千个临床病例进行归纳总结，再将其与自己偶得、博采众长而形成的正骨之法融会贯通，形成了张氏独有的骨伤骨病理论。

张元乔以气血学说为主要立论依据，强调损伤病机以气血为先，治疗要内外相合，治内伤着重调气以活血，外治以手法整复，药物外敷，夹板固定，练功活动相结合。

他认为，损伤病机，要以气血为先。核心是气滞血瘀，伤科疾病不论在脏腑、经络，或在皮肉筋骨都离不开气血，故在治疗上理气活血，为治疗大法，血不活则瘀不能去，瘀不去则新血不生，瘀不去则骨不能接。以此为依据，张元乔创制了以枳实、川芎、陈皮、木香、厚朴等为主方的张氏接骨丹，意在理气活血，化滞散瘀从而达到促进骨折愈合的作用。

张元乔还主张，损伤治疗，要内外结合，筋骨并重。他认为，一方面，伤科病症是因为机体被外力作用所致，必然引起体内经络、气血的运行紊乱，从而使脏腑功能失调，正所谓"肢体损于外，则气血伤于内，营卫有所不贯，脏腑由之不和"。内伤轻者，经络损，内伤重者，脏腑伤，均不离气血，所以气血是内伤的总纲。另一方面，肢体通过经络与脏腑相联，经调理脏腑、疏通经络，和畅气血，从而达到消除肢体肿痛的目的。故而在治疗上，张元乔既重视局部施治，又重视全身调理，强调内外用药相结合。内治在重视调理气血的同时，讲究辨证论治，尤其对损伤兼证的治疗，他总结出了不同的施治方法。如损伤早期二便不通则予以大成汤加木通攻下去瘀；对开放性骨折并感染，火毒内攻，热邪蕴结者，以五味消毒饮合黄连解毒汤清热解毒；损伤后期，四肢乏力，气血虚弱者，以健脾养胃汤以益气健脾。

张元乔还特别强调筋束骨、骨张筋、筋与骨关系密切，伤筋必伤骨，动骨易伤筋，因而在治疗上就要筋骨并重。在对骨折脱位的治疗中，强调在治骨的同时，一定要治筋，在骨折复位的同时要理筋，即推拿按摩，顺骨捋筋，同时早期的主动和被动锻炼，这对疾病的痊愈，功能的恢复有重要的关系。

在手法治疗上，张元乔又总结出了"正骨理筋，君臣佐使"的方法。他在临床中对骨折脱位、伤筋等特别注重手法治疗，他认为实行手法治疗之前，对人体的十二经脉排列走行必须了如指掌，在施术时做到手随心转，法从手出，或拽之离而复合，或推之就而复位，或正其斜，或完其阙。他总结出张氏手法特点为：正骨理筋，君臣佐使，稳而有劲，刚柔相济，接骨前先理筋，复位后再捋顺，具体有拔伸、旋转、推挤、提按、反折、分骨、叩击、捋顺等手法，关键是分清君臣佐使。所谓君臣佐使，大凡骨折移位，不外侧移、成角、旋转、短缩、分离五种。而临床上骨折的五种移位不会单独存在，多是几种移位同时存在，在复位时就必须采取复合手法，这就有一个主次和先后配合的问题，也就是君臣佐使问题，如肩关节前脱位，单是患肢外展位作牵引，不易成功，单是将肱骨头向外端提，难以取效，单是将上臂旋前旋后则无济于事，如在患肢外展牵引的同时，稍作旋前旋后活动，并将肱骨头向外端提，旋即可以解决问题。这里拔伸牵引是君，力要用得大；端提是臣，力要用得稳；旋前旋后就是佐使，力要用得巧。几个动作协同配合，就能完成复位。手法成功的关键是分清君臣佐使，运用得当。若君臣倒置，主次不分，不仅难以成功，反会增加患者痛苦，还可能因不当的手法造成并发症。

通过几年的全面思考与整理，张元乔不仅完善了前人的医理，还理顺了自己的思路，总结出了一套完整的理论体系和诊断治疗方法，归纳出各种致病机理、用药技巧，整理方剂近千个。在骨伤骨病方面，更是从手法到外治内调，整理出了一套完成的方法，为张氏草医与张氏正骨的传承、传播提供了更易操作的方式方法。

转眼三年孝期已过，瑞云也能满地里乱跑了，元乔的张氏草医与正骨之术已是远近百里美名扬，每天到他这里诊治或请他出诊的人络绎不绝。岳州境内，凡是疑难杂症，都会到聂家市张氏草医堂来诊治，遇到较严重的跌打损伤，更是少不了请张元乔去正骨疗伤。

光绪二十七年中秋之夜。岳州城里照例举办一年一次的赏月灯会。岳州首富、茶商姚保臣家的小姐蕙兰出事了。

入夜，丫鬟秋菊陪同小姐蕙兰前去文庙赏灯。据秋菊后来回忆说，庙前灯火辉煌人山人海，小姐与她在一卖烤红薯的摊前遇到了一位身穿锦袍，手指上戴着个奇特绿戒的中年书生，那人主动上前搭讪，与小姐似乎挺谈得来，琴棋书画讲得头头是道，随后给她俩看了手指上的绿戒，遂感觉头昏就坐在了石阶上。当她清醒时，那书生同小姐都不见了，直到灯会结束人散尽依旧找不到小姐，无奈只有回来禀告老爷。

家仆丫鬟连同老爷一齐出门寻找未果，天明时，小姐精神恍惚地自己走回了家里。老爷追问她去了哪里，蕙兰也说不清楚，三个月后才发现小姐蕙兰暗结珠胎怀孕了。

隔壁鱼巷子的石郎中把过脉后说已经怀了五个多月，老爷不信便又请来几位名医，结果都是同样的说法。与此同时，小姐的病情却日益加重，开始时只是疯言疯语，到后来则经常发癫，甚至谁都不认得了。

临近年关，姚老板遍请岳州城内名医，汤药吃了不少可就是不见有一点起色。在正月十五中午，小姐癫病发作，竟然爬到屋顶上往天井里跳，将右手与髋骨摔成粉碎性骨折。

于是又到临湘县聂家市将张氏草药堂张元乔请来为女儿正骨。

在正骨的过程中，元乔发现姚小姐竟然挺着个大肚子，可她从屋顶上摔下来却没有将肚子里的孩子摔掉，感到不可思议。

为了确诊女儿病情，姚老板趁元乔来为女儿正骨，又请来了临湘县陆城岐黄堂吴郎中、鱼巷子的石先生等名医请来为女儿会诊。待元乔将姚小姐的骨头接好后，姚老板即将女儿的病情向各位郎中做了介绍。吴郎中听了姚老板的叙述，便开口说道："老夫以为姚小姐是受到邪气外侵所致，邪气嘛，不外乎风寒、暑湿燥火六邪，自然导致气血不足，脸色黯淡疲乏无力和失眠，特别严重者加上本身体质就较弱，出现痴语疯癫不是不可能，只要连续喝四物汤补气血，病情定会慢慢减轻好转的。"

"这个在下不敢苟同，若只是感染风邪，孕期怎能不符？此病必有蹊跷。"另一位郎中反驳道。

"老夫仔细地给杜小姐把了脉，若妊脉初时脉象微弱，尺数脉滑疾重以手按之则散，则胎已三月。如今脉重按之不散，实足五六月胎息，或许小姐已有孕在先，他人只是不知道而已。"吴郎中望了眼姚老板。

"这不可能，小女蕙兰知书达理，中秋节前数月都在家操琴读书，从来都没有离家外出过。"姚老板断然说道。

"可否让我再替小姐把下脉？"石郎中问道。

"请跟我来。"姚老板领着他们穿过花廊来到了后院闺房，床榻丝帐内躺着个披头散发、面色暗黄的少女，双目无神地盯着房顶。

"蕙兰，别怕啊，郎中瞧病来了。"姚老板轻声细语地对女儿说。

石郎中探出手按切蕙兰腕上三关，须臾说道："小姐脉象弦数且涩，单从母脉上看，实有三个月左右的身孕，可是子脉却显示出半年以上的胎息，而且铿锵有力如同成人，实在令人生疑。"

"那她到底是几个月身孕？"姚老板急切地问他。

"三个月。"石郎中语气肯定。

"这说的什么话，既有半年以上的胎息，又说是怀孕只得三个月，这不是自相矛盾么。"有人在身后嘟囔着。

石郎中未加理睬，以大拇指和食指掐住蕙兰中指根部两则，随即口中"咦"了一声，自语道："'两扇门'动，原来是外邪侵入所致。"

吴郎中在一旁接茬说："老夫早就说是外邪风寒嘛。"

"石先生，'两扇门'是什么？"在一旁一直没有发话的张元乔不忌讳别人看低自己，不懂就问。

石老先生赞许地望了张元乔一眼，心想，还是张家家教不同，虚心诚实不耻下问，不像有些郎中滥竽充数却扮作清高。

"'两扇门'是经外奇穴，大凡邪气入侵，此穴一定会有所反映。"他解释给元乔听。

"石先生，小女的病是否还有救？"姚老板小心翼翼地问道。

"先服一粒青囊丸，截住邪气再说。"石郎中自药箱中摸出一枚青色的药丸，目光与元乔不期相遇，两人会意的一笑。

丫鬟端来碗水服侍着小姐吞下药丸，众郎中则回到了客厅内饮茶。

"久闻江湖游医男用黄鹤丸，女用青囊丸，包治百病，今日一见果然名不虚传啊。"吴郎中言语中颇有讥讽之意。

石郎中听了也只是一笑置之。

众人闲聊之间，忽见丫鬟绿菊匆匆忙忙跑进来，面色紧张地说道："老爷，不好了，小姐又发癫了。"

众人赶紧随姚老板回到了闺房内，见蕙兰躺在床上头发散乱面现青色，嘴里面吐着白沫，四肢在不停地抽搐着。

石郎中大惊，急忙取出银针，分刺她的左右手合谷并印堂穴，行针片刻不见好转，遂加刺人中与神庭二穴，蕙兰这才缓缓地平静了下来，但依旧是神志不清，印堂正中呈现出一团青晕。

"石先生，这是怎么回事儿？"姚老板起疑道。

"天下百病各有不同，需辨证施治方可，若是一味地服用黄鹤青囊丸，不出事儿才怪呢。"吴郎中在一旁风言风语说道。

石郎中揸去额头上的汗珠，疑惑地说道："这不应该的呀，容我再查看'两扇门'。"说罢，取出两根细细的毫针，轻轻捻入蕙兰的右手中指根侧。

两根毫针先是轻轻地抖跳了一下，紧接着便有节奏地摆动了起来，起先是左右摇晃着，后来便呈连续的颤抖状，如同琴弦一般。石郎中手指按在蕙兰的手腕上，须臾，他的脸色变得越来越苍白了，冷汗一滴滴落下。

"小姐的胎息狂躁怪异，绝非是一般的六邪侵体。"他沉吟说。

这时，唯一没有出手的元乔上前按了下蕙兰小姐的手腕，见脉象不同于七绝脉中的任何一种，起码没有生命危险，这才稍稍放下心来，悄悄走到一边。

"不是一般的六邪侵体，那会是什么？"有郎中问道。

石郎中望了一眼姚老板，缓缓说道："我还真不知是何原因，这脉象，除非是邪物上身了。"

吴郎中哈哈笑道："江湖医生治不了病就说一些鬼话糊弄人，鼎鼎大名的岳州名医石先生说出这话，简直贻笑大方。"

姚老板此时也对石先生也产生了怀疑。

元乔凑近床榻，再次为小姐把了脉，突然想起父亲曾经常与他说起关于母亲的事，那年母亲也因误诊为怀孕差一点被沉了塘，这姚小姐莫不是得了母亲一样的病？但从脉象上看，又不是父亲向他说起的那种脉象。便用探询的语气问："不知石先生和吴先生还记得家母那年的脉象否？当年两位老先生都给家母诊过病的。"

石先生沉吟了片刻说："不同，绝对不同。"

这时，吴先生也难得地附和道："不同，绝对不同。"

元乔道："那大家是否感觉到，小姐的胎脉与一般正常的胎脉有何不同呢？"

石先生说："肯定有所不同，但到底差在哪里，又一时说不准。"

元乔放下小姐的手腕，问姚老板道："你家这是座老宅子吧？"

姚老板想了想，说："这个祖屋还是前朝宣德年间的，大概已有近四百年了吧。"

"我可以四处看看吗？"

"当然可以，这就让人带你去。"姚老板吩咐家仆领着他四处转转。

元乔沿着青砖甬道一面走，同时注意观察着有哪些老树之类的，最后来到了后杂院，那里有一口古井。伏在井口朝下望去，水面距井口大约丈许，井沿经年累月被绳子磨出深深的沟槽，井壁则生满了青苔，看起来有年头了。

他发现这口古井的位置正好在姚小姐闺房的后窗下不远，直觉上感觉有古怪，寻思了片刻后回到客厅。

"姚老板，不知今晚可否借宿您家？"元乔问道。

姚老板感到元乔神神秘秘的，于是先问他道："张先生，有什么问题吗？"

元乔回答说："是的，但是需要夜里再观察，或许就能知道小姐的病因了。"

"哦，是这样，当然可以。"姚老板随即命人收拾出来一间客房，并吩咐预备晚餐。

"石老先生和吴老先生是否也可留下来，我想向你们请教些问题。"元乔邀请道。

"好，我离家较近，晚一点回去无妨，我也正想好好琢磨蕙兰小姐的病况呢。"石先生爽快地答应了。

这吴先生本与元乔的父亲汗青交情不错，当年就看中了元乔，想将自己的孙女许配给元乔，汗青也是一口应承下来，可是却被这不知好歹家伙一口拒绝，让自己面子尽失，心中对这小子就由喜而恨了，后来知道汗青因此桩婚事气得吐血，不久即撒手人寰，心中的恨意便慢慢消去。只是不想再与张家有任何瓜葛，没想到竟又在这里碰上，大有一比高下的意思，他心中又生出些芥蒂来，特别是见他与那个自称岳州第一的老郎中石先生打得火热，心中便再生一层不悦。见元乔邀请自己，心想这小子还有些高低，便应承下来，一是给对方一个面子，二是看这一老一少到底要玩些什么花样。

晚餐的酒菜很丰盛，石先生上座，吴先生坐右手，元乔坐左手，姚老板作陪。

"张先生，你发现了什么异常么？"喝过两杯水酒，石先生问道。

"是的，前辈说得没错，姚小姐确实是被邪物附身了。

姚老板一听着急了，忙说："先生快请讲，究竟是什么邪物？"

元乔说："眼下还不清楚，今夜或许能有所发现。另外想问一下，姚小姐生病以来饮食习惯上可有什么异常的改变？"

"异常？"姚老板想了想说道，"丫鬟秋菊曾经说过有件奇怪的的事儿，有一次她发现蕙兰在房里，用手将肚子擂得嘭嘭作响。"

元乔听后，望了石先生和吴先生一眼。两人也似乎略有所思。

元乔道："一个母亲，不管是正常的人还是疯傻之人，都会有一种天生的母爱，怎么会舍得擂自己的孩子呢？"

吴先生说："也是，莫非……可是……"

石先生也说："也许我们都被先入为主的表象误导了，就像当年我们为令堂大人看病一样，只是……"

元乔沉吟了一会说："西汉初年，名医仓公淳于意留给后人的二十五个'诊籍'中，有一则病案：临菑汜里女子薄吾病甚，众医皆以为寒热笃，当死，不治。医意诊其脉，曰：'蛲瘕。'蛲瘕为病，腹大，上肤黄粗，循之戚戚然。臣意饮以芫花一撮，即出蛲可数升，病已，三十日如故。病蛲得之于寒湿，寒湿之气宛笃不发，化为虫。臣意所以知薄吾病者，切其脉，循其尺，其尺索刺粗，而毛美奉发，是虫气也。其色泽者，中脏无邪气及重病。此案记录了对一名为薄吾的女性虫积患者诊治的全过程。诊为蛲瘕即蛲虫积聚的根据是：腹部胀大，皮肤黄而粗糙，毛发异常，切循尺肤（抚摸从腕到肘的皮肤，察其寒温滑涩，为古人常用的尺肤诊法）消瘦且粗糙起刺。其诊断之正确，已由治疗后下虫数升所证实。我看小姐之病，与此极为相似，只是找不到小姐患这病的理由，我下午在院子里看了看，似乎找到了一点根据，今晚想和两位前辈探究一下。"

两位一听，不禁微微点头。

这夜，一轮明月高悬，月色清凉如水，老宅子墙角不时传来"唧唧"的蟋蟀鸣叫声，人们都已经熟睡了。客厅里，元乔和石先生、吴先生以及姚老板三人饮茶等待着。

元乔看了看天色，说道："亥子交更已过，可以去瞧瞧了。"说罢带头来到了后院。

淡淡的月光洒在古井上，显得苍凉和静谧。

元乔睁大了瞳孔，注意观察井口的动静。过了一会儿，古井内缓缓升腾起白色的雾气，越积越浓，渐渐地在井沿上凝聚成一个白色气团，过了一会，从井里爬出几只蛤蟆，蛤蟆在井沿上待了一会，便慢慢爬到墙角，沿着长满青苔的墙壁爬上了小姐的窗台，翻进房间。

元乔让姚老板将小姐的房门打开，发现这几只蛤蟆从窗台上翻过去后，竟都落在房内窗下的一只木盆之中。有一只蛤蟆已从盆内爬出，正扒在墙上捕蚊子。

元乔问秋菊："这个盆是用来干什么的？"

秋菊听后脸一红，轻声道："以前是小姐用来沐洗下身和洗脚的。"

此刻，元乔终于想明白了，小姐得的是什么病以及得病的原因了。

元乔知道了小姐的病因后心情豁然开朗，转过身来对姚老板说道："小姐并没有什么身孕，她的肚子里全是虫子。"

姚老板一听，吓了一大跳，说："那如何是好？"

石先生说："就凭几只蛤蟆爬到小姐的洗浴盆里，就诊断她肚子里长的是虫子，是不是太武断了呢？"

吴先生笑道："张先生不会说小姐的肚子里全是蛤蟆吧？"

元乔说："这口古井，年代太久，水中有各种虫卵是正常，再加上这蛤蟆本身就是各种寄生虫生活的场所，它进小姐沐洗盆中，势必将各种虫卵带入，小姐又用此盆沐洗下身，虫卵从小姐下身或肛门进入体内，是再正常不过的事。"

几位郎中一听，觉得元乔说的有道理。便纷纷拿出自己治虫的方剂，供元乔选用。

元乔说："明日请人设法弄一条活的毒蛇回来，给小姐治病。"

姚老板一听，大喜，连夜吩咐下人去办。

回到客房内，石先生等不及地问元乔："张先生，你到底是如何想到会是蛲瘕之症的，可否见告？”

元乔淡淡一笑，轻描淡写地说道：“我父亲常让我看一些古典医籍，对于一些奇病怪症的病案我更感兴趣，读得多了，自然也会从实际中碰到一些类似的病例。”

“想不到你小小年纪就有这等本事，老夫从医数十载，尽管看病症猜得到起因，但却没有办法医治，实在是惭愧啊。”石先生啧啧叹息道。

吴先生又问道：“既是蛲瘕，何不用去虫之方治之，而用毒蛇？毒蛇在这里如何入方？”

“用了就知道了。”元乔答道。

次日中午时分，家仆手拎着布袋回来了，总算弄到了一条活的土公蛇，又名草上飞，是当地山林里有名的毒蛇。其毒甚烈，咬足断足咬手断手，片刻全身便开始糜烂。七八月毒最盛时，经常啮树以泄其毒，小树片刻就会枯萎死亡，若是吐涎沫在草木之上，人沾染上便生疮身肿，称为蛇蟆疮，最是不易医治。

元乔让家仆斩去其头接了半碗新鲜的蛇血，然后端着来到了姚小姐的床前。

蕙兰躺在床上鼻子嗅了嗅，随即大喊大叫地发起癫来，无论怎样都不肯喝蛇血，姚老板无奈只得命人抓住她硬是强行灌了进去。

过了没多久，蕙兰开始呕吐，尽是一些污秽之物，然后昏睡了过去。

待蕙兰醒来，元乔又从医箱中取出一粒黑色的蜜丸子，用水强行灌下去。不到一刻工夫，姚小姐的腹中便传来一阵阵咕咕的响声，元乔和几位郎中从小姐房中退出，吩咐秋菊拿来便盆，伺候小姐如厕。

不一会儿，姚小姐的房间里传来一阵阵惊恐的尖叫。秋菊捂着鼻子跑出来，惊呼道：“不好了不好了，小姐屙了一盆小虫子，吓死人了！”

元乔忙问：“是大便里的虫子吗？”

秋菊道："不仅大便里有虫子，小姐的……小姐的……也有虫子往外爬呢，小姐已是吓疯了，提着裤子一条腿在房间里乱蹦乱跳，捉都捉她不住呢。"

元乔就说："你快进去，不要让小姐乱动，她大腿才接上，一蹦一跳骨头再次错位就麻烦了。"

秋菊听后，极不情愿地再次捂住鼻子回小姐的卧房里去。

约莫折腾了一顿饭的时间，房间里才安静下来，原来是姚小姐受到惊吓，又折腾累了，竟连裤子都没穿好就趴在床边睡了过去。秋菊帮小姐用热水清洗了一遍，侍候她睡下，将一盆污秽搬出来，让大家看，除了元乔，其他几个人都看得目瞪口呆，姚老板更是吓得面如土色，冷汗淋淋。

几个人在客房里议论着小姐的病，元乔说："这虫子在小姐的体内还没有完全清理出来，还要吃几天草药，同时煎一锅药水，让小姐每天用木桶泡一次澡，方可彻底痊愈。

吴先生接着说："张先生果然是神医，吴某实在是佩服得很。这样吧，张先生将药方交与我，我岐黄堂的中药是地道的江西樟树货，我亲自去为你配药！"

元乔道："这样甚好，我的草药堂还真配不齐这个方子。

姚老板一听，连连道谢。

正在大伙为姚小姐的病忙碌的时候，房间里突然传来姚小姐轻轻地喊声："爹爹。"

原来蕙兰小姐醒过来了。

姚老板一听大喜，热泪夺眶而出，这可是自生病以来女儿第一次叫爹。

石先生在一旁也是欣喜不已，汗青的儿子果真是不同凡响，竟能以一碗蛇血救了姚小姐。可谓是青出于蓝而胜于蓝。

"爹爹，我饿了。"蕙兰坐起身来说道。

"好好，来人啊，快给小姐去拿。"姚老板赶紧吩咐下人去厨房。这时元乔忙阻止道："现在千万不能给小姐东西吃。"

"张先生，怎么啦，有什么不妥么？"姚老板看着元乔急急阻止小姐吃东西，有些忧心忡忡地悄声问道。

"小姐刚才虽然上吐下泻，将腹中的污秽之物排空，但人体内的各个脏器中还有不少虫子不曾清除，只有让她空腹服药，才能更好地杀死这些蛊虫。"

接着，元乔沉吟了片刻，让姚老板拿来文房四宝，元乔便写下一个方子交给吴先生道："拜托前辈务必按照在下所开之方将药配齐。"

吴先生接过药方，嘴角挤出一丝让人不易察觉的笑，道："张先生放心，这些药我岐黄堂都有，一定不会误事。"说完便与大家告别，前往岐黄堂抓药。

吴先生走后，元乔又对石先生说："待吴先生的药来后，还望前辈帮忙煎一下药。"

姚老板一听，忙说："这可使不得，这药我自己来煎，怎么能让石老先生煎呢？"

石先生略一思索，似乎忽有所悟，便对姚老板道："这煎药也有许多讲究，还是由我亲自把关稳妥些。"

姚老板听后连连称是，口中不住的道谢："张先生，真乃神医啊，多少岳州城名医都束手无策，被你轻而易举地找准病因，只一夜时间，小女的病就好了一半。石老先生也是古道热肠，为小女的病忙前忙后，我，真不知要如何感谢才好。"

姚老板当即命人准备酒宴，要好好款待两位恩人。

三人回到客房内，谈论一些古今奇症怪病，每谈一个病案，都要唏嘘不已。当再次谈到小姐的病时，石先生道："老夫在给小姐把脉时，总觉得奇怪，小姐脉象奇特，子母脉相悖，尤其是子脉来势汹汹，仿佛与母脉不是一路的，行医几十年头一次碰到这种怪事。"

"我也觉得奇怪，但在心里将整件事情重新梳理一下，便发现其中漏洞。去年中秋姚小姐失踪了大半夜，三个月后发现怀孕，各位郎中都说胎儿已足五个月，但姚老板十分肯定小姐失踪前数月都未离开过家门。前辈昨日诊脉已有六月胎息，那么唯一的可能就是杜小姐在中秋前两个月就已经受孕，而且是在这所宅子里。我昨天听到这古井里有蛤蟆低沉的叫声，判断井中有多年的老蛤蟆，那么若是排除家里的下人，就只有古井里的蛤蟆最为可疑了，不过这些不干净的东西怎么可能令小姐怀上孩子呢？再说丫鬟秋菊说去年中秋之夜，在灯会上遇见个锦衣书生，她看了那人手上戴的绿戒指后便神志不清，随后小姐就失踪了，如果是那天夜里小姐受了孕，到现在也只有四个月而已。总而言之，怎么算下来孕期都对不上。再说了，如果是怀孕了，小姐会擂自己的肚子吗？从那么高的屋顶上跳下来，能不将肚子里的孩子摔掉吗？所以这怀孕之事是绝不可能的，我突又想到古籍所载之蛲痕之症，恍然大悟。"

石先生与姚老板听元乔的分析，思路清晰，又有根有据，不禁都佩服得不行。

傍晚时分，吴先生提了七副中药，匆匆赶到姚府，将药交到元乔手上，元乔将每一味药都扒出看了一次，随即又交到石先生手中，石先生便拿了药亲自到火房去煎。在将药倒入砂罐时，稍稍将每一味药撮了一丁点塞进自己的口袋。

药煎好了，元乔亲自侍候小姐将药喝下后，才开始晚宴。

姚小姐喝过药，精神忽然好了许多，她知道是三位神医救了自己，便亲自来给三人敬酒。

"姚小姐，我想问你点事儿。"元乔说道。

"神医尽管问，小女子知道的定会如实相告。"姚小姐答道。

"去年中秋之夜，有关那个锦衣中年书生，你能记起什么来吗？"

姚小姐面色微微一红说道："那人大约有四十多岁，对人彬彬有礼，好像给我们看了他手上的一枚绿戒，后来……后来的事儿就记不清了。"

"再想想，他都说过些什么话？"

"好像说过他姓沈，是扬州府的富商，家里是做茶叶生意的，知道我家也是做茶叶生意的，大概有一宗生意与我家有关。别的真想不起来了。"

"他是否对你做过什么不耻之事？"

元乔这一问不打紧，只见小姐脸色突然一变，口里猛地喷出一口鲜血，往地上一倒，便人事不省。

这一倒，将在座的人都惊得不知所措。石先生忙上前，为她把了一下脉，惊呼道："不好！"

元乔也上前为她把了一下脉，额头上冒出一片冷汗来。

在元乔的指挥下，大伙七手八脚地将小姐再次抬到床上。三人再次为她会诊，得出的结论是"七绝之脉"！

吴先生说："是不是小姐身子太虚，而张先生所下之药太重，攻伐太过，伤了五脏之气血呢？"

元乔说："不至于吧，我用药时考虑了小姐的身体，故每一味药都在小姐身体承受之内。"

石先生说："煎药的火候也在我的掌握之中。"

元乔说："姚老板，烦你快快将所剩的六服药拿来，让我再检查一次。"

吴先生一听，脸色一沉道："难道张先生怀疑吴某在药中做了手脚？这可是人命关天的大事，千万乱说不得。为了自证清白，请张先生与石先生将在下所配之药分拣一次，核实一下分量，看是否有错？"

石先生忙说："你们就不要先分辨责任了，救人要紧，从小姐脉象看，重度中毒之症毋须置疑，我们关键是救人要紧。"

"不知所中何毒，如何救人？"元乔道。

姚老板立在一边，像个傻子一样，一时不知如何是好。

石先生道："凭我多年经验，其毒性之凶险，非砒霜莫属。"

元乔忙从药箱中找来一支鸡毛掸子，将小姐的嘴巴掰开，将小掸子伸进她的喉咙，轻轻地一扰，小姐便狂吐起来。他又让姚老板弄来一大碗盐水，灌到她的肚中，再扰，再灌，直到吐出的全是清水。才让她休息。

事后，石先生悄悄将自己偷偷留下的药材样本交给元乔。

元乔到一边将药泡了水，再用银针试了一下，果然有药被砒霜炮制过。

元乔将吴先生叫到一边，将药汤与银针递给他，说："您赶快将它带走。"吴先生一见，脸一下子白了。

元乔回到客房，向正在交流的石先生与姚老板道："吴先生所配之药并没有什么问题，果然是我下的药方太重了，以致如此。"

石先生有些惊奇地望了元乔一眼，在心里叹道："好一个宅心仁厚的君子！"

此时，吴先生已收拾医箱，向元乔与石先生打了个躬，转身离去。

随后，元乔又让姚老板请人去买了几袋生石灰回来，中午，是一天之中阳气最盛的时候，元乔让家仆解开袋口把石灰统统倒入古井中。井内立时水花翻滚，蒸腾起阵阵白烟热气，大约一炷香时间才慢慢地平静下来。

小姐在床上一睡三天，才慢慢悠出一口气来。

也许是歪打正着，元乔所用的方子，通过吴先生用砒霜一炮制，虽然差点要了姚小姐的命，却彻底将姚小姐体内的寄生虫全部杀死，不出一月，姚小姐已能下地行走，蛲瘕的病症也好了。

但由于受到多重惊吓，姚小姐的癫病时有发作。元乔对姚老板说："心病还要用心药医，不知小姐癫病真正的发病原因是什么，所以很难对症。

其时，姚老板听女儿提到扬州茶商，心中就有了数。原来，姚老板确实曾经黑过一个扬州茶商的一笔货款，至今已是三年，也许那扬州茶商已找到岳州来了。他将情况告诉元乔，元乔说："那就只有找到那茶商，将货款了结，并求他与小姐当面，消除小姐恐怖，定能奏效。

姚老板听后，觉得自己一时的贪念给女儿带来这一劫，良心过不去，决定只身去趟扬州，主动到扬州将货款还给了那位茶商。

果然，绑架姚小姐的人就是那个扬州茶商，他本想以小姐为人质，讨回那笔货款，见小姐肚子有些大，怀疑小姐已有身孕，便有些不忍心，将小姐放了。茶商将事情的原委告诉了姚老板，并向他道歉。

姚老板请茶商到岳州作客，以解除小姐心中的惊吓，茶商欣然前往探视。

茶商来岳州后，姚老板再将元乔请来作陪，元乔当着姚小姐的面问茶商绿宝石戒指是为何物，茶商道："这是一枚祖母绿，是祖上传下的宝贝，打算给儿子作为定亲的信物，但那晚给小姐与秋菊观赏时，上面涂了一层迷药，以致使小姐失了心信。"

元乔一听，忙说："不知贵公子今年贵庚，可否有了内子？"

那茶商道："犬子今年刚行弱冠之礼，尚未定亲。"

元乔笑道："那我不如做回月老，向两位讨杯酒喝，那岂不是天赐奇缘？"

　　姚老板与茶商一听，自是喜不自禁。两家不仅成了生意场上的永久伙伴，最终还结为了儿女亲家。

　　不想一场医病公案，竟还化解了一场商场纠纷，成就了一段美好姻缘。

第七章　大医精诚

再说那吴先生将元乔所开的几味药用砒霜炮制了一下。他知道即使小姐服下这药，有几位郎中在，也不会出什么大事，只是想借机报复一下张元乔当年悔婚之愤，压一下张、石两人在岳州的名气，一时冲动，犯下医家大忌。但元乔发现后，不仅没有当场揭穿他，还将责任全部包揽，让他全身而退，他越想越惭愧，行至聂水上的一座高桥上时，他对天长叹一声，丢下药箱，即往桥下一跳，寻了短见。

不想冬春之交，聂水正是枯水季节，桥下的滔滔河水早已退去，坦露出一河的乱石，因为天黑，吴先生并不知情，本以为跳入河中，不想却摔到乱石堆中，虽然没有丢掉性命，却一下子摔得头破血流，骨头散架。

吴先生本来对家中说当夜要回去的，可一直到第二天上午仍不见他的踪影，家人着急，找到姚老板家，才知吴先生可能是出事了。

元乔一听吴先生一夜未归，心中就咯噔一下："坏了，这吴先生莫非因砒霜之事而觉得做人不起寻了短见？"他越想越不对劲，当即与大伙一路找回去，在聂水上的一座大桥上，元乔一眼就看到吴先生的医箱丢在一边，他往桥下一看，发现乱石堆中躺着一个人，连忙从桥上下去，从乱石堆中找到奄奄一息的吴先生，他招呼大伙七手八脚地将吴先生救起，抬回家中。

通过一番抢救，吴先生终于醒过来了。他见元乔正站在床边，情绪激动起来，不肯配合元乔的推拿。

元乔安慰吴先生说："前辈千万不要胡思乱想，也不要胡乱动弹，前辈身上多处骨折，一动恐怕伤及脏腑。现在先生浑身血肿，一定要消肿之后才能让骨头复位，所以还望前辈配合治疗。"

吴先生说："你走，我不要你治疗。"

吴先生说完又开始挣扎，元乔无奈，只好趁吴先生不备，迅速点了他几个穴道，让他动弹不得。

吴先生不能动弹，但心里清楚，语言也无碍，他见元乔是真心救他，既羞惭又感动，慢慢安静下来，流着泪说："我只想报复你，可你为什么要救我？"

元乔说："作为郎中，我心中只有病人，你现在是我的病人，所以我要救你。再说你，你与家父亦师亦友，也便是我的前辈，与在下虽有芥蒂，但是在下有错在先，当年在下拒婚，只是因心中已有他人，我不想有负于吴小姐，也不想有负于自己本心。但因自己年少轻狂，未曾亲自向前辈解释，拂了前辈美意，确实得罪前辈在先，一直想找个机会向前辈谢罪，今天能为前辈治伤，这就是一个难得的机会呀。"

元乔一番话，说得吴先生心服口服，觉得自己枉活七十多年。他将孙子吴汉仙叫来，一定要他们结为异姓兄弟，以冰释前嫌。

原来，这吴先生中年丧子，孙子汉仙、孙女杏仙由他一手拉扯大，所以看得特别重，特别是对孙女杏仙视若掌珠，他多次与元乔接触，觉得元乔是一个德技双馨的人，完全可以将孙女托付给他，元乔的父亲汪青也非常中意这门亲事，不想这小子却不识抬举。吴先生虽然表面没说什么，心中却埋下了对元乔的怨恨。

吴先生心中的块垒已消，便积极配合元乔的治疗，但由于胸、肋、腿等多处骨折骨裂，且碎骨刺伤多处脏腑，治疗比较困难，元乔以手法复位，已草药内治调理，半年后才基本痊愈。

在给吴先生治疗期间，吴先生将一些祖传秘法倾情相授，元乔则将一些基本的治骨正骨之法传与吴汉仙，使张吴两家的医术都有较大的精进。

元乔最后一次到岐黄堂为吴先生摸骨，确认已没问题了，便彻底将吴先生身上的固板拆去。

吴先生拉住元乔的手，将他引到一处密室，打开一个木箱。元乔一看，不禁惊叹，原来，箱子里是一具完整的人骨。

吴先生说，这不是一具真正的人骨，而是用柳木仿照人骨刻出的模型。这是他的祖父请一个雕花木匠花了整整半年的时间，按照曾祖的骨殖所雕。曾祖是死在游医途中的，当年随曾祖游医的祖父将曾祖埋在一处荒山野岭，三年后将其骨殖背回陆城镇，他不敢将曾祖的骨头作为标本，于是请来地方上最巧的雕花木匠仿雕了这副模型后，将曾祖的骨殖入土为安。

这副模型传到吴先生这一代，都没有真正起到作用，因为吴氏中医是不医骨的。今天，他将元乔引到密室，就是想将它送给元乔。

元乔一听，连连说使不得使不得，虽然他看到这副骨模有如看到至宝，但他觉得这骨模太珍贵，不敢夺人所爱。

吴先生说："这副骨模对吴家来说虽然珍贵，但放在我们手上不能让他真正发挥作用，也是对先祖的本心的一种辜负。今天我把它送给你，它也算是一种弃暗投明，物有所值了。再说，你用你最珍贵的品质换回我最珍贵的物品，各得其所，是多好的事呀！"

元乔再推，吴先生就有些生气道："如果你觉得这东西对你无用，那我就一把火将它烧掉算了，免得它占了我的地方。"

元乔见吴先生这样一说，就有些却之不恭了，他对吴先生深深一揖道："这是我此生所得最好的礼物，我将视为珍宝，决不会让它明珠暗投，以负先生厚望。"

元乔用马车将那骨模及木箱子一起拉回聂家市，将其置于父亲的牌位前，斋戒沐浴后，敬拜了三天，才将其放入自己的卧室，每天晚上秉烛观摩研究，将每一块骨头都细细记在心中。

在以后给儿子瑞云讲述人体骨骼时，他必将这副杨木骨模请出来，一块一块地让他摸，再将自己的手呀脚呀伸给儿子，让他对照骨模捏。这样两相对照，瑞云不到十岁便将人体的每一块骨头都了然于心了。

自光绪即位至驾崩，中华大地风雨飘摇，一介乡村草医，即使以术立命，以德救人，其生存的困境也是与日俱甚。

元乔以悬壶济世为自任，并期望能将张氏祖传医术及正逐步形成特色的张氏正骨之术发扬光大，故在呕心沥血地将自己所学及摸索出来的东西传与儿子张瑞云。元乔还鼓励他多与外界交流，博采众长。张瑞云也不负父亲厚望，不到十八岁即能独立行医了。

宣统三年，即公元一九一一年，华夏大地发生巨变，孙文领导的国民革命军在武昌发动起义，成立中华民国临时政府，孙文任临时大总统。

武昌炮响，湖南巡抚余诚格当天就得到消息。为防止新军起义，余诚格收缴了新军的子弹，并将其调离长沙，另调受革命影响较少的巡防营入防。湖南革命党人三天后才得知武昌首义的消息，故未能及时发难，后经过多次组织发动，革命党人焦达峰、陈作新等才于十月二十二日领导起义成功，光复长沙，成立湖南军政府，宣布独立，焦达峰、陈作新出任正副都督。十月三十一日，参议院议长、立宪派首领谭延闿策动新军中的反动军人梅馨等发动军事政变，谋杀了焦达峰和陈作新，谭延闿自任湖南军政府都督。

一九一三年袁世凯任中华民国政府总统，清帝逊位。旋即，国内内战烽起，军阀混战日盛，全国各地民不聊生，饿殍遍野。

袁世凯任命海军中将汤芗铭为湖南查办使、湖南都督兼民政长，独掌湖南的军政大权。袁世凯又派大军镇压南方的革命，当北洋军大兵压境时，谭延闿慌忙宣布取消独立，通电下野。

汤芗铭入主湖南后，成为袁世凯在湖南的忠实代理人。他治湘三载，横征暴敛，疯狂屠杀革命党人和无辜群众，据他自己呈报的，所杀已达一万一千余人，因而有"汤屠户"之称。

岳州作为湖南的北大门，离首义之地武昌近在咫尺，各种势力蠢蠢欲动。汤芗铭的暴政，激起了民众的一致抵抗，一九一五年十二月初，梁启超的学生蔡锷在昆明联合各派反袁力量，发动了护国战争。十二月二十五日，蔡锷、唐继尧等人联名通电，宣布云南独立。湖南省内各县亦独立纷起，计有五十余县之多，汤芗铭所能控制的仅有二十余县。此外，在湘南靖县还有以程潜为总司令的护国湘军，与西面的护国黔军和南面的护国桂军互为声援。汤芗铭的统治岌岌可危，自省以下各级官吏恐慌万状，纷纷潜逃。

一九一六年四月，程潜率部从贵州进入湖南，攻克靖县，就任护国军湖南总司令。七月，程潜率部进逼长沙，驱逐汤芗铭。八月，岳州已在程潜的控制之下。

湖南政局波谲云诡，百姓为躲战乱流离失所。

由于大批难民的涌入，元乔的草医堂在院子里设了一个药粥铺，一边治病，一边施粥，因入不敷出，也是杯水车薪，难以为继。

一日，张氏草药堂闯进两位当兵的，一进门就大喊："谁是这里的坐堂郎中？还不快快出来？"

元乔一听，忙从里间出来，见是两位当兵，便问："不知两位哪个有病？在下给您瞧瞧？"

其中一个当兵地骂道："你才有病呢！你看大爷像个有病之人吗？"

元乔忙说："那是那是，您一看就不是个有病的人。那您找我有什么事吗？"

"我们团长想找个郎中聊聊，派我们出来打探一下，看你这牌子，便知是个郎中，这样吧，我们也懒得到处乱跑，就是你了，你跟我们走！"

元乔一看这当兵的一副蛮横之相，断定这所谓的团长也不一定是什么好鸟，便说："你团长要看病，让他到我堂前来好了，你不看我这病人正多吗？"

两个当兵的一听，就火冒三丈道："嘿嘿，一个乡间的草药郎中，还真把自己当成一味药了，敬酒不吃吃罚酒是吧？行，看老子把你绑了，推到河滩上一枪崩了！"

说着即解开绑腿，将元乔绑了个扎扎实实，推着就走。

这时，瑞云正在里间给一个病人推伤，见堂前嚷嚷之声，跑出来一瞧，见父亲正被两个当兵的押出门去，便追上来，想与他们理论，元乔忙用眼神制止，随两个当兵的往驻地而去。

元乔被押至江边的一间老屋，一名当兵的进去报告后，一名年近五旬的中年军官随后出来，他一见被绑的元乔，对两个士兵大骂道："蠢货，谁要你绑人的，老子要你到聂家市去找一个姓张的郎中，找到了要你好生请他来，又没要你绑人，还不快给先生松绑。"待士兵给元乔权了绑，他又打量了元乔一会，说："您就是聂家市张氏草医堂的张汗青张郎中？"

元乔见问，感到奇怪，见那人，总觉面熟，可不知从哪里见过。他想了半天，也没想起这个人，便说："张汗青是家父，不知将军将我抓来干什么？"

"这么说，先生莫非是张元乔小张郎中？"那军官道，"都和当年老张郎中一般年纪了，看来我是真的老喽！"

张元乔听那军官一番莫名其妙的话，再看看那军官，突然想起光绪十四年，聂家市街上同发米店抢米风波，这不就是被他救治过的那个中年汉子吗？

他有点疑虑地问："光绪十四年，你是不是……"

那军官爽朗一笑道："先生好眼力，我正是当年抢米时受伤的萧干城。当年张氏父子大义救治受伤难民，不取分文，萧某没齿不忘。"

原来这萧干城参与组织岳州抢米风潮后，逃到了汉口，后到汉口码头扛大包。一九〇八年参加新军，一九一一年参加了武昌首义，成为程潜手下的一名护兵。后来随程潜流亡日本，出生入死，一九一五年袁世凯洪宪帝制后，又随程潜赴云南加入护国战争，程受蔡锷命为湖南招抚使，到湖南召集其旧部反袁，被举为护国湘军总司令，驱逐湖南督军汤芗铭。一九一六年二月唐继尧任命程潜为护国军湖南招抚使，程潜带领一营部队启程回湘，萧干城随之回湘，后程潜部迅速发展，萧干城在他手下的护国军中当了一名团长，驻守长江南岸的陆城。

萧干城将张元乔请入办公室，先是拜谢了他的救命之恩，接着请元乔到他军中当一名医官。

元乔一听，当即拒绝，他说："在下只是一介草民，一名草药郎中，救死扶伤，悬壶济世是我的本分，再说我几辈人蜗居乡下，这乱世之中，邻里多有冻馁之苦，病伤之痛，在下几服草药，或许就能解其一时之痛苦，如果没有我的几味草药，他们如何安生？我从小秉承家训，渴望百姓能安居乐业，居身立命，对于杀伐争斗害怕、厌恶，又怎么能在军中安生？所以将军还是另请高明吧！"

萧干城解释说："我们推翻清帝，驱逐军阀，也和先生的初衷一致，都是要让百姓能安身立命呢！"

元乔反拜道："万望将军放我一条生路，我不会答应你的，除非你将我杀了将我的尸体留在你的军中。不过我说过，我是一个郎中，眼中只有病人，没有革命军与军阀之分，谁受伤了，谁生病了，我都会全力去救治。我的话也只能说到这个份上了，还请将军定夺。"

萧干城见留元乔不住，只好设宴招待他后，亲自将元乔送回聂家市。

民国六年年底，军阀混战日甚，岳州处南北要冲，自古以来为兵家必争之地，此时，北军多撤至岳州与湘鄂交界的临湘、通城一带，湘军将领极力主张扩大战果，一鼓夺回岳州。可时任湖南督军谭浩明，则主张议和，国务总理王士珍为了分化湘桂力量，暗中又任命谭延闿为湖南省长兼督军。民国七年春，南北两军相持于新墙、陆城一带，程潜、林修梅等呈文给谭浩明，主张进攻岳州。谭浩明与北京政府议和的愿望未能实现，以鉴于湖南人民要求驱逐北军的呼声日益高潮，如果继续压制，必将影响自己在湖南的地位，广东护法军政府部分国民党人也对谭浩明按兵不动深表不满。于是，这年一月十九日，谭浩明下令攻打岳州、通城，二十三日，林修梅部占领新墙，随后攻克聂家市，长安，程潜部攻克桃林、西塘、平地，北军在退出聂家市时，将聂家市等地一把火烧了个精光。

战争打响时，临湘县大多数百姓都逃难到龙窖山中躲兵，由于逃跑时慌不择路，又时逢冬春之交，受伤的、生病的，不计其数。元乔一家出逃时，所带草药不多，龙窖山草药虽多，但大多叶枯藤烂，难以采挖，所以山中缺医少药，病死的不在少数。元乔父子日夜救治，却眼睁睁看到一些重症病人无奈死去，心痛、难过、自责，常常整夜难以入眠，竟一夜之间白了头。

有一名十岁的小男孩被送到元乔的窝棚时已是奄奄一息，高烧不退。原来这孩子是被战马踩伤，胸骨、肋骨，头骨多处骨折，肋骨还将腹部肌肉刺穿，伤口已经化脓。元乔帮他作了紧急处理后，却没有药给他处敷与内服。他到山间找了一些草药回来时，那孩子已停止了呼吸。

面对这个可怜的孩子，一个四十多岁的男人，竟掩面大哭。

张瑞云第一次见到一个小孩在自己眼前去世，也一时不知所措，他抱着孩子，久久不愿放下。

这就是战争吗？这就是战争带给黎民苍生的福祉吗？父子俩真的以自己是一个无用的郎中而感到愧疚不已。

山下炮声止息，烈焰隐退，人们相继下山，希望还能从余烬中找回一点赖以生存的物质。张元乔让妻子秀姑与儿子瑞云继续待在山中，照顾一下无法下山的病人，自己急急忙忙下山，他突然记起还有两样重要的物品未能带走。一是陆城岐黄堂吴老先生送给他的那一副杨木人体骨骼模型，二是三十多年前汪殿臣给他留下的那块神秘的狗皮藏宝图。

他来到自家的草药堂时，除了几堵残墙断壁，张氏草药堂已被焚为灰烬。

元乔踏着仍未散去的余烟，从乱砖中翻出木箱，那木箱连同里面的骨模，都成了一堆黑炭。他又按方位寻找他藏狗皮的那面砖墙，砖墙还未倒，他急急地将半截砖掏出，那块狗皮还在，他于是嘘了一口气。

他将那块狗皮藏到贴身衣服里，开始清理变成废墟的草药堂，他要将这个草药堂重新搭起来，哪怕只是一个简陋的草棚，他也要将它搭起来，他知道，在这个乱世之中，最不可缺少的就是医药。

通过几天的清理与搭建，伴着未全倒塌的砖墙，一间简单的草屋搭起来了，他又找来一块木板，用木炭在板子上写下"张氏草医堂"几个大字，挂到门楣上，这样，他的张氏草医堂又开了起来。

没想到，他的张氏草医堂收治的第一个病人，竟是一个火烧聂家市的北兵。

南兵占领聂家市后，于二十六日夜发起攻打岳州城的总攻。大部队聚居在平地一带，聂家市倒成了后方。

一队南兵在聂家市打扫战场时，将一堆堆的尸首抬到聂水边就地掩埋，在一堵墙下拖出一具尸体时，那尸体竟然动了一下，并发出一阵阵呻吟，他已为是碰到了自己的援兵，便竭力想爬起来，操着一口河南口音说："我是 ** 部的，我还没死，还能打仗。"

这伙南兵一听，骂道："你这死河南侉子，你还能打仗？老子把你活埋了让你到阴曹地府打鬼仗去。"一边骂一边倒拖了他双脚往聂水边的河滩上拖。那河南兵一听，知道找错了对象，便从嘴里发出杀猪一般的叫声，连喊："南兵兄弟饶命，都是父母生的，当兵也不过是为了吃饷活命，我上有老下有小，兄弟就可怜可怜……"

也许是出于怜悯，这伙南兵犹豫了一下，将他丢在离张氏草医堂不远的地方，转身跑了。

出于郎中本能，元乔见那人在地上爬行，放下手头的锄头，跑过去将那人背回了草医堂。

那人见元乔背他来到草医堂，惊恐万状，因为他清楚地记得，这间草药堂就是他一把火烧掉的。在隆隆的炮声中，他点燃了草药堂的药库后，跟随着部队往镇外撤，没想到被自己部队乱窜的马队踩倒，昏厥过去。

如果这医生知道是他烧的草医堂，人家会饶过他吗？所以当元乔问他是如何受伤时，他一言不发。

元乔看到他一身北兵的军装，便一边给他查伤一边骂道："你们这伙畜生，不在家里好好待着，种好粮种好菜，好好地伺候父母，养育子女，满世界的又杀又烧的，讨得好结果啵？"

那人见元乔看出他是北兵，更是吓得不轻，忙求饶道："求郎中救救我，我家中确实是上有老下有小，可这年月，家里庄稼也种不成，不干这脑袋系裤裆上的营生吃点军饷，日子还真过不下去哟！"

"你日子过下去了，搞得别人的日子就过不下去了。你看这仗打的，我可不管什么南兵北兵，你打你的仗，可老百姓这房子与你有仇吗？你为何要烧人家的房子哟，这大冷天的，没了个遮风挡雨的地方，叫人家怎么过哟。"

这一番话，说得那北兵无地自容，嗫嚅道："都是杀得脑壳发昏了，该死呀！"

元乔查过那北兵的伤势，发现断了四根肋骨，一双腿的大腿骨全部骨折。便因陋就简的找了一些器材，帮他慢慢地捏拿，将折断的骨头慢慢复位，再夹上夹板，打上绷带，让他在家里慢慢养伤。

见元乔尽心尽力的帮他治伤，那北兵更是心里过意不去。他忐忑地对元乔说："张先生，如果您知道您这房子是我放火烧的，你还会救我吗？"

元乔瞪了他一眼道："这房子是你烧的吗？"

那人见元乔瞪他，先是吓了一跳，接着将头低下，嗫嚅道："是的，就是我烧的，你将我的骨头再弄断吧，这样我心里还好受一些。"

元乔叹了口气道："这国家一乱，最难最苦的还是咱百姓啊，当兵地跟着谁都是吃粮饷，东家打西家，南家打北家，其实最不关自己的事，可打着打着就把自家的命打没了，也是可怜。所以不管是民是兵，到我这里就只是个病人，我当郎中的总不能见死不救吧？"

"您可真是菩萨心肠呀！"那人感动道。

"你这伤好了还去当兵吗？"

"不吃这拿命换的饷了，回家伺候爹娘去。"

二十六日，北军三个师见南军势不可挡，又火烧岳州，弃城逃窜。二十七日，南军占领岳州。

萧干城所部在换防时，刚好驻扎在岳州城外的道仁矶，道仁矶离聂家市也就二十里地的路程，所以一安营扎寨，就策马到聂家市找元乔。

他立在一片已成废墟的聂家市街上，心情特别沉重。他牵着马，一路走过，见废墟之上正在默默捡拾还可勉强能用的家什的百姓，心中的升起一股愧疚之意。他来到草医堂前，见已收拾好的院门上赫然挂着的用木炭书写的"张氏草医堂"的木牌，看到院子里躺着的那些穿着不同军服的兵及衣着褴褛的百姓，肃然起敬。作为军人，打仗是他的天职，但打仗到底是为了什么？如果打来打去，只是为了那些当官的争权夺利，争城掠地，那这仗打起来还有什么意义呢？战争在摧毁着世界上的一切，而郎中却在竭力修复，不只是修复身体的伤痛，也在修复着破碎的心灵。元乔就是这样一个修复师啊！他为当初想将元乔留在军营为已所用的想法感到羞愧。

萧干城在张氏草药堂前默立了一会，转身跃上马背，疾驰而去。傍晚时分，他带来一个营的兵力，连夜将聂家市街上的废墟清理干清，就着残墙断壁，搭建起一间间简易的房子，将一个散发着血腥味的老街弄出了不少人间烟火的气息。

萧干城的部队在岳州城休整了半个月，即向武汉进发，临行之前，他再次来到聂家市，见老百姓已慢慢恢复生产与生活，沉重的心情才慢慢会展起来。

萧干城与元乔告别，元乔弄了一点酒，炒了一把豆子，两人坐在院子里，对着清冷的月光，一口一口地抿酒。

元乔忧心忡忡地说："这世道，也不知什么时候才能太平，老百姓什么时候才能过一个安生的日子哟！"

萧干城说："我当兵这么多年，打呀打呀，本以为能为老百姓打出一个安生的太平世界来，可是这几年的混战，我是越打越糊涂，你说这清朝的天下吧，被洋人打得七零八落，又被洪秀全的太平军打得差点咽气，东南西北哪有一块好土可以安身立命？本以为推翻了清朝的统治，建立了民国，可天下还是一锅粥。民不就是老百姓吗？民国不就是老百姓的国家呀？可民国来了，老百姓还是难得活命，你说这仗还有什么打头？"

元乔说："你这个兵头，能想到这一层也确实不容易，你再怎么打是你们的事，但在打仗时莫祸害咱老百姓就是万福啦。"

萧干城说："别人怎么样我可能管不了，但我保证，在今后，凡是我的部下，如有人祸害百姓，我决不饶他！"

"有了你这一句话，也不枉我当年救你一命！你走吧，军队上的事，处处都是人命关天的大事，但你要永远记住，老百姓的命也是命呀！我救人一命，只是一条命，可你握着的却是万千条命呀！"

萧干城听罢，一口将杯中的酒干了，说："在下谨记你的一番话！你就放心吧！"

谭浩明命程潜部与林修梅部对临湘进行夹击，当程部萧干城团将部队经羊楼司、桃林推进到陆城时，林修梅部已进驻到道仁矶。此时，北兵背靠长江，南面与西面被程、林两部压境，只要发起总攻，必败无疑，可谭浩明发起总攻命令后，林修梅部却按兵不动，萧干城的一个团反被驻陆城的北兵与从蒲圻赶来的援兵打了个夹击，如果不是有地方上的向导带路从五尖山小路退守木岭，恐怕是全军覆灭。

由于伤兵太多，团里只有一名军医一名护士，实在是忙不过来，萧干城打算亲自到聂家市将元乔父子请来帮忙治伤，但团内人心浮动，士气低落，萧干城不敢离开部队半步。只好再次让自己的护兵前往。萧干城对护兵说："这次去，不管张郎中父子来与不来，你们只能请，绝不能硬绑哟！"

那两个护兵不好意思地对望一眼，尴尬地笑了。

两人来到聂家市，将萧干城的请求对元乔一讲，瑞云在一边听后，不高兴道："谁叫他们打来打去的？这枪伤，我们不会治，不去！"元乔沉吟片刻，便对瑞云说："这次萧团长遭此大败，心情可想而知，但我们此去，不是看萧团长的面子，而是看到这些当兵的可怜，都是爹娘养的，枪打在谁身上都要命，谁叫我们是郎中呢？去，立即动身！"

元乔跟着父亲极不情愿地上路了。

从聂家市到木岭，有三十里山路，四人一路紧赶慢赶，到天黑才到木岭。这时，萧干城正焦急地在村口等着。他一见元乔父子，便拉着元乔的手说："我知道你会来的，我知道你不会见死不救的，所以　直在村口等着你们。

一进村，屋檐下躺的都是伤兵。元乔说："这些伤兵怎么没安排住到农户家里去呢，受了枪伤的，失血过到，都畏寒，这早春天气，到了晚上会冷得受不了的。"

萧干城说："我一个当兵的出身，怎不知伤员怕冷？但如果我让我的士兵占了老百姓的房子，他们就要占老百姓的床。我让他们占了老百姓的床，他们就要吃老百姓的粮！这个先例开不得呀！"

元乔一听，暗暗点头，但他还是劝说道："伤员一定要让他们避开风寒，还是要与老百姓交涉，将伤员安排到各家的堂屋里住下吧！"

在元乔的劝说下，萧干城一家一家的请求，终于将伤员们安排好了。老百姓见萧干城的部队与别的部队不一样，不仅将伤员让进家里，还主动给伤员烧开水，帮助对重伤员进行护理。

萧干城又将元乔父子安排到一家潘姓的人家住下。潘家是当地的一个小户人家，一家五口人，两个老的，一个儿子，已经成家，一个女儿，还没找婆家。潘家的房子是湘北山区那种常见的明三暗五的土砖房，中间是堂屋，堂屋的后侧是火塘。两边各一大间，大间又用木板隔开，后面是老夫妻的睡房，前面是杂房。右边两间也是用木板隔开，后面住着儿媳，前面住着女儿。因儿子不在家，潘家本来是安排女儿与媳妇住一间，元乔父子住潘家女儿的房间的，但元乔不愿叨扰人家，就在杂房里搭了个临时的床铺。

将伤员安排好后，元乔即带着瑞云将伤员都看了一遍，对重伤人员进行适当的处理，两人一直忙到子时已过，才在杂屋里睡下。

第二天一大早，元乔父子就起了床，协助军医按伤势重轻——将伤员分类，再对有骨伤的伤兵进行手法复位治疗。对于外伤伤员，由于西药缺少，则采来草药与自家的金枪药进行辅助治疗。一天下来，忙得晕头转向。

再说这潘姓人家，大儿子二十出头，刚刚结婚即被北兵拉了壮丁。媳妇虽然也是外村一家贫穷人家的女儿，却长得不错，皮肤白里透红，身材丰满高挑。潘家还有一个年方十八的女儿，比这媳妇长得更好看，特别是那一双水汪汪的大眼睛，只要看上人家一眼，真要将人家的魂魄拖进去出不来。

这瑞云也正是十七八岁的年纪，长得更是一表人才，看起来是一副白面书生模样，但因为长年练功，却是长得健壮，用现在小美女的眼看是真正的内外兼秀又内处兼壮的肌肉男兼帅哥，按理说正是青春勃发的年纪，可他在男女之情上还没开窍。

瑞云一住进潘家，姑嫂俩就嘀咕开了，议论的当然是瑞云的长相，俩人甚至开一些稍稍出格的玩笑。

年轻人容易熟络，瑞云在潘家待了一天，这姑嫂俩就主动和瑞云搭话，还主动帮瑞云打一下下手。嫂嫂趁机问瑞云成家了没有，有没有定亲，瑞云被那嫂嫂问得脸一阵红一阵白。那女孩子见瑞云红脸，就抿着嘴巴笑。

那嫂嫂又问瑞云："你看我妹妹长得如何？好看吗？"

瑞云一听，用眼瞟了那妹子一眼，脸又一次红了。

那嫂嫂就低声笑道："把我这妹子许配给你如何？我这妹子不仅长得好看，还懂得疼人。"

那妹子一听，嗔道："嫂，你乱嚼舌头，看我晚上不把你的舌头抠烂！"

姑嫂俩的调笑，让元乔羞得抬不起头来。

元乔父子这天晚上分别上了一次茅房。可第二天早上，潘家的媳妇与女儿都出了问题。

平时，每天早上都是媳妇和婆婆一早起来做好早饭后再叫公公与女儿起来吃饭的，这天早上婆婆起床半天了，媳妇还没起床，婆婆感到纳闷，但没作声，等她将一家人的早餐弄好了再去敲媳妇的门时，却发现媳妇的门是虚掩着的，她推门进去，发现媳妇的被子半边掉在榻凳上，她将媳妇的被子揭开，媳妇竟一丝不挂地躺在床上昏睡，便在她的光屁股上一巴掌，骂着："你这死货，也太不要脸了，一个人睡觉脱得这样了胯嘀咚的，门也不栓，是想干么事！"可这一巴掌下云，媳妇竟没反应，感觉不对劲，用手探了探她的鼻息，发现只有一丝出气，吓得大喊救命。这一声喊将潘老汉与元乔叫醒了，他们跑到媳妇房间，元乔隔着被子给潘家媳妇把了脉，说："不碍事，可能中了迷跌香，在她脸上喷点冷水就醒了。"

婆婆按元乔告诉的方法在媳妇的脸上喷了一口冷水，那媳妇果然一个激灵醒了过来，她发现床前围了一圈人，再刚掀开被子一角，猛然发现自己一丝不挂地睡在被窝里，便惊叫起来，接着将被子将头一捂，大哭起来。

这一哭，大家似乎明白了什么事，紧接着婆婆也哭着骂起来："这臭货不要脸的昨夜做了什么对不起我儿子的事你还不去死还不去死！"

她哭着哭着，突然停住，往前面女儿的房间跑，她一推门，门也是虚掩着的，她再去揭女儿的被子，发现女儿也是一丝不挂地睡在床上，脸露微笑。屁股下面的床单上，还有一块暗红色的血迹。这一看，潘婆婆一口气不过来，昏倒在地。

元乔父子又分头七手八脚地抢救母女俩。

事情很简单，潘家姑嫂在元乔父子入住后被人用同样的手法迷奸了。

潘家夫妇找来萧干城，将案情向他反映，要他做主，查出这没人性的强盗。

萧干城说："我一定会查个水落石出！如果是我的手下干的，决不轻饶！"

在萧干城查案的过程中，一切疑点都指向了张氏父子。因为一堵木板墙相隔的潘氏夫妇分明听到前面房间前半夜和后半夜分别有人出了门。

张氏父子也都承认，他们是半夜起了床，他们平时没有夜时解手的习惯，但不知这天晚上都有点拉肚子，所以都上了一趟茅坑。

两个大男人，一对漂亮女人。

两个人都上了茅坑，两个女人都被迷奸。

两个人又都是用药高手，用的是同一种迷药。

一切似乎都很明朗了。

但为了不冤枉好人，萧干城又分别找姑嫂二人了解晚上的情况。那嫂嫂说："很晚了我们还没睡，我在妹妹房里说一些关于小张郎中的话，因为张郎中他们父子很晚查看了伤兵才回来。等他们睡下后，我才回自己的房间躺下，但躺下后还是睡不着，我的脑子里全是小张郎中白天脸红时的样子。"那嫂嫂说到这，有点不好意思地红了一下脸，"但毕竟太晚了，人也有点累，模模糊糊中，觉得有一点雾气从门缝里飘进来，不一会，我就睡着了，我还好像做了个梦，梦见小张郎中进了我的房间，又上了我的床，后来……后来……，我以为只是个梦……"那嫂子说着说着就哭了起来，说："我白天还想到要将妹妹许配给他呢，他怎么会……会这样呢？这……不怪他，只怪我，怪我……"

萧干城在问潘家妹妹时，那妹妹所说的话几乎与嫂子所说的一致。

萧干城听了，很不想相信这是真的，但从两姑嫂的口中了解的情况，又不得不相信这是真的！

但他感到疑惑的是，是瑞云这小子一人干的呢，还是元乔父子俩各犯一桩？

萧干城对张氏父子的崇拜景仰之情，一下子没了。他招呼自己的护兵，将张氏父子绑了起来。

元乔见萧干城将他们父子俩都绑了起来，非常气愤，大声喊冤道："不仅我没干这见不得人的丑事，就连我儿子我也相信他不会干出这种事来！你可不能明眼办瞎事！"

瑞云也大喊冤枉："我们父子好心来帮你忙，你不问青红皂白就胡乱抓人，下次开仗，炮子打的就是你！"

萧干城说："我也不相信是你们做下的，但她们姑嫂一致说是你干的，虽然她们都说不怪你，虽然你们不是我的兵，但你们毕竟是我请来的，是我请来的就是我的兵，我的兵祸害了百姓，我就要按军法从事！"

瑞云说："如果是我干的，你一枪崩了我，我毫无怨言，但这真不是我干的！"

"不是你干的，难道是你爹干的？"

"更不是我爹干的，我爹一直和我睡一床，我上茅坑的时候，他一直睡在床上呢！"

"那你说不是你们父子干的，那会是谁干的？"

在所有证据都指向瑞云时，元乔有些迷惑了，难道真是儿子青春勃发，一时冲动做下如此不耻之事？

为了摆脱对儿子瑞云的怀疑，元乔将牙一咬，竟然承认了两桩迷奸案是自己所为。

萧干城将瑞云放了，却将张元乔关了起来，他打算再审一次，如果果真这案子是元乔所犯，为给当地百姓一个交代，就只能按军法处置了。

瑞云想不通，明明这案子不是他们父子犯下的，父亲为什么要承认呢？"不行，我一定要将案子查个水落石出，为自己，也为父亲讨个清白"，瑞云暗暗下了决心。

这潘家姑嫂本来都非常心仪于瑞云，如果这事是瑞云做的，只要瑞云将潘家妹妹娶了，当嫂嫂的就不打算追究。可事情却突然逆转，是瑞云的父亲元乔认下了这事，那这姑嫂俩就有了天大的羞辱。特别是潘家妹妹，更觉得没脸见人了。本以为歪打正着，被自己心爱的人那个了，无非是提前同个房，可这算什么事呢？即使瑞云为救父亲愿意娶自己，那不更是乱伦吗？一个公公，一个媳妇，今后如何见面？她越想越绝望，竟用一根绳子将自己挂在了自己睡房的二脚梁上。

当潘家父亲发现并救下吊在梁上的女儿时，女儿已是气息全无。

为这迷奸案，竟然惹出人命，不说这潘家，整个木岭一下子愤怒了。全村五十来个人全部冲到萧干城的驻所，强烈要求严惩张元乔。

这瑞云一听到出了人命，作为郎中，他的第一反应就是这人还有没有救？

他跑到潘家妹妹的屋里，见潘家夫妇扒在女儿的尸体边哭得悲痛欲绝，忙说："让我看看，是否还有一点希望抢救？"

潘家夫妇的身后里三层外三层围满了人，一见瑞云，都冲上来你一拳我一脚，拳脚雨点般落在瑞云身上。瑞云一边用双手护着自己的头，一边诚恳地请求道："不管你们怎样对待我们父子，我相信我的父亲是问心无愧的。为了讨回一个清白，我不能让妹子就这样不明不白地死！快让开，让我来抢救她！"

听有人要抢救女儿，潘家夫妇忙伤心地站起来，为瑞云让出一条路来。瑞云为潘家妹子把了一下脉，发现其脉搏下还有一丝非常微弱的律动，连忙用点穴的手法打开她的经络，再将她背在背上，在高低不平的山路上一顿狂跑，不到一炷香的时间，那潘家妹子竟在他的背上哼出一口气，慢慢地悠过气来。

见女儿死而复生，潘家夫妇对元乔父子的恨突然消了一半。他们找到萧干城，要求他将张元乔也放了，他说："在这乱世之中，人活一口气也真不容易，谁又没有犯浑的时候呢？"

萧干城本来就不相信是元乔父子俩干的，但苦于找不到证据证明不是他们父子俩干的，现在有了潘家夫妇的宽宏大量，他正好顺坡下驴，打发张家父子回家。

可这一次，张家父子都犯了浑，都坚决不同意就这样糊里糊涂被抓，不清不白又被放。

瑞云在探望父亲时，对父亲说："我想明白了，您是怕是我干的，所以将这丑事揽到自己身上，您委屈一下先在这里待两天，我一定要将这事弄个水落石出。"

元乔忧虑道："这桩无头案，你能弄个水落石出吗？"

瑞云问父亲道："我在给潘家妹子把脉时，发现她应是天癸已至，如果此时被人迷奸，应是什么情境？"

元乔一愣，思索道："哦，可我看到她床单之上，只有一小块血迹，如果如你所说这妹子正遇天癸，这正是天癸初至时之表象，如若此时被迷奸，必然不止这些血斑。你说你用背颠之法让其复生，她是否下身有大量经血涌出？"

瑞云脸一红道："我的上衣后摆被血染红！"

元乔大喜道："这正是天癸第二天的表象，你赶快将萧将军请来，我有话要说。

萧干诚被瑞云请来，元乔说："如果那潘家妹子仍是处子之身，是否可证明我们父子是清白的？"

萧干城一惊道："还是处子？不可能！明明那被单之上有血迹，那正是被破瓜的有力证据，你说她还是处子之身，那不是说瞎话吗？"

元乔又将瑞云与自己的推断向萧干城说了一遍，萧干城将信将疑道："那潘家儿媳之事如何说？"

元乔说："这完全是一个子虚乌有的事！"

"你是说，她们姑嫂都说了假话？"

"也不是假话！"

"既然不是假话，那不就是真的了？你又怎么说子虚乌有呢？"

元乔道："这两天，我发现那姑嫂见我儿瑞云一表人才，都有意于他，还不时用话语探他。这妹子正是怀春之际，易生忆想，可以理解。而这潘家媳妇，新婚不久，丈夫突然被拉壮丁，离家日久，心中压抑，一见可心之人，也会生出情愫。再加上这姑嫂这几天天天议论这事，心中难免春心萌动，晚上难眠，又闻我儿夜起，我儿正是青春勃发之时，体香暗送，发春之人对此特别敏感，迷蒙之中，竟引发集体忆症，故以幻觉当成事实了！"

元乔如此一分析，让萧干城与瑞云恍然大悟。

瑞云说："我只推测被迷奸是假，没想到会有这等奇事。"

元乔说："古医典中有因某事引发数十人集体憶症的记载。两人憶症则不为奇了。"

萧干城说："那我马上让我的女军医护去验证一下。"

通过验证，果如元乔所言，潘家妹子还是处子之身。由此证实，姑嫂二人所言的迷奸之事，正是一场集体憶症，用现代的话说，是一场从潜意识里引发出来的春梦。

此事发生，差一点闹出三条人命，这让潘家姑嫂羞愧难当，成天躲在房里不肯出来见人。

元乔不但没有怪罪她们，还主动和她们谈心，并开了几剂安神的药给她们吃。

这萧干城则对元乔的医艺和医德更加敬仰。元乔也没有因此而怪萧干城糊涂断案，反而对他的铁面无私及百姓之事重于私谊的作风深深赞赏。两人于是都将对方视为知己。

第八章　此恨绵绵

民国七年春天，刚满十八岁的张瑞云开始了他从医生涯的第一次游医，四十二岁的张元乔在他简陋的草医堂坐堂问诊。

一天，一个病人告诉元乔，瑞云在岳州城里闯下了一个大祸。元乔一听，吓出一身冷汗，忙问怎么回事，那人说："前两天我看到小张郎中在岳州教会医院门口与教会医院院长海维礼打擂比试医术，结果那海维礼竟然败下阵来，你说这海维礼是什么人？美国传教士，前朝时慈禧老佛爷都怕了这伙洋人，现在虽说是民国了，但民国的这些官老爷都是喝过洋墨水的，对洋人更是言听计从，你在岳州府与洋人比法，那还有好果子吃？"

元乔听后却笑了，他说："既然是比试医术，就有个输赢，难不成明明赢了还要自认个输？我们张家向来不与人争长短，但在医术面前，却不甘落人后，这小子还随了我的性子，好！"

"说是这样说，可这洋人毕竟不比中国人，我们中国人就讲个信字，赢就是赢，输就是输。你和小张郎中可得留心点。"

元乔听了连忙道谢："多谢提醒，我多注意点就是了。"

果然，一天大早，一辆黑色的乌龟壳汽车开到了聂家市街上，一直开到张氏草药堂前的坪地停住，从车上走下二男一女三个洋人，他们径直走进堂前，那个为首的高高瘦瘦的洋人用一口不太标准的岳阳话问："这里谁是张元乔郎中？"

张元乔见几个洋人进来，先是吃了一惊，接着就明白了，他们一定就是来踢堂的洋郎中。他见问，忙迎出来说："在下就是，不知几位是来看病还是买药？"

那洋人笑道："我是岳州教会医院的海维礼医生，你就是张元乔？前几天你儿子在我们教会医院给一个准备切肢的小男孩治了腿伤，非常不错，后来他不辞而别了，我打听了好久才知他是你的儿子。我不相信中医不用X光也能将骨头对接到天衣无缝，今天医院又收治了一名髀骨骨折的病人，我准备给他开刀，可那个胆小鬼一看到刀就害怕，非要说我们要杀死他，我想请您去看看，像这样的病人中医能不能不开刀将骨头接起来。"

元乔一听这洋郎中并不是不找碴的，心中的石头落了地，他笑着说："海郎中，我们中医摸骨正骨，凭的是技术，技术不精，难免会有差错。我也听说过西医的X光，它能将骨头照得清清楚楚，这就是一个瞎子与明眼人的区别。能看清楚骨头断在何处，再进行正骨，这当然比凭摸要精准得多。如果能将两者结合起来，这接骨就方便多了。"

海维礼见张元乔竟然不抵触西医，忙竖起大拇指道："张郎中是中医里少有的明白人，今天我们就来一个中西医结合试试？"

张元乔正有心了解一下西医的长处，便欣然随海维礼上车。

第一次坐洋汽车，元乔的心一下子吊到儿眼上，特别是一路颠簸，差点又把他的心颠到嗓子眼里。一下车，连忙将颠得有些发胀的腰扭了扭，舒活舒活。

受伤的是一位年近七旬的老者，元乔进来时他正扒在病床上哼哼，他一边哼还在一边不停地骂儿子不该把他送到洋郎中这里来，说一辈子只见过杀猪杀鸡，白刀子进红刀子出，没想到到老了，无非是断块骨头，就要被这洋人无缘无故捅一刀子。

海维礼将给老人照的 X 光片递给元乔看，元乔啧啧称道："这真是了不得，这薄薄的一层纸片，竟能看得出骨头渣子。看了这纸片，心中就更有数了。"

在一九一四年，汉口天主堂教会医院就从国外引进了这台 X 光机，应用于临床检查，当时在武汉三镇引起轰动。老人的儿子留过洋，在汉口的洋行里当差，听说老人摔伤后，非要将他接到汉口去治疗，照过片，医生说非要截肢，老人一听就寻死觅活不肯截肢，说死也要死到岳州家里来，万般无奈之下，老人的儿子才把他送到岳州的教会医院。

元乔来到老人面前，直接去摸折了的髋骨，脑中想着片子中的样子，说："正这骨可简单得多。"

海维礼医生在一边说："不用截肢吗？"

元乔说："截什么肢？截树枝吗？我用杉树皮就行了。"

海维礼说："要不要开刀？"

元乔笑道："不用不用，简单得很。"

那老人一听，高兴道："这位郎中，你说我这骨头不用挨那洋人一刀了？"

元乔说："不用，完全没必要。"

老人笑道："我就说中医就是比这洋医好使，我那儿子读了三句洋书，就把这洋人的法子看得比他老子的命还值钱！"

元乔笑着："可洋人的眼睛好使呀，他只用那什么机一照，就能帮你看到你骨头里去，比我用手摸好多了。"

那老人还是不服道："他看得清又有什么用？还不是要动刀动针？还是我们祖宗的法子好，看都不用看，用手一捏就好了，多省事呀？"

元乔一边和老人聊，一边慢慢帮老人推拿，再轻轻帮老人复位，不知不觉中就将骨头接好了。他又帮老人进行了固定绑扎，之后，海维礼让护士小姐给老人用吊瓶消炎。半月之后，老人出院前，海维礼再次给老人照片，发现骨折处完全吻合，惊叹不已。

对于西医而言，像这类骨折病人，除了开刀没有其他可行之法，而中医正骨术却能轻而易举地解决这个问题，海维礼从张瑞云的比试中领教了，又在张元乔的身上得到了验证，便对张元乔佩服得五体投地，非要延请张元乔到他的普济教会医院任职，张元乔婉拒了，但他应承，如果教会医院有无法处理的骨伤问题，只要请他，他不会推辞。

此后，张元乔父子先后与岳州普济教会医院建立了友好关系，经常应邀到医院处理骨伤病例。

通过一年的历练，瑞云也不负父亲厚望，在岳州乃至湖南，已成为一代杏林高手。

民国八年正月，张瑞云娶华容秀才孙毓清之女孙佩兰为妻，同年冬天生一子名启泉。张元乔在张氏一脉中，是唯一一个见到孙辈的人，他觉得自己能破除笼罩在张氏家族心头的魔咒，不是他遵循了张氏祖上"传男不传女，传内不传外，若有外传，祖不见孙，断子绝代"的咒誓，恰恰是因自己主动将张氏悬壶济世的仁术传授给了更多的人，让更多的人能受到张氏医术的惠泽。所以一家人能于乱世中苟且偷生，还算享受了一点天伦之乐。

可天有不测风云，随着时局的变幻，岳州成了军阀混战的主战场，南兵来了北兵走，北兵来了南兵走，张氏草药堂也如千万个中国家庭一样，被卷入乱世的绞肉机中。

民国十六年，发生了太多的大事，中华大地，一片血雨腥风。元乔家里，也发生了足以让他一家无法承受的悲剧。初夏的一天，张瑞云之子张启泉被一个叫魏癞子的官宦子弟加流氓地痞杀害，张元乔一家陷入了极度的悲痛之中。

这事还要从八年前说起。

八年前，瑞云在游医途中，来到临湘县城陆城，在陆城集市中碰到几名无赖正追赶一位十七八岁少女，生性豪侠的瑞云，不顾个人安危，徒手与歹徒搏斗，救下了那位少女。经过了解，那少女叫孙佩兰，是华容人氏，父亲是当地的一个穷秀才，她是到陆城莼湖书院投靠在此教书的舅舅的。那个无赖姓魏，因为长着一头癞子，所以大家都暗地里称他魏癞子，是华容街上的一霸。他在一次偶然的机会，碰到貌美如花的孙佩兰，所以一路跟踪到陆城，想将佩兰强行霸占，正要得手时，不想半路杀出个张瑞云。他几个人怎肯罢休？无奈不是瑞云对手，只好自认倒霉。从此怀恨在心，发誓终有一天，要报这羞辱之仇。

瑞云帮佩兰找到了舅舅，两人也一是一见钟情，私订终身。第二年春天，一对有情人终成眷属。

没想到时过八年，这魏癞子打听到自己喜欢之人竟嫁给了当年的仇人，他寻到聂家市，设了一个调虎离山之计将元乔及瑞云骗走后，闯入张氏草医堂，将瑞云年方八岁的儿子启泉残忍地杀害了。

元乔抱着孙子的遗体，号啕大哭，他觉得这全是自己的错，张氏魔咒中一句"祖不见孙"，不是提醒了自己吗？如果在孙子出生之前自己死了，或者像自己的祖父一样离家远游，不就避开这个魔咒了吗？

元乔夫妇因过分悲痛，竟一病不起。

在病床上的日子，真是度日如年，好不容易挨到又一个春天，元乔感觉自己快要灯油耗尽了。一天，元乔将儿子瑞云叫到床边，拉着他的手说："这世道，已没有我们本分老实人的活路了，我怕是撑不下去了，

159

我死后，这张氏的医术可不能失传，你要让它传给更多的人，多传一人，就能多救一个贫苦人的命。还有一事，我一直未对你说过，也未对你爷爷说过。我将他藏在我的胸口，我死后，你再拿去，但不是万不得已，你不能动他。"瑞云见父亲交代后事，放声大哭起来。其实，瑞云心中的痛未必比父亲少，但他为了安慰父母和妻子，他每天里强装欢颜。这一刻，他实在是忍不住了，便抱着父亲号啕大哭。

说也怪，元乔交代后事后，精神竟一天比一天好起来了，有时还能挣扎着起床给人看病、正骨。

一天半夜，元乔听到一声轻轻地敲门之声。他挣扎着从床上爬起来，将大门悄悄打开，一个人影挤进门来，随即将门关上。那人拉着元乔的手，轻轻地喊了一声："师父！"

元乔一愣，他一时记不起自己什么时候收过这个徒弟，便说："你是不是弄错了？这黑灯瞎火的……"

"师父，你不记得了吗？三十年前，聂家市发生抢米事件，你救过一个小乞丐，还教他接骨之术和一些草医之术……"

元乔一听，脑中一下子闪现出那个比自己小不了几岁的徒弟。他问："你……你是……恒伢子？"

"师父，我正是恒伢子，陈云恒呀！"

"你这一向在哪里做什么事哟？这半夜三更的……"

那陈云恒紧张地向外望了望，说："一言难尽，等一会儿我慢慢和你说。"

元乔问："你还没吃饭吧？我让你师母随便弄点吃的，这年月，也没什么好吃的。"

陈云恒说："确实饿坏了，我三天没吃饭了。是得先弄点东西塞肚子。"

这一夜，师徒二人悄悄拉了一夜话。原来这恒伢子从元乔家里出去

160

游医后去了很多地方，后来一个偶然的机会，让他碰到了曾在聂家市抢米时同时被张元乔救治过的萧干城，其时萧干城已脱离了程潜的队伍，参加了秋收起义。萧干城以一个篾匠的身份被派到湘鄂边境的龙窖山周边的崇阳、通城、临湘发动革命力量，成了一位红军干部，他见恒伢子懂点草药，而红军部队正缺医少草，就做他的思想工作，讲红军为穷人打天下的道理，陈云恒听了萧篾匠描绘的美好世界，觉得那正是自己梦寐以求的生活，毅然加入了红军队伍，成了一名红军战士。

元乔一听，忙问："那萧大哥呢？现在在哪里？"

陈云恒沉痛道："他……前两天带着我在临湘箩匠洞活动时，被人告了密，被沈万选的缉捕队追杀，他为了掩护我，已经牺牲了。"

元乔听后，叹了口气："唉，这世道，为什么好人都不长寿呢？"

陈云恒说："干革命，总会有牺牲的。"

元乔问："你今夜到我家来，有什么需要我帮助吗？"

陈云恒说："去年三月，我们在临湘、通城、崇阳交界的龙窖山成立了龙阁区苏维埃政府，去年七月，我们为了扩大影响，声援平江起义，组织一百多人攻打了通城县城，但由于势单力薄，不仅没有取得胜利，反而被驻扎在通城的国民党军独立第五师三团打了个措手不及，我们牺牲了三十多位同志，二十多人受伤。去年冬天，我们湘鄂边的红军大部队为了保存力量，都撤到江西井冈山去了，只剩下一小部分革命力量在连云山、龙窖山一带活动，情况特别困难。前天萧干城同志又牺牲了，我们分手时他要我来找你，一是想让你到龙窖山帮伤员治病，二是剩下的七八十人现在被围困在山中，挨饥受饿，他说你会有办法的。"

元乔说："唉，你们也真不容易呀，可是我这身体，起床都很难，进山恐怕……不过……我这里有一样东西，可能对你有帮助。"

他说完，用颤抖的手，从贴身的胸衣里掏出那块狗皮地图，递给陈云恒。

陈云恒疑惑道："这是？"

元乔道："它已随我四十年了，我一直不敢动它，今天交给你，算是找到了它的主人了。"

陈云恒问："师父，这到底是什么？"

元乔指着狗皮上的一些标记说："这是当年汪殿臣组织义军起事时前交给我的，说不到万不得已不要动它，汪殿臣起事失败被杀后，我才假装采药，按这图标，在龙窖山鹰嘴崖找到这个极其隐蔽的岩洞，在这岩洞中发现了汪殿臣义军的一笔金银财宝。我一生清贫，但绝不贪财，不是我的东西我是决不会要的，以前，我也没有告诉过父母，更没告诉过你师弟瑞云。直到前些日子，我估计自己不行了，才稍稍对瑞云谈及这件事，但瑞云的性格与我无二致，他也不是个贪不义之财的人。如果我把它交给你们，我相信它能起到它本来的作用。我别的也无法帮到你了，你今明天两天不能出去，这屋前屋后，怕已是都被狼眼盯上啦，后天一大早，我送你出村，到龙窖山后，你走近路到龙窖山，按这图找到鹰嘴崖这个山洞……"

陈云恒拿着这张宝贵的藏宝图，全身都在颤抖，他激动地说："师父，只要革命成功了，我们肯定会将这笔财富还给你的，现在，我打个收条给你吧！"

元乔笑道："如果我在乎这个收条，我会将藏宝图给你吗？恒伢子，师父一辈子，除了一身医术，最大的财富就是一个义字，懂得什么叫大义！"

陈云恒紧紧地握着师父的手，无语凝咽。

元乔将老伴秀姑和儿子瑞云喊来，他握着秀姑的手说："我恐怕……再也无法陪你啦，本来，我应该在泉泉来到这个世界之前就……我要到

162

那边去与我的乖孙子相聚了，所以你要高兴……"

他又转向瑞云道："一个好郎中，不仅要医艺精湛，更重要的是要有一颗普济苍生的心！你会是一个好郎中，我们张家，都是！"

最后，他又笑着对陈云恒说："后天，我要去龙窖山，送你！"

这天早上卯时二刻，张元乔含笑而终，享年五十四岁，这是民国十八年一个最温暖的春晨。

第三天，元乔出葬，聂家市一街全白，自发赶来送行的人，将街头街尾挤得水泄不通。从聂家市至龙窖山，沿路祭拜的，不绝于途。陈云恒身披孝服混在送葬的队伍中，上了龙窖山。

瑞云在父亲的墓碑两侧刻下一副挽联：

血竭三颗补骨脂

人参五味穿心莲

（注：血竭是一味草药，"三颗"是指草药"三颗针"，"人参"隐喻"人生"，"五味"指草药"五味子"，上联写元乔一生为救济苍生呕心沥血，下联写元乔一生经历坎坷，命运悲苦。）

下部

回生

第九章　杏林合璧

江西樟树，古称淦阳。

十九世纪三十年代的某天清晨。

江西淦阳东街的一处大宅院门前，随着一阵爆竹声响起，一块长七尺，宽三尺五寸的鎏金篆体"普天同春堂"匾牌缓缓挂起。

门柱上是一幅柳体对联，也是鎏金：

深明左使君臣礼
远萃东西南北材

笔力苍劲浑厚，鎏金簇新耀目。

这家医药店其实经营已久，只是一直未挂牌。

今天算是正式挂牌开张营业。一则，是要挂个认字招牌，好招揽四方八路药材客商；二则是装修改建后扩大经营，展示实力。

普天同春堂的老板姓罗，大名罗德佑，因为在兄弟中排行第五，大伙都称他为罗老五。有时候人们干脆称他为五老板。

从普天同春堂摆开的阵势来看，将是这淦阳镇上二百余家药材行中最大的一家药店。

"敢在淦阳摆出这么大的阵势，不要命了？"

"普天同春堂，这不明摆着想要盖过同春堂的老板李万才的势头？"

"这罗老五怕是个'二百五'，要不就是脑壳被牛脚踩了一万遍。"

"等着看热闹吧，不过半个时辰，我敢保证这块鎏金招牌就会变成柴火。"

……

围观的人们议论纷纷。

这李万才是淦阳城人人招惹不起的地头蛇。

据说，他一身武当功夫十分了得。手下长年有十多名徒弟，穿街过巷，呼啸惊魂。

谁也不想惹他，谁也不敢惹他。

药材行里，不论业务大小，他说要做，没第二个人敢沾边。他开的药材价格要比其他人高出一成。新开张药材店都得经他同意，且要坐地分成。

不知罗老五懂不懂这个规矩，牌子就鲜鲜亮亮地挂起来了。

所以罗老五肯定要吃亏。

至少，做鎏金招牌的钱要打"水漂"。

果然，招牌挂起不到一袋烟工夫，罗老五家门口就来了七八个小哥们。

为首的正是同春堂的老板李万才，三十五六岁。上穿黑色皮衣，戴墨镜，头顶白礼帽，嘴上叼着根"哈德门"。

"呔！里头的人给我听着，限你们一泡尿时间，给我撤了牌子！"李万才手下的一个胖哥喊道。

胖哥身材魁梧，手臂上的肌肉一楞一楞的，显然是个练家子。而且胖哥的嗓子非常亮爽。他一声喊，整条街都听得到。

罗老五正在大堂里同一个姓张的年轻药材老板谈生意，外面的叫声充耳不闻。

"里头的人死光了？"胖哥再次嚷嚷。

普天同春堂的一个伙计走了出来，双手抱拳，"请问，兄弟们有何指教？"

那个嚷嚷的胖哥走了过去，抬手就是一巴掌："混账！"

"你怎么打人？"小伙计半个脸都肿了。

"打你又怎么样？这边还得给你补一掌才好看了。"另一个三角眼小哥也向前，在小伙计的左边脸上又反扇一掌。

普天同春堂的小伙计两边脸真的平衡了，肿得一样高。

小伙计没想到上工的第一天，就挨了两巴掌，而且是上工不到半个时辰。

"你，你们也太张狂了吧？"小伙计怒目而视。

"好说，好说，"三角眼阴阴笑道，突然抬起膝盖朝伙计的裆部猛地撞了过去。

这要撞着了，保管普天同春堂小伙计一辈子不用娶老婆了。

三角眼抬腿撞击的力度很大、很快。

但有人比他更快。

就在击中前零点一秒钟的时间里，那小伙计身子突然后退了半步。

当然不是小伙计自己退的，是他身后一个十七八岁的后生拨开的。

三角眼突然失势，一跤跌扑在石板台阶上。顿时就磕掉了两颗门牙。

三角眼是看准了角度的，所以是狠命一击，所以就磕掉了两颗门牙。

"小店今日开张，承蒙李大老板前来捧场，承情了，承情了！"

石阶上，那个十七八岁的俊朗青年双手抱拳，笑意浓浓，目露精光。

李万才的徒儿告诉他，这是罗家的第二个儿子罗善良。据说，罗老五一共也有五个儿子。

"承你个头。"李万才见自己的徒弟满嘴是血，眼就红了，阴森森说道："徒儿们，罗家今日宾客盈门，高朋满座，我估计因前些日子阴雨多，罗家柴火肯定备得不足，都是乡里乡亲的，还不帮罗公子把那块破牌牌捅下来应个柴火之急？"

"是！师傅说得对，兄弟们，快点找竹竿捅匾啊！"

"竹竿来了，一人一根，捅！"

七个徒儿端着竹竿一齐猛扑过来。

"哗啦啦，"所有竹竿瞬间拦腰斩断。

罗善良的右手腕正在漫不经心地摇转着玩。他的手掌好像根本就没动过，竹竿怎么断的？

当然是罗善良砍断的。只是他出手太快，没人看得清楚罢了。

"李大老板，罗家缺不缺柴火是罗家的事，岂敢烦你李大老板操心？"罗善良脸色平淡得出奇，满脸温情恭谦让。似乎刚才过招，根本就是闹着玩。

"邻里乡亲，帮一把也是理所应当。还不上？！"李万才脑袋一摆，七八个徒儿又冲了上来……。

门外剑拔弩张。

普天同春堂内却是另一番情趣。

"罗老板，张某初来乍到，不识贵地风土人情，还请多多指教！"

年轻的药材商人张瑞云满脸谦恭含笑。张瑞云约莫十七、八岁，风华正茂。

眼下的张瑞云虽然年轻，但已经是岳州张氏骨伤诊治的衣钵传人，又从小随父习武，一身武、医兼容，风流倜傥，名重临湘。

张瑞云此时虽是以采办药材拜访罗老五，实则是四处访友求学，历

169

练自己。

"客气了，客气了！指教从何谈起。"罗老五见青年张瑞云咨询樟树的风土人情，淡淡一笑，从容说道。大堂外面风雷滚滚，似乎并未影响他喝茶聊天的情绪。

"听说您老驳骨整复，推拿拔罐，采药炮制，样样都是绝活，了不起。晚生仰慕得紧。"张瑞云不仅是个皮肤白皙、满面红光的俊美男儿，而且有着举止文雅、谈吐不俗的文人气质。

他知道，普天同春堂开的是医药店。既行医，又制药卖药。经营的药材也颇具特色，不仅杏林八百余种药材样样不缺，且在二百余家药材行业中，罗家的跌打损伤药，独占鳌头，名重四方。

但是罗家一直没挂过招牌。今天才挂了起来，而且是盖过李万才同春堂势头的普天同春堂。

见客商夸奖，罗老五呵呵一笑，说道：

"谬赞了，谬赞了。不过，要说这风土人情嘛，老朽倒是能说出个子丑寅卯来。这淦阳位于阁皂山南麓与赣江之滨。受气候影响，这里遍山是药材。唐代苏敬编写的《新修草本》一书中，全国约有八百四十四种药材，淦阳一带就出产二百余种。"

"呵呵，想不到罗老板是文武兼修，天文地理、医卜星相皆深藏腹中。晚辈想请教，淦阳何以有'南国药都'之称呢？"张瑞云端起茶杯润了润唇，又问道。

"淦阳地区成为'南国药都'原因固多，依老朽看来，不外乎两点。其一是祸。"

"祸？罗老板，此话从何说起？"张瑞云不解其意。

罗老五瞟了一眼门外闹哄哄的人群，点头说道："正是因其祸。淦阳地势低平，降水丰沛。一到雨季，百流汇入，赣水猛涨，水灾严重。灾后则瘟疫流行。这为阁皂山的山民提供了一条生存之道。山民自山上采药，或巡诊于千家万户，或摆摊于淦阳的大街小巷，悬壶施诊，救济百姓。久而久之，这里的药材采掘、炮制、加工和出售闻名远近，又处于大庾岭之南，故被誉为'南国药都'。"

罗老五侃侃而谈，如数家珍。

"愿闻其二。"张瑞云对罗老五顿生敬意，他想不到这个看似平淡无奇的老头，却是满腹春秋。而且看问题眼光独到，分析事物鞭辟入里。

"其二是与祸正好相反，是福。"罗老五一个"福"字说出来，张瑞云十分惊讶。没想到罗老五以一祸一福两个绝对相反的字眼入手，剖析淦阳的药材历史。

"听说有个大才子大年初一写了幅千古妙联，那对联是这样写的：

祸不单行昨夜行

福无双至今日至

淦阳正是应了那下联，福无双至今日至。

本地凭借袁、赣两条水路而为港口，迎四方客，交八面友。纳天下物，做五湖四海生意。与南昌、九江并称为赣江的三大名港。淦阳得水路交通便捷之利，一举夺得'药港'美誉。这是一福。

唐开元四年（公元七一六年），江西通往广东的古驿路大庾岭道开通了。途经淦阳，连通岭南岭北。所以淦阳又成了连接中原广大腹地与岭南滨海数省的陆路交通要津。这就堪称福之"双至"了。

大庾岭道开通后，淦阳成了水、陆两路交通枢纽：走京师，望吴楚；去湘桂，连闽浙。这么好的交通条件，可为'包袱水客'提供集散、转运、储藏药材的有利之所。看看，祸福两个字，正反交错，反而成全了淦阳。这淦阳不为'南国药都'才怪呢！不能不说老天待淦阳不薄。"

罗老五一口气说下来，行云流水，并无半点迟滞。好像天下大势、古往今来，天文地理、风俗人情，无一不在指掌之间。

张瑞云听得连连点头，接下落音说："因而经过多年的积淀，淦阳大街小巷的药行、货栈，比比皆是。有道是：淦阳'四十八家药材行，还有三家卖硫黄'，足见药材行业之兴盛了。是不是这样呢？"

"正是，正是。来，喝茶！"罗老五笑意可掬，"张先生果然见多识广。"

……

两人谈锋正健，又听得堂外暴喝连连。罗老五忽然将手一摆，笑笑说："张先生如果有兴趣，不妨去堂外瞧个热闹，领略领略淦阳的民情。反正有的是时间，等下小儿接着陪先生谈嘛。张先生意下如何？"

张瑞云忙起身站了起来，"正要一睹令郎风采。"

刚走至门首，张瑞云就见李万才的八大弟子手挺钢刀，一齐扑向罗善良。

八把大刀罩头砍下，但见人人斗狠，个个争先。寒光闪闪，锋芒交错。

罗善良似无半点怯意，安稳如山。直到那刀锋与头皮即将一吻见红时，才挫身上步，一招"雪花盖顶"，快如疾风，急似闪电，影子一晃，击中八人的手腕，只听得"噼里啪啦"一阵响，八把大刀纷纷坠地。

罗善良本不想伤他们性命，正在收掌之际，不防李万才也快如疾风，惊世骇俗地闪入他背后，一柄钢刀疾速刺向罗善良腰间。

罗善良即使再快，也躲不过这招阴险至极的袭击。

"贤弟小心！"张瑞云一旁看得惊心动魄，魂寒胆战。眼见罗善良马上就要血溅当场，张瑞云忙一个闪身，从石阶上纵身射起，飞起一脚，将李万才手中的钢刀踢飞到空中。

张瑞云以"包袱水客"身份，自是不好作过分的干扰。

所以只是一脚踢飞那柄偷袭的钢刀，并不敢出手伤人。

罗善良见李万才心狠手毒，非要置自己于死地，不由怒起胆边，纵身跃起，于空中抢先接了李万才脱手的钢刀，反手一挥，李万才一条手臂，被刀背砍成骨折，皮肉绽开，骨头露于皮外。

此时，普天同春堂门外看热闹的人已围得里三层外三层。

进出码头赶船的四方"包袱水客"、药贩商人等，也有认得这李万才的，更有受过他敲诈勒索的，眼见罗善良一刀断了李万才的右臂骨头，心头解恨，却顾及身为外乡人，只是掩嘴讪笑。

"好，好，打得好！"左邻右舍则有如云开日出之感。

眼见师父败在罗善良手下，那七八个草包徒儿，忙跪地求饶。

普天同春堂那个挨了两记耳光的小伙计，眼见胖哥和"三角眼"也跪了，愤怒不已，向前狠狠抽了两人几个耳光，方才解恨。

"滚！"罗善良怒喝一声，草包徒儿们忙从血泊里扶起冷汗淋漓的李万才。

"姓罗的，有种三个月后码头见！我要灭你罗家满门……"李万才狂妄喊道。

师徒抱头鼠窜之际，李万才还没忘狠瞪一眼张瑞云。

待众人散了，罗善良与张瑞云这才一前一后回到大堂重新落座沏茶。

"谢张大哥救命之恩！"罗善良双手抱拳，单膝跪在张瑞云面前。

"罗老弟礼重了。快快请起！"张瑞云忙双手托起罗善良，大有英雄相惜，相见恨晚之意。

"罗老弟，那李万才的武当刀法，确有些功底。此事看来还未了结呀！"两人重新落座后，张瑞云有心提醒罗善良，关切之情溢于言表。

"张大哥不必担心，小弟不惧李万才的挑战。"罗善良嘴上虽这么说，面上却无法掩饰一抹忧虑。

张瑞云目光何等敏锐，早把罗善良的顾虑看在眼里，略略思虑后说："罗老弟，如蒙不弃，我三个月后必从岳州聂家市赶来，届时或许可助贤弟一二。"

"这个倒是不需张兄挂欠，想那李万才还奈何不了我父子几个，只是……"

"罗老弟有何为难之事尽管直言，只要兄弟我办得到的，必当两肋插刀，与贤弟同进同退。"张瑞云坦言相告，并无虚托之嫌。

"张兄如此仗义，罗某感激不尽。既是大哥问起，小弟就巧言不如直道。但也请大哥不必勉为其难。"

"罗贤弟请说。"张瑞云目光明亮，淡笑以待。

"好，那小弟就直说了。我们父子虽不怕李万才报复，但小儿新宇今年方才两岁，小弟我平日不仅要护卫药店，时常还要赴外地采办药材或是送货上门，少则三五天，多则半月二十天出门在外，所以甚是放心不下。"

"贤弟的意思是……"张瑞云不知罗善良是想挽留他多勾留些时日，还是另有交代。

"这李万才手毒心狠，什么事都干得出来。我担心他报复，危及小儿。如果张兄方便的话，能否将内人与小儿寄托于张兄处，待到与李家这事有了结果再将妻儿双双接回，不知可否？"罗善良嘴上是商量的口气，眼睛里则是迫切期盼。

"呵呵，这有何难，你大嫂虽然过房几年了，至今并未生育，把弟媳与贤侄交给你嫂子照顾，她一定十分乐意，过些日子，保证毫发无损地送还贤弟。"

"好，果能这样，则我无后顾之忧了。来，摆酒与张兄痛饮三杯。"罗善良心事有了着落，愁云顿扫，立即吩咐摆酒设宴。

"罗老弟，摆酒宴就不必了，我想今晚就乘夜色离开淦阳，以免夜长梦多。"张瑞云担心白天走泄漏消息，所以打算乘夜色早早离开淦阳。

罗善良真情挽留，说："不慌，等吃过饭，小弟我亲自送你们乘船过鄱阳湖，逆流而上。"

张瑞云见盛情难却，只得吃了晚饭，装点药材，由罗善良护送，经鄱阳湖，一路西去。

临别前，罗善良的父亲罗老五亲自将他们送到码头。罗老五一则是爱张瑞云风流儒雅，见识不凡；二则是感于他行侠仗义，热肠古道。

"善良，我知你为人处事忠厚有余，机灵果决不足。这鄱阳湖上，风波险恶，强盗水匪出没无常。你要绝对保证张先生和新宇母子的安全。"罗老五仔细嘱咐，生怕出意外。

"父亲请放心，善良纵使粉身碎骨，也要保护张兄与您孙子他们平安到达。"

"罗伯父但请放心，有我和善良贤弟联手，纵使三五个剪径蟊贼，亦奈何不了我们。"月光下，张瑞云俊朗淡雅，目光炯炯有神。明知重任在肩，却是一副成竹在胸、举重若轻的神态，为的是使罗老五放心。

"嗯，有张先生的临机果决和一身过硬本领，加上善良的佐辅，我相信问题不大，不过，凡事小心则立。有道是：小心驶得万年船。"

"谨遵伯父教诲！保重！"张瑞云拱手道别，依依不舍。

当船驶出丈来远时，罗老五又打了个手势将他们召回。

"父亲还有何吩咐？"罗善良站在船头，手扶木桨问道。

"哦，我差点忘了大事。告诉你，如果鄱阳湖上出了事，实在脱不开身时，可大喊三声：金钩李胡子救我！记住了？"

"记住了。"罗善良大声答道。

……

木船渐渐驶入月色之中。

鄱阳湖烟波浩渺，月色朦胧。

木船缓缓行驶，依次剪开水月之色，别有一番情趣。

小新宇初次坐船，倍感新鲜。小手扒在船窗口，看着外面的月色。

"妈妈，你看月亮好大哦！"

"是啊，今天是十五，月亮长大了。"新宇的母亲王氏一边逗着小新宇玩，一边想着心事。

"妈妈，你看月亮好白，要是切成片片，像不像白芍啊？"小新宇因天天跟着王氏在药房里玩，也认得了几味药。

"呵呵，新新认得白芍呀？还认得哪些药？"张瑞云见小新宇异想天开，把月亮切片与白芍比，既惊诧又喜爱。

"张伯伯，我认得白芍、当归、红花……嗯，还认得碎骨补、七叶一枝花……好多好多……"

"新新真聪明。"张瑞云眼见小新宇聪明伶俐，顿生喜爱之情，因而对罗善良说："此子长大成人，必是我杏林中的一朵奇葩！"

罗善良笑笑说："若果能如张兄所说，还望多多栽培。"

"张伯伯，你们家有药吗？要是没药的话，我就不想去你们家住了。"小新宇瞪着大眼睛，一幅认真的神态，逗得罗善良与张瑞云等人哈哈大笑。

张瑞云笑着问：

"为什么呀？"

"没药就不好玩，屋里不香。也没人教我认药嘛！"小新如说得有板有眼，俨然是个小医药痴。

张瑞云与罗善良对视一眼，感叹一声："将门出虎子，看来你罗家必将是'医药世家'啊！"

"家父和我都有此意，不过，世事难料，且看他机缘巧合吧！"罗善良见夜已深了，对王氏说，"夜深寒重了，新新也困了，带他去里舱睡吧！"

小新宇听得父亲要他去睡，忙说，"新新不困，新新要看湖里的长毛水鬼。爷爷说湖里的水鬼青面獠牙，杀人抢东西，我想看看。"

罗善良与妻子王氏听得心里一惊，真是哪壶不开提哪壶啊。在这鄱阳湖上，水客们既怕朔风怒号，波涌浪跌，更怕长毛水贼，杀人越货。

"快别胡说。"王氏轻轻地在小新宇手背上拍打了一下，将他搂入怀里。

就在这时，一阵令人毛骨悚然的歌声响起：

> 梁山好汉百零八，
> 鄱阳湖是我的家。
> 不种田来不摸虾，
> 只问水客讨生涯。

歌声未绝，听得"咚"的一声响，一条黑影跳落船头，紧接着，七八条身着黑衣的水鬼先后跳了上来。

张瑞云与罗善良早已跳出舱外，王氏紧紧抱着小新宇躲进内舱。

罗善良手持一根五尺长的梨木棍，棍身暗红沉重。

张瑞云一双肉掌，早已暗运丹田之气，蓄势待发。

第一个跳上船头的水鬼，厉声喝道："乖乖留下买路银，不越货来不杀人。顺顺当当回家去，鄱阳湖上看风景。"

"呵呵，鄱阳湖风景固然不错，洞庭湖水更是天下一绝。岂不闻，衔远山，吞长江，浩浩汤汤，横无际涯。"张瑞云气宇轩昂，儒雅俊朗地笑道。

"呵呵，原来是湖南老表，既然是老表，理当网开一面，只是我等靠水上讨生计，也是一方水土养一方人，靠山吃山，靠水吃水，既然出手，从无空手而归的道理，老表破财折灾，多少随意。如何？"

张瑞云笑道："既然说到老表份上，应该是兄弟你尽地主之谊。一杯薄酒，兄弟我不嫌其少，三五十块现洋红包，兄弟我亦不嫌其多。眼下，兄弟我一不喝你的鄱阳湖美酒，二不要兄弟你破财，只请让开大道，各走半边。兄弟觉得老表说得如何？"

"说得好。看来老表酒是要吃的，只是不吃敬酒吃罚酒，那兄弟我就敬老表一杯，接不接得下，就看老表的身手了。"

说罢，一挺手中的鬼头大刀，罩头劈下。

"大哥闪开，小弟来接招。"罗善良手中的梨木棍一摆，正要"打蛇随棍上"，张瑞云错步移身，拨开罗善良的梨木棍，说道："老弟照看好弟媳与贤侄，这里有我就行。"

"呵呵，还有漂亮媳妇啊，陈某正是室中虚席，何不送我个人情？既不破财，又可消灾，岂不皆大欢喜？"

水鬼见一招不中，嘴里讨便宜，手上更没消停，顺势一个斜削，快如闪电，水波不惊。

张瑞云飘身让过，随即跨前一步，一招"童子拜观音"直击陈水鬼胸膛。陈水鬼见势不妙，出招"举火燎天"，顺势又是斜削，将"横扫中原""剑击三江"等招式，连环使出，刀风飒飒，寒光闪闪。

眼见陈水鬼这边久攻不下，其他几个水鬼忙挺刀朝罗善良攻去。

三把刀当面砍来，另外几个从背后将罗善良团团围住。

罗善良挺起梨木棍，前翘后沉，轻轻一拨，再一招"沧海横流"，七八个水鬼，全部打翻在地。

水鬼们见罗善良的梨木长棍不易近身，暗暗使个眼色，马上改变策略，留下五人缠住罗善良，两人协助攻击张瑞云，一人猫腰朝船舱里摸去。

罗善良的妻子王氏早将舱门闩好，将小新宇安置在里舱，嘱咐说："新新躲在里面不要作声，娘到门口保护你。"

小新宇说："娘，要不新新也助娘杀水鬼去，我会打拳。"

"新新力气太小，还是躲进舱里好。"

王氏安置好小新宇，忙抽身守在船窗口。

窗口是她特意没关的。她想，如果罗善良与张瑞云在船头不敌水鬼的话，那就从窗口跳入，两人守着窗口，无后顾之忧，可以全力迎敌。

王氏也出身武术世家。虽武功平平，但个对个也能打个平分秋色。

水鬼一人从暗中摸向船舱，见门已闩上，便从窗口跳入。他认为船舱里不过是个妇女，又带着小孩，绝不敢与自己对敌。

就在他纵身跳入船舱，双脚尚未落地时，早已蓄势待敌的王氏迅速出手，半空里抓住水鬼的一只脚，用力一拧一送，那水鬼也没想到窗下有埋伏，被王氏抓住左脚一拧之下，听得"咔嚓"一声，脚骨早断了，正要忍痛挥刀砍去，王氏早在一送之间，将他抛出船外，"扑通"一声，掉进水里去了。

小新宇躲在门缝里，看妈妈将水鬼抛进水里了，快乐得拍手笑道："妈妈好厉害，打得水鬼落水了。"

此时，外面的双方正打得难分难解。

罗善良一根长棍独战五个水鬼。

这水鬼们学乖了，由两人与罗善良斗，三人团团围住，瞄准机会，从后面助攻。

张瑞云斜睨一眼罗善良这边，知道水鬼是有意缠住他，打的是"明修栈道，暗度陈仓"主意，便一边应付水鬼，一边提醒说："罗老弟，快刀斩乱哦！"

罗善良听到这声提醒，这才醒悟：水鬼们是在打他妻儿的主意。

罗善良心头一惊，手臂立即上劲，将一根梨木棍舞得风生水起，滴水不漏。瞄准机会，连连施展"枪挑小梁王"的罗家绝招，不一会便接连将三个水鬼挑落水中。

张瑞云一边提醒罗善良，手头也加紧了攻势。但见他双掌大开大阖，以攻为守，打得畅快淋漓。几个回合，便将姓陈的水鬼也打落水中。

眼见形势不利，陈水鬼落水之时，一手抓住船舷，一手嘬嘴一声哨起，立即听到歌声又起：

> 浪里白条张顺哥，
> 水中恶鬼阮小七。
> 林冲花荣都邀齐，
> 李逵双斧谁能敌？

歌声未落，就见三五条小船飞驶过来。

月影中，船上二十余条人影纷纷跳上了罗善良他们这条船。

十多个水鬼将罗善良与张瑞云两人围在中心，"乒乒乓乓"的枪刀撞击声，不绝于耳。

另外几个水鬼撞开舱门，一齐杀了进去。

王氏本就武功平平，开始只是凭借有利条件，击落一名水鬼。此时七八个凶悍水鬼一齐杀入，哪里还是敌手。

王氏刚出一招"袖里乾坤"就被水鬼一脚踢翻在地。

一个水鬼从舱内搜到小新新，拦腰夹了，走出舱外，跳上小船，呼哨一声，荡了开去。

船上打斗的水鬼们听到哨声，也不再恋战，各自虚晃一枪，纵身跳入水而去。

"善良哥，快救新新！"罗善良的妻子哭着喊道。

此时，水鬼的船已驶出三五十米，哪里还救得了，只听得到小新新哭喊要爸爸的声音。

罗善良与张瑞云懊丧不已。

月影里，眼见水鬼的小船越走越远。情急之中，罗善良猛地记起父亲罗老五临走前的叮嘱，忙拼尽全力，大喊："金钩李胡子救我！"连喊三声后，无计可施地蹲在船头上。

王氏也捂脸"呜呜"地哭着。

张瑞云在船头踱了两圈，冷静说道："罗老弟与弟媳不必着急，想这班水鬼盗贼只要钱，不会伤害贤侄的。张某拼着不要这船上二百多块现洋的货，定会赎得回贤侄的。"

正说着，月影下，那七八条水鬼船又驶了回来。

中间的一条船上，站着的正是那个陈水鬼，儿子小新新就站在他身边。

"喂，你们刚才喊什么？"陈水鬼瓮声瓮气地问。

"喊金钩李胡子救我！怎么啦？"罗善良大声答罢，又连喊三声"金钩李胡子救我！"

陈水鬼忙说："别喊了，别喊了！我问你，你认识金钩李胡子？"

"金钩李胡子是我父亲的好朋友，是金钩李胡子告诉我父亲说，在鄱

181

阳湖上遇了难，就连喊三声'金钩李胡子救我'！必有人会救他的。"

陈水鬼听罢，哈哈大笑，说："贤弟，你好像姓罗吧？刚才打斗时好像听见你身边那个'白面书生'喊你罗老弟。"

张瑞云听了那人的声音，觉得有些耳熟，便接着落音说："我叫张瑞云，岳州聂家市人。我这个老弟正是姓罗，是淦阳镇上普天同春堂的少东家。"

"岳州张瑞云？你？你认识草药郎中张元乔吗？"

"张元乔是我先父啊！你怎么认识他？"

"哎呀！真的是你呀？朦胧月色之中，总感觉有些面熟，你父亲可是我的恩师啊！师弟，我是云恒啊！"

"云恒？我从小就听父亲说起你，去年家父仙逝前你来过，匆匆一别，没想到在这里碰上了，这可真是缘分啦！"

"呵呵，大水冲到龙王庙了，原来是师弟与罗老弟啊。"

"不是说你……怎么现在……"

陈云恒忙向瑞云使了个眼色，转开话题道："愚兄该死，幸亏贤侄毫发无损，这就交还与罗老弟了。"

原来，陈云恒得到师父的藏宝图后，所在的红军部队很快走出了困境，为了壮大队伍，今年年初，首长又让他打入这支出没于鄱阳湖上的水匪队伍，争取他们弃暗投明，参加革命。但在这个场合，他不敢对张瑞云明说。

陈云恒说罢，小心翼翼地将小新宇送过这边船上来了。

罗善良大喜过望，接过儿子小新宇，交与妻子后，说："陈大哥，罗某有眼无珠，得罪大哥了，给你赔礼。"

陈云恒哈哈一笑，说："有眼无珠的是我陈某，该赔礼的也是我陈某，罗老弟怎么反抢先说了呢！"

"好，好，既然成了朋友就不说这些客套话了。我船上正备有数坛好酒，众位兄弟一同过来喝一杯如何？"罗善良爽快邀客。

"怎么敢讨两位老弟的酒喝呀，我等作恶了还讨赏，想那'金钩李'不骂得我狗血淋头才怪！两位老弟，我们这就去了，后会有期。"陈云恒一个闪身，便跃到自家的船上。

张瑞云与罗善良都是个仗义轻财的人，见陈云恒不肯过来喝酒，就说："陈大哥，稍等片刻。"

这时，罗善良的妻子正怀抱两坛酒，走了出来，说："陈大哥，弟媳不贤，刚才得罪那位哥哥了。快领那位哥哥与众兄弟们过船来，有张先生这位驳骨理筋高手在此，怎好让那位哥哥受痛呢？"

陈云恒听此一说，倒觉得在理。水鬼们天天水上讨生活，过着刀口舔血的日子，虽也懂些跌打损伤之类的疗伤手法，自己也曾在师父那里学了一些基本的手法，怎比得张瑞云他们这些专业郎中？

"弟妹既是这么说，那恭敬不如从命了。兄弟们，那就过去讨杯老板们的酒水喝吧。"

于是二三十个水鬼先后跳过船来，就船头坐了。

陈云恒唤出那个受了伤的水鬼说："那就有劳烦师弟了。"

张瑞云哈哈一笑，说："都是兄弟了，要说劳烦就见外了。"说罢，弯身查看伤势。

罗善良连忙唤过小新宇，说："新新，快来学学你张伯父的绝招。"

小新宇蹦蹦跳跳跑了过来，说："张伯伯教我！"

张瑞云见水鬼的脚只是脱臼，对小新宇说："新新你看，像这种现象就是脱臼，治疗时，要先揉揉，这叫理气行血。凡是治骨伤，首先要理气，严重的还要吃些药活血……驳骨时要把伤处上下左右肌肉揉揉，然后握牢上端，使暗力一拉一拧，看准部位后，轻轻一送，就好了。"

张瑞云让小新宇看清了，才突然往上一推，将手法毫无保留地教他。当然，这治疗的手法不是他这么小能学会的，他只是想让小新宇耳濡目染，从小学起。

张瑞云治疗完毕，拍拍水鬼的肩，说："小哥哥试试！"

水鬼站起来走了两步，见完好如初，笑说："谢张先生妙手。"

众人客套一番，就船头坐了，拍开酒罐封泥，大碗小杯倒了，把酒言欢，说些鄱阳湖上的古今往事，自是一番热闹。

这顿酒直喝到三星打横，这才散了。

临别之际，罗善良的妻子王氏说："各位哥哥，船上别无他物好送与哥哥，这十几坛绍兴雕花酒送与哥哥们去去寒，都是三十年以上的绍兴酒啊。"王氏笑意浓浓地说笑着，将酒抱出。罗善良接过酒，一坛坛送了过去。

张瑞云又取出一包药材递与陈云恒，说："我这里还有三斤东北老参，也是上等货色，是托人从东北深山老林中购得的，请陈师兄一并笑纳。"

陈云恒客套推辞一番。

罗善良说："哥哥别客套了，这点酒水不成敬意，以后有机会去了淦阳，一定要去普天同春堂坐坐，那时推杯把盏又是一番热闹哦！"

"礼重了！礼重了！"陈云恒一边抱拳打躬，一边连连道谢。

小新宇也站在船头挥手致意。

陈云恒收了绍兴雕花老酒和东北老参，一一道别。

见水鬼们去了，罗善良才吩咐船工开船。直把张瑞云一干人送到鄱阳湖出入口处，这才告辞东归。

第十章　绝境逢生

三个月后，已是炎炎赤夏。

樟树城里，平日里说书的，唱道琴的，堪舆、星相、医卜、梓匠等百士技人，皆云集于此。所以茶坊酒肆，生意特别兴隆。

这天，樟树镇（淦阳）上的滕王阁酒楼热闹异常。唯有三楼特别清静。

临窗的一张桌上，罗老五正与一老者品茶。老者，满脸大胡子，白如银丝，长至小腹。两耳鬓挂着一双金钩，手中一把铁骨折扇长约尺许，正缓缓摇着。

见跑堂伙计送过茶来，罗老五忙说："李大爷，请用茶。"

"罗老板请！"老者举止文雅，磊磊不俗。见茶已送上，不慌不忙地收拢铁骨折扇，将胡子从中一分为二，分挂于耳鬓的金钩上，然后，举杯小嘬了口。

"李大爷，想那年我们在此初相识，到今日刚好三十年零五个月三天整。"罗老五红光满面，谈笑风生。

"哈哈，罗老弟记性真好啊，到今天为止，不多不少，确是三十年五个月零三天。想三十年前的那天你请我吃饭是见我一脸长须而好奇吧？！"

罗老五点点头，笑道："确是如此。当时，罗某年少，见李大爷一脸长须，飘飘若仙，真是羡煞了。"

"此其一也！"老者又端杯小嘬一口，打开铁骨折扇摇了摇，矜持一笑："羡慕抑或有之，主要的怕是想看看我金钩李这大胡子怎么吃饭吧？不然你我素昧平生，怎么想起请我吃饭啊？这才是第二个原因，也是主因，对吧？"

罗老五哈哈大笑，尴尬说："的确如此。看来什么都瞒不了李大爷您的火眼金睛啊！世事洞察，人情练达，朋友遍天下，您当之无愧。"

"罗老板，你我乃老朋友了，还需要往我脸上贴金吗？"两人哈哈大笑。

金钩李胡子一边摇扇，一边将着长胡子，又问："据说，令公子与李万才老板今日将在码头对决？"

"正是！"罗老五略略思虑后说道："小侄正为此事深为忧虑。万才老板欺行霸市，无论樟树城里的同行抑或药商颇有微词，略施薄惩也是应该，但梁子结大了，小儿或当场毙命，或侥幸取胜，恐都无立足之地了。不知李大爷何以教我？"

"罗老板，不是我倚老卖老，你这事也缺少计较，李万才固是该得到应有的惩罚，但凭你一己之力恐怕也不是万全之策。行侠仗义，勇气可嘉，不知进退，则是鲁莽了。"

"李大爷教训得是，但事已至此，我也无补救之法，万不得已，只得将孙儿新宇送往外地，暂避一时。只是……小儿善良苦无良策……"罗老五满脸忧色地看着金钩李胡子。

金钩李胡子哈哈一笑，说道："早知如此，何必当初。有道是，不惹事，不怕事。事已上身，又何惧之？"

金钩李胡子两眼定定地看着罗老五，手中反复把玩着铁扇，继续说："此事虽有欠周虑，但大局于你有利。眼下国共两党军队都在赣省地盘上争斗，很快就会影响周边，那李万才也不得不收敛一点，不敢过分嚣张，这就于你有利。你把孙儿新宇寄养外地这就安全了。至于小侄善良，有两条路可走：其一，投奔军营。李万才纵使作恶，也没胆子欺负军人家属；其二，送他去外地读书也行。另外，我在长沙有些朋友，据说那里有几家药店招学徒，你让善良去考考，万一不中，凭我三分薄面，挤也要让他挤进去。你罗家人，破费点，补偿李万才一些药费也是应该，我亲自前去斡旋，想李万才也不会不给点颜面，不知罗老板意下如何？"

罗老五听罢大喜，手抚额头，说："谢李大爷为我拨开乌云，指点迷津，一切照李大爷说的办。只是……"

"罗老板有话尽管说。"金钩李胡子不缓不慢地摇着折扇，平静说道。

"我想，让善良去考个药店学徒比较好，一则可以承续我罗家的医药，二则免得他去军营过那枪口舔血的日子，让一家人担惊受怕。只是李万才那边……"罗老五为金钩李胡子续了水，把心中的忧虑说了出来。

"这个好说嘛，只要你家善良不在本地，对外放风就说他去了兵营，李万才能把你怎么样？"金钩李胡子淡定说道。

罗老五一听，心里乐开了花，说："还是李大爷足智多谋，一语救人于水火，您老是罗家的大恩人啊！"

金钩李胡子淡淡一笑，将铁折扇往掌心敲了敲，"好了，别往我嘴里灌蜜了，还是去看看你儿子打架吧！"

"好！小二，帮我预备一桌上好酒席。"

两人一前一后来到码头。

码头上，此时已是人声鼎沸。密密麻麻的人群围成大圈，有就近围观的，也有远远站在高处观看的，将码头围得水泄不通。

金钩李胡子与罗老五在离核心区不远的一处高坡上观看。

双方的优、劣势十分明显。

李万才花高价请来了十三位高手。据说，这十三位高手不仅个个身怀绝技，而且都是江湖上行走的亡命之徒。其中有三个顶尖高手。一个叫郝一刀，是李万才的师兄，身高马大，威武雄壮，使一把镔铁刀，光重就有五十二斤；一个叫戴铁锤，中等身材，使两个流星钢锤；另一个叫冯一棍，手持一根楠木棍，擅长吊棍击顶，行走江湖多年，从未败过。

罗善良没邀什么人，只有张瑞云从岳州聂家市赶来，友情助拳。

围观的人个个都为他俩捏把冷汗。

场中现在正是冯一棍与罗善良对阵。两人各使长棍相搏。

冯一棍擅长的手法是吊棍。所谓吊棍就是进攻中突然使用棍的前端，由上而下，袭击对手的天灵盖。出手诡异百变，防不胜防。这种手法无疑是一旦击中，则对手一定是天灵盖被击碎，当场毙命。

罗善良知道今天是生死相搏，所以换了根乌龙木棍。木质坚硬结实。

冯一棍出手的第一招便是"猛龙出洞"，木棍当胸直击，然后快如闪电地划过罗善良胸脯，将棍移到他头顶三寸的高度，后手猛抬，前端趁势力压，敲向罗善良的天灵盖。原来，冯一棍当胸直击是虚棍，吊顶棍才是真击。如果击中，罗善良立即头盖破碎，当场毙命。

罗善良见冯一棍手法诡异，忙将乌龙棍凌空竖起，以棍的下端击打冯一棍的当胸直刺，上端略一倾斜，来了个"乞丐护首"，将冯一棍的吊顶棍荡开。顺手还了他一个吊棍，冯一棍收棍不及，只得将头一偏，吊棍击中冯一棍肩胛骨，痛得他弃棍退出。

第二个出场的是郝一刀。人未出场，一把镔铁刀早就舞动，罡风飒飒，搅起尘土满天。张瑞云一双肉掌接战。上次在船上迎战水鬼，因场地狭小，不好施展。今天在码头上迎战，场地开阔，正好将一身功夫一一施展出来。郝一刀生得高大凶猛，刀风凌厉。张瑞云采用腾、挪、闪、跳战法与其游斗，待到郝一刀疲惫之时，中堂空虚，一招"力劈华山"，将郝一刀击出场外。

张瑞云正要乘势追击，戴铁锤一对精钢流星铁锤迎面击来，眼见张瑞云难以避开流星铁球，罗善良挥动乌龙棍，借势一挑，流星铁球落空。戴铁锤将拴着铁球的钢链一收一拧，趁势舞动，顿时银光闪闪，杀气十足。罗善良转身就走，戴铁锤乘势赶来，眼看铁锤就要击中罗善良后背，只见罗善良翻身一招回马枪，正是罗家枪法的绝招，将戴铁锤戳翻在地。

李万才见三人战局不利，将独臂左手一挥，十三个高手一拥而上，将张、罗二人围在核心，眼见二人招架不住，听得一声呐喊，忽然五十余人杀入场中，将李万才的打手们围了起来。

来人正是陈云恒一伙。原来，陈云恒一班人马来樟树喝喜酒，刚下船，听到这边杀声阵阵，也来围观。当场认出是三个月前的张、罗二人。初时，见双方是个对个独打，也不便介入，等到李万才一伙人以众凌寡，围斗张、罗二人时，陈云恒发声喊，五十余人一齐杀入。顿时尘土飞扬，喊声震天。

一场大械斗正式开幕。

就在场上斗得天昏地暗时，一名童子匆匆跑到独臂李万才面前，将一柄折扇交与他，一语不发地跑了。

李万才一见折扇，当即举在空中，连声高喊："金钩李大爷到了！"

真是人的名，树的影。殴斗中的各方，听到金钩李胡子到了，又眼见那柄折扇，一齐住手不打了。

围观的人群忽然分开一条道来，一束长髯飘然而至。

金钩李胡子气定神闲地走到场中，森森冷峻的目光一扫，全场鸦雀无声。

陈云恒带来的五十余人一齐跪在沙地上，高声喊道："拜见祖师爷！"

独臂李万才也跪在地上，叩头说道："拜见家姓爷爷！"罗善良并不认识金钩李胡子，但听到李万才刚才喊出老者大名，知道是恩人到了，忙拉了拉张瑞云的袖子，躬身说道："拜见恩人爷爷。"

金钩李胡子冷冷说道："眼下国民政府军队已云集南昌，共产党的红军部队也驻扎在赣省境内，都喊'革命'口号。'革'谁的命？大处的我且不说，小处当然是'革'地方豪强的命，你们罗、李两家，一个要乾坤独断，一个要强自出头，还敢聚众群殴，请问你们有几个脑袋够砍？我劝你们一句，愿听则听，不愿听你们自去斗个你死我活……"

罗老五从金钩李身后闪出，恭敬说道："罗家愿听李大爷吩咐！"

李万才也说："愿凭祖爷爷裁处！"

金钩李缓了缓颊，说道："好，既是都愿听劝，那老朽就多句嘴：万才无故上门滋事，理亏在先，罗家小子失手伤人，理亏在后。看在邻里乡亲份上，罗家出一百大洋聊作疗伤之资，另出五十大洋散发水路各位义拳。如何？"

说到这里，金钩李胡子停了停，冷寒目光扫向李、罗两人，见都无异议，又接着说："李万才、罗善良二人自即日起，都不得再在樟树讨生计，各奔东西，恩仇两清。罗老五的孙子——新宇，老朽特别看重，自即日起接回樟树抚养，任何人不得欺凌。"

这一番话还算公允，双方各无异议。围观人群唏嘘散去。

陈云恒走了过来与张、罗二人一番叙别之后，赶着喝喜酒去了。

半个月后，罗新宇与母亲王氏同回樟树。

不幸的是，王氏偶感风寒，回家没几天，便撒手人世，驾鹤西去了。

自此，两岁多的小新宇便由罗老五老两口调教，别有一番峥嵘岁月。

斗转星移。神州大地在战火中度过十多个春秋时，罗新宇也在普天同春堂的医药熏风中走出了童年。

罗老五本来就以手提医、药两筐行走江湖。所以从小就不遗余力地向孙儿罗新宇灌输医、药两手知识。行医从望、闻、问、切入手，特别强调辨证施治，对用药方面，以药理、药性、采集、加工炮制各方面，言传身教，严格要求。

一九四五年，罗新宇已是十五岁的少年了。

自母亲王氏亡故后，小新宇一直由祖母照看抚养。七岁时，罗新宇开始在新学堂读书，到这一年，他小学读完了。也是这一年，他的"靠山"崩塌了——祖母驾鹤西去。

祖母走了，小学也念完了，新宇也要开始新的人生了。五岁开始，新宇就一边读书，一边跟随爷爷习武学医，不仅身体壮实，而且医学上也小有成就。

这天，罗老五出诊在外，由十五岁罗新宇看守普天同春堂。店里的常用药，罗新宇不但耳熟能详，而且闭上眼也能抓准每样药。爷爷临出门时嘱咐他，如有人来看病，让其稍等片刻，一个时辰内爷爷必定赶回。

爷爷刚走不久，一个农妇抱着一个五六岁的小孩，哭哭啼啼前来就医。妇人还未进门就口口声声喊罗老板看病，罗新宇走上前答道："大婶，我爷爷出诊未归，是什么病我可以看看吗？"

妇人说："我儿子的手骨折了，只有你爷爷才治得了。"

罗新宇笑着说："大婶，我来陪小弟弟玩玩，爷爷马上就会回来的。"

说着牵起小孩的手，在药堂里四处看看。罗新宇借机查看了小孩的伤，发现是脱臼了，便一边哄着小孩玩，一边轻轻地在小孩手上捏了一阵，趁其不备，拉着小孩的手，一带一推，只听得小孩轻轻"哎哟"一声叫了起来。少年郎中罗新宇拿着一果糖，笑着对小孩说："你能用那只受伤的手拿到糖，我就给你。"

小男孩一抬手，便轻轻松松将糖抓到手里了。新宇转身对农妇说："大婶，小弟弟的手好了，你带他回去吧。"

妇人惊讶地看着这个还没长出茸毛的小郎中说："想不到你小小年纪，竟是接骨高手啊！"

正说着，爷爷回来了，帮小孩重新检查一遍，发现对接得非常准确。爷爷抚摸着小新宇的头说："医者，贵有仁心，救急病固然要有勇气，但没摸准病情万不敢乱动，以免加重病情。"

小新宇点了点头。

爷爷没想到，这次大胆行为，只不过是少年新宇走向自立的第一步。几天后，罗新宇一个更大胆的行为，让罗老五目瞪口呆。

这是一个秋雨飘洒的黄昏。

罗老五外出采办药材去了。又是小新宇看守普天同春堂，就在他准备上门板打烊时，一个中年人走了进来，压低嗓子问："小新宇，还认识我吗？"

新宇打量一眼中年人，说："叔叔，对不起，我不认识你。"

中年人微微一笑，说："十多年前，你与你父母乘船去岳州的事还记得吗？那天晚上我们在鄱阳湖见过面的。"

"我爷爷和奶奶时常说起鄱阳湖的事，当然记得。就是有一伙鄱阳湖的朋友要我们出买路钱，后来那伙人成了我父亲的朋友。但我不认得你了。有什么事吗？"小新宇努力回忆往事，快乐地回答说。

中年人尴尬笑笑，回头看了看门外，低声说："是的，我就是那伙人中的一个，和你父亲是朋友。后来，我们一伙人成立了打鬼子的队伍，加入了新四军南下挺进纵队，是共产党的队伍。前几天，我们与鬼子打了场恶战，死伤了不少人，现在急需一批疗伤的药……"

小新宇知道，凡是活血化瘀、消肿止痛的药日本鬼子管得很严，一律不准销售，一旦发现，鬼子就要杀头。樟树镇几十家药店都没有这类药材出售。普天同春堂还存有一些这类药材，新宇的爷爷把它看得比黄金还珍贵。爷爷曾对他说："这批药材值一千个现大洋。"

小新宇对中年人说："像红花、三七、血藤、芍药这类药材鬼子管得特紧，一旦发现就要杀头。不过，我家还藏有一些，可是我做不了爷爷的主，而且，鬼子一旦发现会杀我全家的。"

中年人焦虑地搓着手，满脸愁容。好一阵后，中年人说："我知道你做不了爷爷的主，可是我们几十个兄弟急需这些药救命啊！小新宇，你就不能做一次爷爷的主吗？把这批药卖给我吧！"

新宇想了想，说："好吧，我就背着爷爷做一回主，把药全卖给你。不过，爷爷说这批药值一千个现大洋，你有这么多的钱吗？"

听小新宇说愿卖，中年人高兴得眼露精光，可说到要一千现大洋时，中年男人又是一脸愁容了，吞吞吐吐说："小新宇，可是，可是我拿不出钱呀，别说一千大洋，我连半个铜板也拿不出，不瞒你说，我这一整天还没吃上一口饭呢！能不能先赊给我？我给你写个字条。日后一定还你！"

听中年人说一天未吃东西，小新宇把他请进内堂，将一碗红薯杂粮饭递给他说："快点吃吧，别饿坏了。"

"这是你的晚饭吧，我吃了你吃什么？"中年人问。

"不用管我，快点吃了办大事吧！"新宇想的是怎么向爷爷交代这批药材的事。

等中年人吃完饭后，小新宇说："我同意将药材赊给你，只是你怎么运得出去呢？鬼子在码头上设了岗哨……"

中年男人吃饱了饭，又搞到了这些药材，高兴得不得了，说："小新宇，多谢你了，运出去就不劳你操心了，我去想办法。"

"好，你小心点。只要你们真心打鬼子，今后要医要药，给我说一声，我会让爷爷给你们办好的。"

"新宇，我代我的兄弟们谢谢你，告诉爷爷，药卖给了鄱阳湖的水鬼陈云恒了。哦，给你写个字条吧。"

新宇摇摇头说："不必了，到时有钱就还，没钱就算了。不过，我估计你们那伙人里没人能用好这些药，这样吧，我同你去玩几天，顺便帮你们治治伤。"

那中年人怔了怔，说："小新宇，你能去给我兄弟们治伤，我非常欢迎，只是那里很危险，而且爷爷回来后也会着急的。"

"我也需要历练历练嘛，爷爷不会怪的。我给爷爷留封信，就说三五天必回。"

果然，小新宇给爷爷写了个字条，便与那中年人连夜走了。

小新宇与那中年人一同来到鄱阳湖边的一个小山村。

小山村名叫螺狮蛳港，是个三环山，一面临水的闭塞港湾，极好隐蔽，陈云恒的游击队就驻扎在这里。

现在，小新宇知道了陈云恒的身份了，他不仅是游击队员，而且当上了游击队的司令。陈云恒的游击队有二百多号人，眼下却有三十多人受伤，既无药，也无医。小新宇及这批药的到来，无疑是及时雨。

因没有真正学过医的人，游击队便由一个能采几味草药的人当医生。他也姓陈，是陈云恒的侄儿，还是跟着陈云恒学的一点基本的知识。

小新宇到达时，陈医生正和几名伤员吵架。

"……"

"我的腿不准锯！"一个十七八岁的伤员吼道。

"不锯我治不了，你看着办。"陈医生也有些怒气。

"治不了就不治，活着不如死了。"伤员哭着大吼。

"我的手臂也不能锯，你必须给我治好！"另一个伤员也大声叫喊着。

"你们都这么吵，我也不是什么医生，等我叔回来后我就辞职。"

那中年人告诉小新宇说："那个伤了腿的叫胡二牛，被日本鬼子的炮弹炸断了腿，另一个断了手臂的伤员叫蒋大波。因好些天无药治疗，两人的伤口已经发黑，不断地流着脓血。实在是没办法，陈司令才让我去你家普天同春堂打秋风啊！"

这时，陈云恒听说新宇来了，还带来了一些急需的药材，高兴得不得了，他一进门，见到罗新宇，一把拉着新宇的手，笑呵呵地说："我的个小活菩萨，你来了，战士们就有救了！"说着，忙将小新宇介绍给大伙，说："同志们别吵了，我们现在有药了，我们还请来了个郎中，年龄不大，医术很高明，喏，就是这位罗郎中。"

小新宇走上前，说："叔叔们，我还算不上郎中，顶多算个学徒，不过我一定尽心帮你们治伤。"

说完，首先去看那伤了腿的胡二牛。

果然，胡二牛的伤口已经感染化脓，伤口呈乌黑色。胡二牛拉着小新宇的手说："小兄弟，小郎中，你不能锯掉我的腿，锯了就不能打鬼子了，即使将来不打鬼子了，也干不了农活，也得饿死。那活着还不如死了算了。"

小新宇想了想，说："不想锯掉，就只能挖掉腐烂了的肉，你怕不怕痛？"

胡二牛说："不怕，你就帮我挖掉那块烂肉，我要是叫了一声就不姓胡。"

"好，请帮我烧盆炭火来。"小新宇说着，从随身带来的小包袱里拿出把小刀。又叫过五六个身强力壮的队员，将胡二牛四肢按住，准备给他挖去烂肉。

胡二牛说："不需按，给我块破布塞在嘴里就行了。"

小新宇将刀在火里烧过后，说："我要动手了，你可要兑现你的话呀！"

胡二牛点了点头。

小新宇快速地挖去腐烂的肉，又将里面的碎骨清理出来。胡二牛也真是条硬汉，痛得额头冷汗直冒就是不吭一声。

见那骨头已经发黑，小新宇用刀细细地刮去骨头上的腐烂物，直到见了鲜红色才住手。

此时，胡二牛全身衣服已湿透，一块旧布咬得稀烂。自始至终，就是没吭过一声。小新宇竖起大拇指，赞道："你是条硬汉！"

将创口清洗完毕，小新宇又将一包药末填充进去包扎好。

一个时辰后，胡二牛告诉小新宇，疼痛减轻了许多。

治完胡二牛的伤，马上又给蒋大波做了手术。接着给其余伤员都换了药，小新宇这才歇了下来，此时已是次日凌晨了。

原计划只玩三五天就回，谁知陈云恒与伤员都一再挽留他多住几天再走。

小新宇一则是碍于盛情难却，二则是他也放心不下那些伤员，小新宇又与他们感情渐深，竟一连住了十多天，幸亏中途陈云恒派人给罗老五送信报了平安，罗老五才稍稍放心。

逗留的日子里，小新宇除了精心照料伤员外，有空就求队员教他些拳脚功夫，队员们都乐意教他。

眼见病房里的伤员一日比一日少了，胡二牛和蒋大波的伤也好得差不多了，小新宇跟陈云恒说，准备回家了。陈云恒说："行！今晚送你走吧。"

小新宇赶紧跟队员们打招呼，告诉他们，自己晚上就回家了。胡二牛听说后，将小新宇抱了起来，说："小郎中，我感谢你给了我一条腿，你看，我现在可以快步走路了，再有个把月就完全好了。真舍不得你走啊！"

蒋大波的胳膊早就好了，他握着拳头说："我的铁锤又可以跟鬼子拼一场肉搏战了，哈哈。"

就在与队员一一告别的时候，忽然得到消息说，今晚鬼子的一只汽艇给樟树据点送物资。陈云恒说正好打个伏击战。听说今晚有仗打，小新宇又不想走了，对陈云恒说，想看打一仗后再走。

陈云恒不同意他看打鬼子，说："打仗太危险了，可不是你抓把红花、当归什么的，那是要流血的，你若是出了点问题，我怎么跟你爷爷交代呢？"

小新宇说："没关系，子弹又没长眼睛，怎么会找到我呢？"

陈云恒不管小新宇怎么央求，就是不肯答应。

胡二牛一旁见了，就说："陈司令，就满足他一次吧，把他交给我，保证小郎中不少一根毫毛回来。"

陈云恒被他缠不过，只得答应。"胡二牛，我把小郎中交给你和蒋大波，出了半点问题，拿你俩问罪。"

胡二牛与蒋大狗同声说："我俩打包票，出了问题拿我俩是问。"

入夜，陈云恒派出二十多条船，悄悄出发，埋伏在芦苇港里，又派三名水性特好的队员，去埋伏点上游两三里的地方等待，一见鬼子的汽艇来了，就潜入水中，凿穿汽艇底部，使其走不动了，游击队就一齐开火。

午夜时分，鬼子的汽艇果然来了。进入埋伏圈后，突然就开不动了。鬼子知道有情况，用小炮往芦苇荡里胡乱开炮。

陈云恒的队伍也不还击，二十多条小木船悄悄围了上去，到了鬼子汽艇眼皮底下，一齐开火。

不到几分钟，汽艇上的鬼子大部被消灭了，还有两个鬼子见势不妙，忙跳进水里逃命。

陈云恒的队员大多是过去在水上讨生计的，玩的就是水，两个鬼子不到几分钟就被活捉了过来。

这一仗，前后也就十几分钟，不但缴获丰厚，还俘虏了两个鬼子。陈云恒的队员也伤了两人。

小新宇觉得不过瘾，怎么才打几下就完了呢？

不过，总算看了一回打真仗，心里还是挺高兴的。

第二天一大清早，小新宇回到了樟树普天同春堂。

"爷爷，我回来了。"

"回来了？回来了好啊！去搬条板凳来。"罗老五见小新宇回来了，又是气又是爱，板着铁青的脸。

"爷爷，你要干什么呀？"小新宇明知爷爷要动家法了，却故意问。

"干什么？当然是招待我的乖孙子啊，笋片炒肉，怎么样？把裤子退下！"罗老五脸色冰冷地说。他担心他这个胆大妄为的孙子再干出什么逆天的事，既无法向远在长沙的儿子儿媳交代，也会误了他走正道。

罗老五让小新宇脱了裤子趴在板凳上，气势汹汹地吼着，棍子却在板凳上敲得乒乒乓乓。

"你现在是越来越胆大妄为了噢！不经允许外出，而且一去就是十多天，还有没有王法？说，这十多天都干了些什么？"

"爷爷，我去一趟鄱阳湖，不亏呀，这十多天里，我治好了三十多个伤员，其中有两个重症骨伤，学会了一套'七星拳'，比你教的拳术厉害多了，还学会了打枪。对了，昨晚还参加了鄱阳湖上打鬼子呢！鬼子的炮打来时像放花炮，五光六色的，耳朵要震聋……其实鬼子也不经打，十多分钟时间，七八个鬼子全报销了。"小新宇不怕爷爷的吓唬，知道他不会真打自己，便骄傲地说出了昨晚参加打鬼子的事。

"是真是假呀？！"罗老五听了新宇伏在板凳上的"招供"，吓得脸色发白，连声调也变了。

"爷爷，孙儿什么时候说过假话呀，都是据实禀报的。若有半句假话，你把我丢到鄱阳里喂王八。"

"反了，反了，你这个小畜生是找死哦！"罗老五听了，吓得胆战心惊，魂飞天外。

孙儿参加了打鬼子的战斗，要是有个三长两短，怎么得了？就算是平安回来了，儿子儿媳要是知道了，也会责怪自己管教不力，没尽到做爷爷的责任。

想到这些，真是越想越气，越想越后怕。将棍子一丢，命令家人："把这个小畜生给我关起来。关三天……不，关十天，一天也不准少。不刹刹你的歪风，你也不晓得天高地厚……"

果真关了他十天，连普天同春堂也不准去了。

罗老五叫人将《伤科汇纂》等几本医学书送到小新宇房内，令他苦读，"你要不苦读，十天期满后，我要请樟树镇上的名老郎中考试你，过不了关，我再关你三个月，不，不，关你三年，关到你能经得起考了才放你出来。

小新宇好像并不怕关，他觉得正好静下心来读些书，于是也不管外面的风声雨声，一心苦读。

这天，罗老五得闲，来到小新宇房间，板着脸问："被关的滋味如何？"

"很好呀，爷爷，我这回把《伤科汇纂》读得滚瓜烂熟了，比起您教我的医学知识要好得多。比照我在鄱阳湖治过的病，学到了很多知识。"

罗老五气得瞪眼睛吹胡子，"好，我就再关你三个月。还不认错，我就关你三年。"

"爷爷，我没有错啊，认什么错？"

"你有错，两大错，其一，擅自做主送掉了我一千大洋的药材，这是败家！败了我一半以上的家产；其二，跑到强盗窝里一待就是一个月，差点就成了小土匪。还参加了打仗，差点送了小命。"

"爷爷，你错了，比我错得更厉害，那批药材是借给他们的，陈云恒他们没钱，那天陈云恒一天没得东西吃，还是我把自己的晚饭送给他吃的。爷爷，你想想，饭都没得吃，拿什么钱买药？你不时常教我，医者，要有仁心吗？再说，即使是送，也没送错，他们打鬼子受了伤，无药无医，我们家把药存在库房里烂掉，难道不该送？人家是流血拼命呢！第二，他们现在不是土匪了，是抗日的队伍了。抗日的队伍就该帮助！第三，我在那里亲自医治伤员，学到了很多知识，这是书本上学不到的。您应该表扬我才对。"

罗老五不懂小孙子刚刚进入叛逆期，所以罗老五越是反对的，孙子越要干。

"你要送人也得让我知道呀，我都不知道，你出手就送上千块现大洋的货，我现在倾家荡产了。而且是干险事，一旦日本鬼子发现你卖禁药，资助抗日队伍，你小命就完了。而且还会血洗我全家，抄斩满门。"

"爷爷，以后我保证不再做你的主了。不过，红花、三七之类的伤科药还是要多进些来，以备急用啊！"小新宇说。他毕竟是小孩，说着说着，就露了底。

罗老五听出了孙儿的话音，忙问："你是不是答应以后还给他们供货呀？"

小新宇不作声了。

第十一章　烽火人生

七月，骄阳似火。

罗新宇除了学医学药，还在家里种药。他老家就在城郊，叫薛溪罗村。罗新宇的父亲有五兄弟，有二十亩地。家是由伯父罗裕良统一管理，没分家。家里也种些药材。

这期间，罗新宇也随爷爷坐堂施诊，寸步不离。

慢慢地，少年郎中罗新宇在四邻八乡也有了些名声，大有步其祖父后尘之势了。

罗老五见新宇聪明好学，是个可造就之才，心头暗喜。他想，孙子能治些病了，药材也认得不下三百余种，尤其是系统读了几本古典中医书后，更是日见长进。但在药材炮制方面尚欠火候。

儿子罗善良现在已是长沙四医堂药店的药剂师了，本想让新宇去长沙随父学习，但又觉得樟树虽不及长沙大，却是"南国药都"，药材汇集的广度和炮制的质量都不见得比长沙差。因而决定，孙子先在樟树学些药材炮制的基本方法，然再去长沙充实提高。

这天，爷爷把新宇叫到面前，说："新宇啦，你现在施诊方面算是入了门，但在药材制作方面还差得远。我问你个问题：知道民间流传"药不过樟树不齐"，"药不过樟树不灵"的真正原因吗？"

新宇想了想，说："'药不过樟树不齐'，大概是因樟树交通条件好，药材汇集广，种类繁多，所以各种药材齐备；至于'药不过樟树不灵'恐怕是因为制作规范，质量过硬了。"

罗老五点头说："你说对了，樟树药材行业要求是十分严格的。如：对药材的采造时月、生熟、产地、真伪、陈新都要严格把关。没到季节采的药材不收，同一种药材也要分产地验收，还有用新不用陈，取真去伪，等等。

炮制的讲究就更多了，如：有须根去茎、有须皮去肉，或须肉去皮，须花去实，等等讲究。

你也看到了的，我家普天同春堂比同行要求更严，除了药材不到采集季节采的一律拒收外，甚至连色、形、长、短，根、茎都有讲究；炮制时更不敢偷工减料，连清洗未净药材都不准用，还比如有九蒸九晒的药，人家可能七蒸八晒就卖了，我家是一次也不敢拉下。所以樟树的药比普天下的药灵，而罗家是樟树最灵的药。"

"爷爷的意思是要我学药材炮制吗？"罗新宇问。

"嗯！"罗老五点了点头，"学会药材炮制，批量出售，可能比施诊获利更多。"

新宇说："爷爷，从获利上说，当然是药材批量出售利大，我想，良药还得先有良医，这也有个'君臣佐使'的关系，我想做个良医。打算出外闯荡一两年，再回来跟爷爷学药材炮制，不知爷爷意下如何？"

罗老五思虑好一阵后，说："你有此志向不错，那么，打算何时启程，去哪个方向？"

"如果爷爷允许的话，我想就是这一两天内出发，先在本省内走走，然后争取年内去长沙父亲那里，听听他的意见，毕竟他在大城里，看法也不同于我们在乡下的人。"

"好！你叔父正好也打算去岳州做生意，到时，你父亲那里若有不如意处，你就随你叔父到岳州做个学徒吧！"罗老五觉得孙儿大了，他有权选择自己想走的路。樟树虽好，但怎比得大城里眼界开阔，见多识广。

两天后，罗新宇告别爷爷等家人，出发做游医了。令他没想到是，尔后再没机会在樟树这个地方，一展医药才华，而是在岳阳另有一番人生际遇，成就了一番事业，也落地生根了。

但他的医药之源、他的终身职业——骨科之路，却是从樟树这个"药肆""药港"的杏林浓荫下走出去的。

人生，从来就充满变数。人生，从来就不可以完美设计。罗新宇第一个暂定目标是长沙。

长沙距樟树约六百里。长沙去岳州还有两百多里路。为增长见识，罗新宇决定做个游医，首先，遍游省内然后再一路行医步行去长沙。叔父当然不会陪着他游来游去，这样会误了他做生意。便与他相约：我先走，等你到岳州后再联系。

罗新宇点头同意了。他独自向西走去。

这天中午，他来到了一个叫高坑的地方。这里离湖南已不远了，南行不远就是井冈山地区了。

走进一个农户家，想讨口水喝。主人是个三十来岁的农妇，见他是个行医的郎中，笑笑说："你这么年轻做江湖郎中，谁信得过呢？"

"大嫂，耳听为虚，眼见为实，治不好病人，我分文不取。"一路上，罗新宇听到这样提问的人太多了，他也见怪不怪，而这样提问的人，十有八九是家里有病人久治不愈。见妇人提问，他信心满满地说。

"好，我家里现在就有个病人，你治得好，我给三个现洋，治不好，分文不给。"

"当然，当然。"罗新宇点头说道。

农妇将他带到房间，指着床上的男人说，"我男人从楼上摔下，伤了腰，你若是能治好，三个现洋的诊疗费分文不少你的。"

罗新宇揭开她男人的衣服一看，见那男人蜷缩一团，坐不得，站不得。伸手按了按，发现是腰椎挫伤，有明显的红肿、血瘀岔气等症状。

"这个伤，前后也有几个跌打郎中看过，都说没办法治了。"农妇一边看着罗新宇的表情，一边说。

罗新宇自行医以来，还没见过这样严重的骨伤，但他还是想试试。

"大哥大嫂，你们如果相信我，我开三剂药，大哥先服着看看，诊金我暂不收你的，但请提供三天的食宿，我留下来观察几天。"

"那就算了，看来你还是太年轻了，没见过阵势。"农妇不悦地说。

"大嫂，你舍不得三天的食宿吗？"罗新宇有些不解地问。

"呵呵，我舍得给你三个现洋，怎么就舍不得三天食宿呢？一个现洋就足够你吃住一个月，这么简单的算盘我还不会打？"农妇一脸讥笑地说。

"那为什么不让我治呢？"罗新宇真有点不解了。

"小郎中，你明摆着没这个技术，我为什么还要让你治呢？"农妇一脸的不悦。

"何以见得？"罗新宇惊问。

"你不收诊金，明摆着是没把握治好嘛！只是想试试罢了，想碰运气，治好了，你就有牛皮吹了，没治好，拍屁股走人，反正你分文未取，谁敢把你怎样？"农妇不愿与他多说，将他推出门外。

"呵呵，大嫂，你这话说得也有些道理，我确实没百分之百的把握，但也有个七八分把握。这样吧，先吃我三剂药，这药费由我自己掏，三天后如果病情有所减轻，再接着治，你看如何？"

罗新宇是个诚实人，没想到，开口就说不收钱，人家还不让你治。但他想到爷爷教的一些跌打损伤方法，还是想试试。

罗新宇想，这是一个典型病例，是自己学习的好机会，即使自己掏钱，也值得，只当交学费。

郎中自己掏钱买药，病人当然愿意一试，即使没什么效果，病人家也没什么损失，何况郎中不走，要现场观察治疗结果，何乐而不为呢？

农妇终于同意治疗了。

罗新宇便用了桂枝、当归、白芷、细辛、枳实、草乌、土鳖等二十余味中草药，内服外敷。

配药时，罗新宇特别提出枳实一定要用樟树出产的。他知道，樟树的枳实是历朝历代的贡品，全国没再比樟树的枳实好的了。

没想到，用药后两个时辰不到，挫伤的男子已能挺直腰板了，疼痛减轻，当晚就能下地行走了。三剂药服完，男人的伤彻底好了。

农妇高高兴兴地付了三个现洋。那男人还打开一间书房，邀罗新宇入内观看祖传的书籍，并将一本用布包了好几层的验方抄本送给了他。

罗新宇如获至宝，爱不释手。

第二天，罗新宇告别农妇一家，继续西行。

这一天心情特别好，罗新宇想多赶一段路，至天黑时还没赶到村落。急忙行走间，忽然听到路边一声呻吟，他吓了一跳，走近一看，发现是个伤兵正躺在路边草丛里呻吟。伤员的年龄比罗新宇大不了几岁。

罗新宇一打听，这伤兵说，他是王震司令的三五九旅南下支队的战士。

战士的胸部受了重伤，一直没有得到及时治疗，加之天气炎热，伤口开始化脓，行走缓慢，因而掉队了。

罗新宇给战士查看伤口后，打开布包，翻了翻，里面还有几包应急用的田七粉，他赶忙给战士上了药，又将自己的包袱撕下一块给战士包扎好。

罗新宇在学校里也听说过八路军、新四军。知道是毛泽东、朱德的队伍。而朱、毛的部队，江西人太熟悉了，毛泽东的秋收起义、井冈山和在江西瑞金的许多故事，都与江西有关。江西人都特喜欢讲朱、毛的往事，而且传得神乎其神。

罗新宇暗暗觉得自己与朱、毛部队有些缘分。先是与东江纵队的陈云恒司令打过交道。并且在陈云恒的部队里待过十多天，给他的战士治过病，看他们打过日本鬼子。

眼下又遇上了八路军三五九旅的战士，看到这个战士与自己年龄相仿，特别同情他。所以乐意为这个战士治伤。

上过药后，战士说，他的伤轻松了很多，要马上去追赶自己的队伍。

战士与罗新宇握手告别，说了很多感激他的话后，摇摇晃晃地上路了。

罗新宇看在眼里，十分放心不下。心想，他一个伤兵，人生地不熟，又是外地口音，即使不被日本鬼子抓住，也很难不被地方上的保安部队抓住。自己去岳州的时间也没与叔父约定，迟去几天也没多大关系，便决定送他一程。

扶着姓冯的战士一边走，一边小声地聊。战士说，他们是去年十月间从延安出发的，出发前，毛主席、朱总司令还检阅他们这支南下部队。他们走了上万里路，打了几十次仗。

"你不是说要去岳州吗？"姓冯的战士说："我们就在岳州的临湘龙窖山打过一仗。几乎全歼了临湘王县长的保安团，还在平江呆过一段时间，原打算就在平江、临湘与湖北的崇阳、通山、通城这块地方扎下根来的，后来改变计划，向南发展。主力已由湘南的桂东南下。他们这支队伍也由湘赣边界南下。"

罗新宇听得入神，想不到这比自己大不了几岁的战士走过这么多地方，见过大世面，还见过毛主席、朱总司，心里十分佩服。

姓冯的战士说："我们虽然辛苦了些，但我们见过许多世面，打过很多恶仗，这一生也算值得了。只是这一路上，大多时间都住在大山里。夏天，山上的晚上很冷，需要盖棉被，我们只有单衣，晚上冻得发抖。下山以后又热得不行，我们很多战士都中了暑，呕吐、腹痛，又缺药。"

姓冯的战士絮絮叨叨一路讲来，罗新宇听得如醉如痴。听说很多战士中暑，他很着急，说："唉，我那时没碰到你们，其实挺简单的，几味中草药加在一起，熬点药汤喝了，就没问题了。"

姓冯的战士说："好呀，你同我去玩几天，见见世面，顺便给我们战士们治治伤，熬点汤药，真不知要救多少条命哦！"

停了一下，伤员又说："我们这些战士不怕死，打起仗来不要命地往前冲，怕的是挂彩后没得药治，很难受。小郎中，你要去了，我们的陈队长、刘军医和战士们一定特别欢迎你！"

……

这么说说走走，一直走到了下半夜，他们在一个小村子里追上了队伍。

当冯战士将罗新宇带到陈队长面前时，罗新宇与陈队长都大吃一惊，没想到这陈队长，竟是鄱阳湖上的陈水鬼、东江纵队的陈司令、父亲把兄弟的师兄陈云恒。

两人一阵亲热后，陈云恒队长热情地欢迎罗新宇的到来，并对他救治伤员表示感谢。陈队长告诉他，因为天气炎热，部队又长途跋涉，病人很多。尤其是中暑的战士多，希望他多帮助，多提些防中暑的好办法。

罗新宇听了很感动。他觉得陈伯伯在八路军中当了这么大的官，没一点官架子，还能征询自己的意见，真是了不起。便自告奋勇地说："队长伯伯，别的方面我帮不了你们，但在防中暑这方面我可以帮点小忙，不知您愿不愿听？"

陈云恒呵呵笑着说："我的个小郎中，你到我这来了，就是我的同志了，同志，就是志同道合，信仰一致，都信仰共产主义。今后，你也可叫我同志，小郎中同志，有什么好建议尽管说。"

罗新宇摸了摸头，腼腆说："我也说不上什么好建议，只是，只是我觉得你们要尽量走夜路，如果是白天行军最好走山路，荫凉多一些，再就是多备点防暑的药物。比如用绿豆煮粥，用荷叶煎水喝。江南这个地方，竹叶、荷叶很多，既不要花钱，也容易搞到，可以用它们多煎些水，让每个兵都带上一壶。药物方面，除了人丹、清凉油外，还有藿香、菊花都尽量多买点。"

罗新宇想了想说："我看到你们吃丝瓜好像削了皮，这是浪费了宝贝呀，将丝瓜皮洗净后煎水喝，也是清热解凉的好药啊！"

陈云恒听后，用赞许的目光看着他说："小郎中同志，看起来，你肚里的确有些真'货'呀，我有个想法，不知你同不同意？"

"队长伯伯，哦，陈同志有什么事你只管说。"罗新宇望着和蔼的陈云恒，特别感到亲切。同时，见陈云恒对他的意见很重视，也感到由衷的高兴。巴不得尽自己的所能，全力帮助他们。

陈云恒对新宇越来越喜欢了，笑着说："新宇，你完全赶得上你父亲和爷爷了，我想请你跟我们多相处一段时间，帮我们的战士看看病，采点药，我们会付你工钱的，你看怎么样？"

罗新宇听罢一笑，说："陈同志，快别说钱的事了。我给你说个事吧，那年，你们在鄱阳湖上打鬼子伤了十多人，你派人到普天同春堂来买药，结果，我把爷爷价值千多块现洋的外伤药材全赊给了你们，弄得爷爷差不多破产了呢……我现在不是想多赚钱，主要是想长些见识，多看看世界……"

"你们一家对国家、对革命的贡献，我一直都记在心里，等革命取得胜利，我们一定会补偿你们的。"陈云恒真诚地说。

"哈哈，我爷爷一直对我说，钱财如粪土，仁义值千金，你们是仁义之师，这点损失，我爷爷只怕早就忘啦！"

"你爷爷、你父亲，都是重情重义之人啦！行，你就在我们队伍里待段时间，看看我们这支队伍是什么样的队伍好吗？"

"好！我就多给你们采些防暑的草药吧！"罗新宇恳切地答应了。

陈云恒将队伍里的刘军医叫过来，对他说："刘军医，我把这个小郎中同志交给你了，你们中西合作，土洋上马，一定会战胜困难的。"

罗新宇随陈云恒的队伍一路南下。

这天，部队来到了井冈山地区。国民党的部队以为南下支队又要进入井冈山建立政权，实行重兵围堵。

一场突围战立即打响。

战斗是从中午开始的，一直打到天黑才结束。南下支队伤亡惨重，伤员特别多。

要命的是南下支队不但无粮，也无药。大批伤员被从战场上抢救下来后，只能做个包扎，然后只能任其自生自灭。因为刘军医的药箱里不但没药，而且连一滴酒精都没有了。望着血肉模糊的伤员，罗新宇心头一颤。

"刘军医，我去找些草药吧！"罗新宇觉得自己责无旁贷。而且尽不到一点责任，留在这里有什么用呢？

"好，快去快回，部队说不定什么时候就要开拔。"刘医生一边给伤员包扎，一边关照着他。

刘军医告诉他，治枪伤最好的中草药是：金爪儿，也名路边黄、爬地黄，其次是田七粉、云南白药、血竭、冰片等。

罗新宇想，五百里罗霄山脉找几味中草药应该不是难事，可是急难之时要找到这些药却如同大海捞针。只能去农户家收购或是去镇上药店购买。

因为正在打仗，农户都躲进大山里去了。罗新宇好容易找到一个采药老农。

"大爷，我想买点路边黄、田七粉之类的药。"罗新宇急急地说。

老农摇了摇头说："我采了一辈子药，没听说过什么路边黄，野三七倒是有点，但不多，你要想大量购买，一是去樟树，那里药齐，什么药都不缺，二是去茨坪找一个姓郭的老郎中，他那里药也比较齐。"

"请问大爷，从这里去茨坪有多远？"罗新宇心里着急，恨不得马上拿到药，好些去救治那些伤员。

"抄近路六十多里路，走大道百多里。但是近路除我这个采药郎中外，没人知道走。"采药老农的言外之意就是要请他带路。

"好，大爷，我就请您带个路，您开个价，要多少工钱？"罗新宇知道，这山里穷，不给点带路费是不行的。

老农看了看罗新宇，说："伢子，这带路费可不好讲哦，对我口味的，不要钱，不对我口味，再多的钱我也不带。"

"怎样才算对您老的口味呢？"罗新宇想，这老人分明是在探我买药做什么用。这可是军事机密呀。古人常说，'逢人且说三分话，不可全抛一片心。'我若是说了真话，又不知这老人是好人还是坏人，若说假话，他肯定不信。正不知如何回答，老人又开口说："伢子，你这分明是买的枪伤药，告诉我，你是给国民党的兵买药，还是给红军的兵买药呢？"

罗新宇想了想说："大爷，现在还哪有红军呀？当然是国军的兵要药

211

呀，您老管那些做什么，将钱买货，受人钱财，与人消灾嘛！"

老人听罢，二话不说，转身就走。罗新宇急了，忙拉着老人的手，说道："大爷，别见气，带路费好说，您老开个价吧？"

老人愤愤摆摆手："你这伢子，年纪轻轻的，却不诚实，分明是给朱、毛红军的队伍买药，却要骗我说是给国军买药，正是'道不同，不相与谋。'你走吧，我不会给你带路的。"

罗新宇只得改口说："大爷，实不相瞒，我这是给一支抗日的队伍买的药，他们是谁的队伍我也搞不清，您就帮个忙吧！"

老人听了，突然哈哈大笑起来："你这伢子，蛮奸的哦！到现在都不肯说实话，好，我给你带路，快点走，明天早上可以赶回来。"

罗新宇喜出望外连忙跟了上去。"谢谢你，大爷，一百多个生命谢您啦。"

老人一边快步向小路走去，一边说："伢子，你今天是遇到了我，遇到别人就不会给你带路了，知道为什么吗？"

罗新宇忙说："我不知为什么，还请大爷指教！"

"你也不要说得文绉绉的，都是江西人，不必说客套话。跟你说句实话吧，从你问我的第一句话起，我就知道你是给朱、毛的部队买药。"老农快步如飞，罗新宇跟在后面还有些跟不上趟。

罗新宇搞不懂了，一边小跑步跟上，一边问："为什么这样说呢？"

"你看噢，你如果是给国军的部队买药，纯属多此一举。国军有几万人打朱、毛队伍的人，他们用的都是洋人的药，用得着买草药吗？如果你是给个别国军的兵买药，根本就不必要，朱、毛的队伍会马上撤走，你只要过后把伤兵交给后面的队伍就万事大吉了，也没必要买中草药；第二，国军的兵有大后方、大医院，也没必要买草药；国军的兵就是要买中草药，也不会要你这样一个半大孩子出来买，因为他们根本就不会相信你。只有朱、毛的队伍相信老百姓。你说，我说的这三点在理吗？"

罗新宇听了，暗暗咂舌，真是越老越精啊！自己乳臭未干，还想在这老人面玩花样，真是傻到家了。但是自己稳当点还是没错的，所谓'小心驶得万年船'嘛！他因而说道："大爷，您过的桥比我走过的路还长啊！看来，我到外面多走走还是对的，多学见识啊！大爷，您见过朱总司令和主席吗？"

"怎么没见过呢？不过也快二十年了……"

两人一路走，一路说，转眼间六十里山路就到了。

老农把罗新宇带到郭郎中家，见面后，罗新宇说明来意，郭郎中沉默了好一阵才问："你要买的田七粉、冰片、血竭、云南白药等，我这里都有，但是你用得了吗？你知道用药要注意的最基本的原则是什么？"

"郭老先生问的是'君臣佐使'吧？也就是用药的主次，这个牵涉'辨证施治'的知识范围，它博大精深，即使穷尽终身，也未必能化金刚为绕指柔，我现在确实没能掌握，只是懂点皮毛，还望老先生不吝指教！"

郭老郎中一脸端庄地看了看罗新宇，问："我看你年龄不大，你的医学知识是家传的吧？"

"正是。晚生是樟树普天同春堂罗家的孙子。家父现在长沙四医堂药店任药剂师，我是跟爷爷学的，晚生愚钝，囫囵吞枣，愿老先生教我！"罗新宇恭敬地说。

"看来你这孩子还算诚实，看在你救朱、毛队伍的战士心急分上，我答应将药卖给你。但你要切记，药是纸包枪，杀人不见伤，务必千万小心，像路边黄这味药，当外用药时，好掌握，但内服就得依人身体虚实、伤之轻重而酌情下药，不可不慎之又慎哦！还有，这血竭性猛，内服时重不得，轻了又无疗效，你必须拿捏准确！"

"谢老先生指教，晚辈一定牢记在心。"

"好吧，其他的老朽就不多说了。我这里还收藏了些西洋药，四支青霉素、五包磺胺粉和几包吗啡粉末，请你一起转送给朱、毛的队伍。"老郎中将药一一包好，慎重递给罗新宇。

"老先生，不瞒您说，我身上没带多少钱，恐怕不能买您那些贵似黄金的青霉素了。"罗新宇紧张地说。

"这些药都不要钱的，算是井冈山老乡们对朱总司令、毛委员的一点支持吧！"老郎中情深意重地说。

罗新宇想了想说："老先生，眼下时局艰难，悬壶施诊也不容易，您老还要养家糊口啊，我这里有五个银圆，留一个给这位带路的张大爷，另外就聊当朱、毛队伍给您这些药材的一点补偿吧！"

老郎中说："这是老朽我真心实意送给朱毛队伍的，怎么好收你的钱？快收起来，你出门在外，也是不容易的。"

罗新宇急了，说："我随陈队长的队伍一路南下，见他们买东西一定要付钱的，还说这是从井冈山就规定了的纪律，所以我必须要代他们付钱的！"

郭老郎中见推辞不了，拿起一个银圆，说："好，我收一个，表示一下就是了，其余的我就真不能收了。"

罗新宇给带路的张大爷递去一个，张大爷说："我半个都不能收，当年我就是红军赤卫队的人，现在跑点路算什么，哪能收老红军部队的钱。"

三人推辞了好一阵，最后还是让罗新宇收起了银圆。

告别时，郭老郎中叮嘱道："此去要千万小心，我估计国民党的部队一定会沿途搜寻朱、毛部队的伤残士兵，路上莫要大意，而且一定要把药送到部队上。"

"请老先生放心，我们一定会送到的。"罗新宇与老郎中疾驰而去。

一路上，两个沉默不语。罗新宇想：老农一片好心给自己带路，如果遇到危险，一定要首先保证老人安全，然后再考虑自己如何脱险。他还在心里安慰自己，不要怕，学会沉着处事，不让老先生看不起。

六十里山路很快走完，马上就要进入山底平谷地带，估计最多半个时辰就能到达队伍上，罗新宇心情轻松了许多，脚步也变得轻快多了。

就在这时，一声厉喝传来："干什么的？站住！"

遇上了敌人的搜索部队。老农碰了碰罗新宇，轻声说："你快跑，这里由我来应付。"

罗新宇说："大爷，您先走，带上这包药一直往南跑，一定会找到队伍的，我年轻，跑得快，可以把敌人引开。"

国民党军的搜索部队越来越近了，老农不再与罗新宇争执了，看准路边的小田坎，一把将他推了下去，说了声："躲起来！"转身朝相反的方向跑了过去。

老农长年登山采药，身手敏捷，眨眼间，跑过平谷，朝对面的小山爬了上去。

搜索的敌人一边叫喊着追了过去，一边开枪，子弹的"啾啾"声响成一片。

罗新宇躲进土坎下的一片乱刺堆里，听得老在喊："来呀，来呀，跑得过我就算你们有本事……"

敌人一窝蜂地朝老农扑去……

罗新宇借着土坎的掩护，悄悄地向南跑去。

跑出约一两里路后，罗新宇听到有人喊："新宇……"

罗新宇听到了陈云恒熟悉的声音。

原来，就在罗新宇离开支队出外采药的这段时间里，出现了一段小插曲：因见罗新宇差不多一整晚没回来，有人认为他跑了。因为这么残酷的战场，南下支队死伤数百人，血腥的场面，罗新宇一定吓坏了，所以他会借采药之名而逃走。这是情理之中的推测。

难怪有这样的猜测。南下支队从出发时的五千人，到北返后仅剩一千一百四十人，而其中损失最惨的地方一是湘南，二是井冈山的这场战斗，还有一处就是即将展开的下一场战斗——广东南雄县的会师战。

好在陈云恒不相信罗新宇会偷跑，他想：即使罗新宇有意跑，但在两军交错的战场上，罗新宇肯定会遇到很大危险。陈云恒一心要找找，听到枪声，陈云恒认定罗新宇就在附近，连忙带着几名战士寻了过来，正好在离驻地不远处遇上了亡命归来的罗新宇。

拿出珍贵的药，罗新宇将井冈山老郎中赠药不肯收钱的事和盘托出，陈云恒、刘军医和伤员们听说后，感动得热泪盈眶。

"这些药，本身就贵似黄金，郭老郎中的心更比黄金贵。这些药要救几十条命啊！"刘军医深情叹道。

陈云恒说："感谢老区人民，也感谢小郎中新宇……有老区人民的支持，我们一定要战胜无粮、无药和强敌的围堵，打到广东去，消灭日本侵略者。"

快要天亮了，刘军医赶紧拿药救治伤员去了，罗新宇也忙起身去协助，陈云恒递给罗新宇一块生南瓜，对他说："新宇，实在对不起，我们没有一粒粮食了，就是这块南瓜也没有工具将它煮熟，只能请你将就着吃点。"

半个月后，部队途经崇义县的文英圩，越过梅岭，来到了广东南雄县，与前来接应的东江部队只有几百里路程了。

此时，湖南的薛岳部与广东的张发奎部数万大军对南下支队进行围追堵截，形势对南下支队越来越不利，一场恶战即将展开。

缺粮、缺药、缺弹药，是南下支队的最大困难。

罗新宇奉命搜集防暑和外伤用的中草药。

这天，罗新宇来到北乡的一家药店，向老板提出想购买外伤之类的药材。

正巧，药店里来了位外伤病人，老板是位中年人，根本不会治疗外伤，便要求病人另找人治疗。而此时国共两军摩擦不断，多数农民早已躲进深山之中，实在找不到能治外伤的郎中了，病人苦苦哀求，药店老板却毫无办法。

中年郎中见罗新宇提出要买外伤药，笑着说："你要的田七粉、血竭和云南白药，我这里虽不多，但也有一部分，我有个要求，你要是能治好这位病人我就卖给你，治不好，我就不卖了，谁知道你是药贩子还是囤货居奇呢？"

中年郎中这话说得无可挑剔。医者，当然应该是地不分南北，人不分老少，有求必救。

"好，大哥这话说得不无道理，即使你老板不肯卖药与我，见了病人还是要援手的。"罗新宇边说，边查看病人。

病人是腓骨骨折，由于迁延时日太久，以至整条腿肿得如小水桶一般，连皮肤也发黑放亮。

罗新宇仔细查看后，从布包里拿出个小木盒来，挖出些药膏抹在病人腿上，过了个把时辰，就见病人的腿消肿了，皮肤也出现了皱纹，再过一个多时辰，病人居然要以行走了。

中年郎中见了，啧啧称赞，心中又不免羡慕起来。支吾了半天，又提出个条件，说："你要的药，我这里有多少给你多少，我也不收你钱，但你得把这膏药的配方告诉我。我叫艾少阳，以后，你就是我师傅了。如何？"

这个艾少阳郎中真的是会拿捏人，也会赚钱。你想，一个秘方的价钱是估算得了的吗？有人一生并不会做郎中，但只要一秘方在手，就不怕没饭吃，有的医生就凭一秘方可以发家致富，财源滚滚。

罗新宇这个秘方是奶奶临终前悄悄塞到他手上的。当然，奶奶的秘方是从爷爷那里偷来的，所以奶奶叮嘱他，千万不要让爷爷和其他人知道，否则会惹来一身祸的。

拿秘方换这艾郎中的药，值不值得？罗新宇犹豫了好一阵。这几味药放在平常岁月，是再稀松平凡不过了的药，但在战争年代，尤其是在战斗即将开始的时刻，这几味药就贵似黄金哦！

想到井冈山老郎中赠药援助朱、毛队伍，再看看眼前这个艾郎中贪婪的目光，罗新宇憎恨极了，真恨不得抽他几个巴掌，可此时有求于他，真是无可奈何。

一咬牙，罗新宇答应了，"拿纸笔来！"

罗新宇写下了秘方：半夏、细辛、当归、桂枝、香附、续断、草乌、独活、威仙灵、木通……

写下十多味药名后，罗新宇停笔不写了，伸手说："把药给我后，我才会写下配方标准的。"

艾郎中眼睛放光，忙把药材包好，递与罗新宇后，厚颜无耻地说："师傅，可不能乱写哦，弄出了问题你就脱不了干系的。"

罗新宇狠狠盯他一眼，"你以为我稀罕你那声'师傅'？我是以一个郎中对病人的良心，把秘方写给你，岂能骗你骗病人骗我的良心？"

罗新宇拿好药，正准备回支队，忽然那个姓冯的战士跑了过来说："小郎中，你让我找得好苦啊，快走，我们的队伍撤退了，薛岳和余汉谋的人太多了，我们牺牲了好几百人，刘军医正等着你的药救治伤员……我们与东江纵队会师只有一二百里路程了，但就是无法突破，唉！"

队伍露宿在一个小山头上，到处都是伤员的呻吟声。刘军医手头已没有任何药了，除了能给伤员包扎一下，就只能眼巴巴地盯着。罗新宇采购来的那点药，也只是杯水车薪，刘军医只能优先给重伤员使用。

九月的夜晚，山顶上凉风习习。全队已经一天没吃东西了，罗新宇想，那个秘方应该不止换那么一点药，要是当时再找艾郎中加换几斗米或别的食物就好了，能让战士喝上一碗米汤也是好事啊，便宜了那小子。

下半夜的时候，传来毛主席的命令：全支队立即北返回延安。

能北返回延安，战士们当然高兴，但是征战两万多里路，只差一天的路程，就可与东江纵队会师了，却做不到，战士们都不甘心。

但面对强敌，无粮无药无子弹，也只能徒叹奈何！

队伍开始回撤。

罗新宇随队伍迅速进入湘南境内。然后沿湘赣边北返。

这天是中秋节。

为了摆脱薛岳的追兵，队伍一天一夜走了二百多里路，来到了湖南平江。从这里过了汨罗江队伍才停下来吃饭。

陈云恒告诉新宇，餐后，队伍还要强行军，趁吃饭的空档，马上在平江城购买药物，与罗新宇就在平江分手。

刘军医对罗新宇说："小郎中，陪我们陈队长一起最后一次采购药品吧，留个纪念，或许，你一生中再没有这样的机会了呢！"

罗新宇兴奋地说："刘军医，这次的药品采购我是一定要参加的，就是你们不同意我也要申请参加。难过的是，再难有机会向刘军医您学技术了。"

在平江城里，罗新宇陪着刘军医采购了西药后，罗新宇提议，再采购点中药，前面还有路要走，肯定还有仗打，多留点药总是好事。

陈云恒兴奋地说："当然要采购些中药，我们刘军医与你用熟悉了的路边黄、田七粉、血竭、冰片和云南白药能搞到多少就买多少，不要怕贵。"

　　餐后，队伍又出发了。看到陈云恒的队伍已走上了汨罗江大堤上，罗新宇说："伯伯队长，希望你们早点打回呀，那时，新宇一定再陪你们一起南下……"

　　"一定会打回来的，好好学技术，尤其是你的跌打损伤技术，要更进一步提高，将来一定能造福人民，造福后代！"陈云恒握着罗新宇的手叮嘱道。

　　"好的，再见！陈队长、刘军医、小冯班长……"

　　望着消失在汨罗江畔月影下的南下支队，罗新宇久久留恋……直到看不到队伍了……

　　转过身来，他朝长沙方向望去，那里是父亲的所在地，父亲将为他选择一条怎样的路呢？

　　他很想早点知道，又很害怕那一切未卜的前途到来。

　　但愿逢凶化吉，遇难呈祥。

　　他默默祈祷！

第十二章　暗潮涌动

岳州聂家市，西连湖北通城、崇阳、通山等地，东接岳州而出洞庭。属于丘陵中的小畈，土地肥沃，物阜民丰。

罗新宇第二次踏上了这块土地。

第一次是十多年前，在他的记忆里，这块土地已经很陌生了。儿时的身影已经尘封于岁月之中，而此次，将要翻开他生命中新的一页——他要在此拜师学艺。

师父是他陌生的熟人，父亲的把兄弟——骨科郎中张瑞云。

与南下支队陈队长分手后，他花了两天时间来到了长沙。在这里，他与父亲罗善良抵足长谈了一夜。

父亲早已续娶，因收入微薄，继母与同父异母弟妹依旧住在樟树罗村。

自两岁时亲母病逝，他一直由祖母抚大，与父亲接触不多，也算得上是熟悉的陌生人。

一夜长谈，当然是谈他未来的人生之路。父亲告诉他，赣省古有记载：江、浙、闽三处，人稠地狭，故身不有技则口不糊，足不出则技不售。这里的"江"，就是指江西。江西人看重薄技在身，喜涉足天下，售技糊口。自古以来，江西人富则为商，巧则为工。商贩技人，无不四出以就利。

父亲说："我罗家富是无从谈起，只能走'挟技艺以经营四方'之路了。我的把兄弟张瑞云郎中有一手好骨科医技，我想让你拜他为师，能学到他一身本事，终身受益。虽不能发财，但养身糊口是不成问题的。"

"张郎中的骨科医技比爷爷强吗？"罗新宇问。他想，既然拜师，就得拜个有真本事的师傅，拜个半吊子的师傅还不如不拜。学骨科他是很有兴趣的。从小受爷爷的影响，对跌打损伤有些基础，跟随南下支队的这几个月，更是感同身受，倍加热爱。

"张瑞云郎中的骨科医技，那是一绝，我也见过不少郎中，能达到他那种水平的人还没见过，你要是能把他一生所学挖到手，那也是你的福分。就不知你有没有这个悟性。当然技无止境，怎么挖到他的真'艺'，然后又综合其他人的本事，独创自己的绝活，那又是另一回事，俗话说：师傅领进门，修行在个人。关键在于你勤学、多想。"

父亲絮絮叨叨地说了很久。长这么大，和父亲说过的话，加起来也没说过这么多。

"好，我答应你，跟张郎中学。不过，不过……张郎中如果没有真本事我就不会跟他'混'的。"罗新宇有些烦躁。从记事起，长这么大，还没跟父亲同睡过一张床，他感到很拘束，身子僵硬地躺着，又不敢随便翻身，加之从师学艺又有很多的讲究，所以总是睡不着。

好歹挨到了天亮，赶紧起床，出门活动了一阵子，才跟父亲爬上了去岳州的火车。

来到张郎中家门口，见门首聚着一伙人，正在议论新贴的对联：

杏林春暖，橘井泉香

新宇看这对联墨迹未干，知是新贴的。再看那八个字，写得笔力透纸，酣畅有神，对写对联的人顿生几分敬意。

人群里，有个老先生拈着山羊胡子说道："瑞云这副对联写得妙不可言。好啊，好啊！"

有个年轻人问："胡老先生，你只是说好啊，好啊，可好在哪里你又不说，说来听听嘛！"

老人支吾了一阵，尴尬说道："我也记得不是很清楚了，好，好像写的是古时吴国的一个什么人，栽了很多杏树，所以称'杏林'。"

罗新宇的父亲罗善良看了一眼，笑而不言。新宇倒是听自己博古通今的爷爷说过杏林的故事，当下走了过去，说："请教老先生了，您说的这个吴国人是不是叫董奉？他隐居庐山，给人治病从不收钱物，只求病愈者给他种五棵杏树，或者种一棵也行，几十年后，这董奉便有了十多万株杏树，蔚然成林，后人把悬壶施诊者称之为'杏林'，不知是不是这回事？"

老人拈着胡子哈哈大笑，："正是正是，还是后生可畏呀！瑞云，来，来，这个徒弟第一关考试过关了，可以收，可以收了。"

老人转过身来，上下打量一遍罗新宇，说："伢子，恭喜你考试过关了。看你额宽发际高，是个聪明伢子。聂家市这块地方，虽算不上藏龙卧虎，但也人杰地灵，你要真是个懵懂后生，今天还真进不了这道门槛呢！"

罗新宇没想到，来张郎中这里拜师学艺，大门未进，二门未迈，当头就是一场考试。不由得吃惊不小，忙躬身答道："谢先生教诲！"

这时，只见身高面白的张瑞云"哈哈"大笑着走了出来，握着罗善良的手，说："罗兄远道而来，恕小弟未曾远迎，快请屋里坐。"

看到罗新宇还望着对联沉思，忙转头对他说："贤侄莫听胡老先生胡诌，这对联不过是逢场作戏，徒增笑料罢了，哪里当得真呢！快进屋去见你婶婶。"

一伙人谦谦让让进屋落座，沏茶寒暄。新宇又进里屋拜见师娘，方才坐了。

等到一杯茶罢，张瑞云笑着说："新宇，我和你父亲喝茶胡诌，你去后堂药房里随便走走看看。"

"谢谢叔叔！"罗新宇答道。

罗新宇缓步来到后堂药房外，忽听到屋内"哐当"一声响，好像是什么木器倒了。忙走进去一看，见一服药架倒了，几个笤箕里的药全混到一起了。两个学徒木鸡似的立在当场，一脸准备挨骂的哭相。

罗新宇忙走了进去，问道："请问两位师兄，这都是哪几味药呢？"

其中一个答道："你是新来的师弟吧？我姓谢，他姓江，早就听师傅说你要来了，有了新伴，我们俩高兴了，这一得意就忘形了，将药架撞翻，将四五味药混在一起了，等下挨骂是小事，师傅的损失，我俩肯定得赔。"

地上的药全混在一起，要分选出来已是不可能了。姓谢的学徒拿起扫把将药扫起，准备倒掉。

"师兄，别忙着倒掉。"罗新宇蹲下身子，小心扒开药堆，看了看，说："两位师兄，这几味药中，是不是有当归、川芎、乳香、没药和马钱子五味药？"

姓江的学徒哭丧着脸说："是都是，可还有什么用呢？"

罗新宇沉吟了片刻，说："好，你们别动了，我去问问师父，看每样的分量是多少。"

"还去问呀，不是找骂么？"两个师兄一致反对去问师父。

罗新宇说："不怕，我说是我撞翻的。想我初来乍到，师父再怎么严也不好当我父亲的面开骂了。"

两师兄想了想，觉得有道理，"那你去问吧，反正赔也是要问清楚的……"

正说着，张瑞云陪着罗善良也来药房了。罗善良见满地是药，问道："新宇，是不是你毛毛糙糙打翻了药架啊？"

那两个师兄开口，罗新宇抢先说："叔叔，正是我不小心撞翻了药架，请问，叔叔还记得这五味药的分量吗？"

"怎么啦？问分量干什么，翻了就翻了嘛，难不成让你登门的第一天就做皮（赔）匠？"张瑞云笑着说。

罗善良狠狠瞪一眼儿子，又转头对张瑞云笑笑说："张老弟，新宇来你这学艺，这么毛糙怎么行？弄坏了东西，你也不必客气，该赔的，一定要照价赔偿，现在这个年月，悬壶施诊也赚不到几个钱，怎能不赔呢？"

听说要赔，姓谢和姓江的两个学徒忙说："师傅，是我们俩撞翻的，该由我们来赔，轮不到师弟来为我们背黑锅。"

张瑞云左右看了看，笑笑说："你们这是怎么啦？一个个抢着要赔，好像我张某是个守财奴似的，你们两个做师兄的还愣着干什么，快点扫了倒掉呀！"

罗新宇听了，忙上前一步，恭敬地说："叔叔，先别忙着倒掉，请问叔叔还记得各味药的分量吗？"

"分量倒是记得，各味药都是三十二两，怎么啦，还是想赔？"

罗新宇缓缓说，"叔叔要不要赔是一回事，浪费了可惜。我想，这些药倒是可以添加血竭、土鳖、赤芍、三七等药加工成跌打药末。不知叔叔觉得可否，晚辈只是这么考虑。"

"哦？！"张瑞云惊愕地看着他，原地走了几步，说："你晓得跌打损伤用药的原理是什么？"

"叔叔，我只是看书，略知一二，并不懂得如何医治。其基本原理我认为应该是以活血、通络、化瘀、消肿、接筋续骨等为主，具体我还说不准，还请叔叔指点。"罗新宇不慌不忙地答道。

"好，说得很好，虽不全面，但到底说着了要点。那我继续问你，你记得多少用药汤头？"张瑞云心中暗暗欢喜，却不露声色。

罗新宇有些羞涩，略加思索后，说："不怕叔叔见笑，我只记得约六十余个，有点辱没我罗家'医药世家'的名声了。"

"说说看，记得几个说几个。"张瑞云一脸严肃起来，隐隐透出几分威严。

"竹叶柳蒡汤、桂枝汤、四君子汤、三子汤、大青龙汤、小青龙汤、阳和汤、桃花汤、泰山磐石散、龟鹿散、逍遥散、碧云散、牡丹皮散、天仙藤散……还有大成汤、加味乌药汤、仙方活命汤、血府逐瘀汤……"

罗新宇一口气说出了三十多个汤头名，他父亲看在眼里，暗暗称奇，但表面上却装出不以为然的口气训道："卖弄！华而不实，还不快向叔叔道歉？"

罗新宇赶紧躬身说："对不起，叔叔，晚辈唐突了！"

张瑞云听罢，"哈哈"大笑，"岂有唐突之说，正该以知之为知之，不知为不知的态度共同学习，才能学有所得，如果一味地装谦虚，那就会迁延时日，白白浪费了时间。既有虚伪之嫌，又让人有一种'城府'太深的感觉，不利于交心通气……好，先就谈到这里，吃了饭再说。小谢、小江，今天你俩也留下来陪师弟一起吃饭吧！"

饭桌上，张瑞云与罗善良少不了要推杯换盏。毕竟是多年没在一起吃过饭了。三杯过后，张瑞云忽然停箸看着罗新宇，好像有话要说，却又迟迟没开口。一桌人见张瑞云一时沉默不语，知道是他有重要话说，大家都安静地吃着饭，等他开口。果然，张瑞云清了清嗓子问："新宇，你那些汤头是怎么记住的？"

罗新宇想了想，说："叔叔，我借助医林之外的方法记住的，当不得真的。"

"我就是要看看你医林之外的秘诀。"张瑞云定定地看着他说。

"那我就斗胆说了，叔叔莫要见笑。我在学校里喜欢读诗词，有一天我从一本杂书上看到了一首《水调歌头》汤头拾趣。是这样写的——

竹叶柳傍道，泰山磐石边。龟鹿二仙兴至，逍遥桂枝前，更有四君三子，大小青龙共舞，玉女伴天仙。阳和桃花笑，碧云牡丹妍。

酥蜜酒，甘露饮，八珍餐。白头翁醉，何人送服醒消丸？凉膈葛花解酒，保元人参养荣。回春还少年，四海疏郁罢，常山浴涌泉。"

罗新宇背完这首词，又补充说道："这首词中就有三十个汤头名，我知道，这对学医者来说，算是旁门左道，请叔叔及父亲大人教诲。"说罢，满脸通红地低下头，等待两位长辈的批评。

罗善良脸色早就黑了下来，厉声喝道："瞎胡闹！学医者，要一步一个脚印，岂有像你这样哗众取宠学医的？真正的旁门左道！"

张瑞云忙劝道："大哥别急，慢慢说。来，来喝酒、喝酒。"

张瑞云抿了一小口酒，又给罗新宇、小谢、小江挟了些菜，慢悠悠说道："贤侄，你借这首词记住了汤头名，这也不算什么旁门左道，但凡学医者，必须直中取，不能曲里求。为什么呢？一个汤头，只要有一味药记错，轻则浪费了患者的钱财，重则误人性命。汤头歌，每一个都要准确记忆。比如你刚才说的'血府逐瘀汤'，它就有它的歌诀呀！"

张瑞云略一思虑，脱口背诵："'血府逐瘀生地桃，红花当归草赤芍，桔梗枳壳柴芎膝，血化下行免作劳。'这不直接就记住了所用之药与它的功能吗？"

"叔叔教训得是，晚辈一定改邪归正，扎扎实实学艺。"罗新宇如振聋发聩，深受教益。他觉得这个教益不是记忆的方式不对，而是要时刻保持谦虚谨慎，不能出风头，不能卖弄自己的小聪明。

看到罗新宇低下了头，张瑞云呵呵一笑，说："吃一堑，长一智嘛！不过，我要告诉你，你的第二场考试顺利过关了，刚才的药材泼洒一地，既不是你新宇的过失，也不是小江、小谢的过失，是我有意抽掉了一块药架的垫底，我想试试你的医德和应变能力，如此而已！"

"啊？！"三个学徒同时吃了一惊。

罗新宇暗暗想道，这个师父厉害呀，悄无声息地考了一场又一场，有道是，事不过三。看来，还有一场要考呢，只是不知道这一关从哪里出题。

刚吃完饭，门外传来一阵嘈杂声，随即，几个军人走了进来。

"请问，哪位是张郎中？"一位军人打量了一眼在座众人，口气还算和顺地问道。

张瑞云见是军人，平静地站了起来，说道："我就是。请问贵军找草民有何贵干？"

那个军人又把张瑞云上下打量了一番后，介绍说："我们是国军第十八军第十八师覃道善师长的部下，来岳阳处置日军受降的部队。"

这个消息张瑞云早就听说了。聂家市与岳州也就两个时辰的路程，所以岳州城里稍有风吹草动，聂家市一清二楚。

张瑞云知道，国名党军队是对日军独立第十七混成旅团、第一一六师团受降。

对受降部队，张瑞云还是很尊重的，毕竟代表中国人民接收日军投降，使中国人终于出了口气。这是值得庆贺的事。

"请问，我能帮贵部什么忙？"张瑞云淡淡地笑着问。

"听说你是很有名的骨科郎中，我们汪连长腰部受伤，请你诊治。我是连部黄文书。"黄文书说罢，朝门外挥挥手，两个士兵将一副担架抬了进来。

跟军人打交道，张瑞云十分小心谨慎。有道是，秀才见了兵，有理说不清。所以张瑞云没有急于查看病情，而是说："国军的正规部队都有医院呀，为何不去医院治疗？我不过是一介草民，乡里的土郎中，用的都是中草药，怎能与国军的正规军医院相比呢？黄文书，你太高抬草民了。"

"怎么，你不愿为抗日军官治病？我们国军在前线出生入死，血洒疆场，才有了这抗战的胜利，你才可以安安静静地待在家里做郎中……抗日军官受了伤，你连看都不看一眼，什么意思？"黄文书脸色一沉，冷冰冰地一阵训斥，吓得屋里的人都不敢吱声。

张瑞云本来对抗战的军人多少有些尊重。但他不知道抗战胜利后，国军那种骄狂与蛮横的风气在蔓延，那种霸道、居人之上的作风越来越炽烈。所以一句很真心的询问，引得黄文书勃然大怒。

罗新宇与南下支队的军人打过几个月交道，他虽然年轻，但仍然受到南下队的领导与战士的尊重。当然，他更学会了与性格直率的军人打交道。

"黄文书，我师傅向来尊重抗战有功的中国军人，也热心为中国军人服务。师傅刚才那样说，正是出于对你们的尊重与关心。他认为国军的正规军医医疗技术高，又采用西药治疗，对长官的伤，疗效更好，绝没有不愿接诊的意思。要不，我们马上给长官看看伤情？"

黄文书的脸色终于缓和下来了，但还是冷冷地问："你是什么人？你能治吗？"

"我是张郎中的学徒，能不能治好，当然得先让师傅看看伤势再说。

就如长官们打仗，总得先侦察侦察情况，再确定怎么打。兵法上不是说，知己知彼，才能百战不殆对吗？我师父多少也算得上是杏林中的成名人物，怎么能不问清情况就贸然出手呢？！"

"我徒儿说得没错。我一个土郎中，只怕病人不上门，哪里会将病人拒之于门外呢？我这土郎中，怕的是一个'土'字误了长官的治疗嘛！"张瑞云边说，边掀起那连长的衣服，仔细查看后，又叫过三个徒来看。

"长官，这位长官是椎间骨粉碎性骨折，由于迁延时日太久，现在整个背部都红肿起来了，病情还是比较严重的，所以我还是希望你们尽快送这位长官去军医院治疗，不然可能会导致瘫痪……"张瑞云看罢伤势后，还是慎重提出自己的建议。他准备再次接受那个黄文书的叱责。

不料，那个连长开口说话了，"张郎中，你说的与我们军医院诊断结果完全一致，是椎间骨粉碎性骨折。军医院的医生说我的下肢可能会瘫痪，正是因为不能保证疗效，我才遍访民间郎中，先后也会过不少名医，但疗效都不理想。眼看伤势一日不如一日，这才不远几百里跑来向你求医的。"

张瑞云听后，再不好推辞了。于是对罗新宇说："你去开个单子，将血府逐瘀汤加减，然后，再开个外用药单子，拿来我看看。"

罗新宇忙起身将处方写好，交给张瑞云看。张瑞云看后，拿笔又添上血竭、刘寄奴、木通、续断、姜黄等几味药，并将剂量略作调整，对罗新宇等三人说："用药要切记'君臣佐使'，同样的病，同样的汤头，有的郎中就是治不好，有的郎中药到病除，这里就牵涉用药的主次问题。一两味主药剂量不足，依然起不到好效果。有的郎中用的'次'药盖过了'主'药，就使'君'的药性发挥不出来，而'佐使'的药反而充当了'主'药，从而改变了整剂药的攻击方向，这就是名医与庸医的区别之一。"

张瑞云给汪连长敷上外用药后，又将内服药的熬煎方法做了细致交代，直至日落，这才将他们送走。

罗善良在一旁看了张瑞云对儿子的教育，深受感动。

当晚，两把兄弟又是抵足长谈。从医学谈到国家大势、民生状态，好像有说不完的话。直到三星横梁，月影西沉才昏昏沉沉睡去。

第二天一大早，罗善良装束停当，正要出发回长沙，忽然看到昨天那伙兵又气势汹汹地来到了门外，领头的正是昨天那个黄文书。

"把这几个准备潜逃的杀人凶手统统抓起来。"黄文书一声大吼，十多个兵一拥而上，不容分说地将张瑞云、罗新宇等人，一齐绑了。

张瑞云不知发生了什么事，冷静想过之后，他断定十有八九与昨天的用药有关。于是镇定地文书说："有什么事由我一人承担，把他们放了。"

"嘿嘿。你说得挺轻松的，等下你若交代不清，一个也跑不了。"黄文书一脸杀气，腮帮子咬得肉棱鼓起，恨不得当场将张瑞云一伙人生吞活吃了。

见张郎中一伙无辜被绑押，聂家市的民众也有一群人陪同前往。

来到岳州国民党十八师的驻地，黄文书指着一个高个子军人说："这是我们的郑军医，说说你们昨天用了些什么药谋杀我们汪连长。"

张瑞云平静地说："黄文书，我们一心一意给连长治病，怎么说成谋杀呢？我们与连长往日无冤，近日无仇，为什么要谋杀他？"

"哼哼，你还要狡辩？据我们调查，你早就与日军的翻译官勾勾搭搭，日本人投降了，你不甘心，所以借机杀我们连长。"黄文书声色俱厉地吼道。

张瑞云听罢，冷冷一笑，说道："黄文书，别的先不说，你说我与日本翻译官勾结，请问证据何在？而相反，我亲手杀了三个日军，却是有证人在场的，不信，你可以问问聂家市的百姓，他们可以带你们去挖出三个日军尸体。"

同来的聂家市百姓说："这是千真万确的事，我们现在就可带你们去挖看日军尸体。"

黄文书见百姓异口同声作证，气得眼鼓鼓，想了想又说："你还给日军献秘方，这是资助日军杀中国人，你当汉奸的罪证确凿，可以就地正法。"

张瑞云哈哈大笑："我给日军献秘方了吗？不错，日军是找我要过秘方，但我早就将秘方送至河南朋友处藏起来了，你有兴趣的话，我可以带你去我朋友那里验证。日军正是苦于得不到秘方，才三番五次去聂家市杀人放火，聂家市的百姓都可作证。"

黄文书手里没证据，只好放下这件事不说了，改口说："谋杀我们连长的事总不会抵赖了吧？我们连长没用你的药之前，还痛得轻一点，昨晚吃了你的药，痛得死去活来，这又如何解释？"

那个郑军医也插话说："我们正规军医院治不好的病，你一个民间草药郎中也敢接手？快说，你们用了些什么药？"

罗新宇见郑军医蛮不讲理，接过话说："请问军医：你懂中医吗？如果你懂，你可以看看我们的处方，如果你不懂我们又怎么说得心服口服呢？"

军医说："中医我略知一二，你说说看，若是说得有理，我不追究你，若是说不清楚，那就别怪我们手下不留情了。"

军医以为罗新宇小小年纪，肯定说不清各种药性，所以假装大方地允许他答辩。

"好！我要是说不清楚，是杀是剐随你便，若是我说得不差，你们必须向我们道歉！可以吗？"

"可以，我们是国军，国军是中国人的军队，难道还会对你小孩耍赖？"

"好，你听着。"罗新宇想了想，将处方药——细说：

"续断、三七、乳香、没药、骨碎补、血竭，活血通络，接筋续骨；

土鳖、三棱、桃仁、苏木、赤芍，活血化瘀，接骨消肿；

当归、刘寄奴、丹皮、姜黄、红花，活血消肿，散结化瘀；

桔梗、甘草、白芍、木通枳壳（炒），是气通络，清热祛湿。"

细说各味药后，罗新宇问道："请军医指正，哪味药用错了？典出何处？"

郑军医瞪着眼，却说不出半个字来。黄文书更是哑口无言，无言以对。

张瑞云见状，哈哈大笑，说："两位长官，别多费口舌了，以草民我的判断，汪连长此时应该已能下地行走了，红肿基本消失，还是快给我们松绑吧！"

"你，你说梦话吧！"黄文书一脸不屑，正要又板起脸来训人，忽然，汪连长的勤务兵跑了过来说："汪连长已经能行走了，请带张郎中一行去营房叙话。"

黄文书一脸尴尬，只得叫人给张瑞云等一行人松了绑。

罗新宇却不肯走了，说："我们不去，郑军医、黄文书还没给我师傅道歉呢！"

郑军医毕竟是搞技术的，技不如人，输得心服，忙走到张瑞云面前，恭敬地说："对不起，张先生，你让我开了眼界，输在中华五千年灿烂文化面前，郑某不丑。"

黄文书虽一肚子不服，但见郑军医道了歉，也不得不说了句对不起。

一行人轻松来到汪连长住处，揭开他衣服查看，果然红肿已经消退，背部的皱皮重叠，汪连长脸上已没有了痛苦的表情。

汪连长缓缓站起身来，举手行了个军礼，说："张先生，感谢你师徒让我下半辈子能站着走路了……"

张瑞云也客套应酬一番后，说："药还得继续服用一段时间，而且你现在还不宜行走，再过两天后开始行走锻炼吧，每天不得超过两小时，一个月后估计可以痊愈。"

一场虚惊过后，张瑞云一行人回到了聂家市。罗善良本来可以从岳州直接回长沙的。但经历了这一天多时间后，他觉得儿子拜张瑞云为师这步棋确实没走错，便决定要亲眼看到儿子拜师后才走得安稳。

所以回到聂家市后，罗善良就吩咐儿子罗新宇点香火蜡烛，又把张瑞云请到堂屋上首坐了，规规矩矩跪下磕了三个响头，这才被张瑞云挽起。

张瑞云坐定后，喝着罗新宇端来的认师茶，缓缓说道："新宇啦，我之所以同意你拜师奉茶，是因为你三场考试关都过得很漂亮。但这只是开始，今后就不把你当客待了，而是与小谢、小江一视同仁，要求是非常严格的，你要有所准备。"

"徒儿一定谨遵师傅教诲。"罗新宇答道。

张瑞云又叫过小谢、小江一同坐下，清了清嗓子说："我今天就说说汪连长这个病例：为什么会造成误会呢，一是我本人求胜心切，虽然上了点年纪，但还是没有戒掉急躁与露一手的名利思想；二是不够细心。在他们走之前没有仔细说明要注意的事项和可能出现的情况。这是师傅的过失，所以你们要吸取教训，从挂上了郎中这块牌子之日起，每天、每时都要细心、谨慎，万不可长骄傲之气。这是说的为医之道。"

张瑞云呷了口茶，又说："从汪连长这个病例本身来说，你们要掌握这几点：一是什么叫粉碎性骨折。粉碎性骨折，就是说，骨头的破碎至少在三块以上；二是用药时要注意清热祛湿，舒筋活络……这就是我在你开的处方中添几味药的原因。"

张瑞云一一点拨，细细剖析，听得连罗善良也忍不住连连点头。

剖析完病例，看看天色还早，张瑞云转头对罗善良说："罗兄，你宽坐片刻，或是四下走走，我们师徒几个要去河那边看个病号，晚上还是要陪你喝几杯的。"

晚上，等众人都睡下后，罗新宇拿出个本子，将白天张瑞云剖析的病例仔细地记在本子上。他叮嘱自己，以后每逢重要病例都要记下来，以供日后自己单独施诊时好做个参考。

第二天大清早，罗善良执意要回长沙，张瑞云再三挽留不住，只得依依惜别。

罗新宇开始了紧张而忙碌的学医生涯。他从药理入手，将数百个汤头背得滚瓜烂熟。一本《药性赋》从头背到尾，那种发狠的劲头，让两位师兄也感到眼红。

快到年底了。小谢与小江在张郎中家已经学艺三年了。按其他行业的规矩，学艺满三年就得出师了。

小谢和小江也在做出师的准备。

两个师兄的出师准备是从争夺处方权开始的。

这天来了个头顶骨折的病号。小谢首先要求师傅让自己开处方，小江认为自己比小谢早进师门两天，所以应该让先进师门的人开处方。

张瑞云当然明白两人的用心。于是便让两人各开个处方给他。

谁知，两人都是在活血止痛汤里加加减减，并未对症下药。张郎中一连打回了三次。两个徒弟不耐烦了，说："师傅，我们好歹也在你门下学艺三年了，眼看马上要出师了，你也得传点真艺了吧？"

张瑞云笑笑说："我也知道你们想自己去闯江湖了，有这样的打算是好事，总不能一生就在我手下混日子。但你们'道行'还浅了点，学医不比其他行业，得有扎实功底才行。你们现在这个底子出去，既害了病者，也砸了我的牌子。我看你们还得像新宇那样，再扎实学段时间，到时我会告诉你们可以出师了的。"

小江听了，觉得师傅是在给自己设卡，目的是想让自己给他多做一段时间的义务工。便说："师傅，你也晓得我们在你这里没学到真艺啊？你对新宇师弟很偏心，我和小谢在你这里就像打杂扫地的人似的。现在好歹也扫了三年地了，你得传点真艺了吧？"

小江的口气是一天也不想待下去了。

罗新宇见小江说师傅对自己偏心，也忍不住了。说："师兄，话不能这么说，俗话说，'师傅领进门，修行在各人'。平日里，师兄们怎么学习的，我也知道一二。师傅每次施诊、开处方，都是把我们三人都叫在一起讲的，你们到底用了多少心，你心里清楚。就如今天这张处方，你开了三次，师傅也是退回了三次，你就没想想为什么吗？"

小江见新宇出面为师傅打抱不平，心头就来火了，狠狠瞪着他说："你有什么资格教训我？你以为你比我们懂得多？要不是师傅老是偏袒你，你连中医的门都没摸着。"

小谢这时也阴阳怪气地插话说："那你也可以当我俩的师傅了吗？那你说说，我俩这处方哪里要不得？"

张瑞云没想到自己这么精心教出的学徒竟然这么无情无义，心里凉到了极点。心想，你愿走就走吧！

罗新宇却是咽不下这口气，争辩说道："师兄，你真要我说，我就说。你俩都是用的活血止痛汤头，这个汤头适用什么症状你搞清楚没有？它适用于头痛胸痛，胸闷呃逆，心悸怔忡，瘀血发热……你不觉得还差点什么吗？"

"我不觉得还差什么，倒是想请教请教你这个小师傅。"小谢脸色阴冷，目光凶狠。要不是张瑞云在面前，他真想用拳头教训教训这个小师弟了。

"新宇！"张瑞云大声喝止罗新宇："你确实没资格这样对大师兄说话。难道你也想学做不仁不义、欺师灭祖之人？"

说罢，又转头对两个大弟子说："你们二位确实想走我也不强留，但在江湖上绝不准说曾师从张某，这一点，请二位切记。什么时候走，请提前告知张某一声，张某少不得也还是要置一杯淡酒相谢的。"

说罢，快步走了出去……

第十三章 秘方劫杀

春节的爆竹声噼里啪啦响起来了。

饱经战争创伤的聂家市人还是点燃了爆竹。因为几个月前，日本鬼子投降了，中国人心里痛快！

罗新宇在爆竹声里轻轻道了声"新年祝福！"又埋头整理几个月来的病例笔记。他要把浓重的岁月珍藏于纸页里，把师傅的足印雕刻于脑海之中。

他没感觉到夜已经很深了。更没感觉到，对于他来说，这个春节与以往不同！

这时，门突然被轻轻推开，寒冷的北风将煤油灯光扫了扫，然后，将其扑灭。

黑暗里，一只手悄然捂住了他的嘴，然后将他拖出屋外。

"师弟，跟我们走，保证不动你半根汗毛。"师兄小江在他耳边轻轻地说。

"师兄，有什么事，只要我能办到的事，一定全力！"罗新宇刚才吓了一跳，此时见是师兄，才平静下来。

"好！只要师弟肯帮忙，一切都好商量。"小谢假惺惺地笑着说。他松开了捂着罗新宇嘴的手。

"两位师兄，什么大事，搞得这么神神秘秘的。"恢复镇定后，罗新宇暗暗猜测两位师兄一定有不可告人的目的，否则，不可能在大年三十的深夜采用这种手段对付自己。

"师弟，明人不做暗事，我们就公开与你说吧，我们想得到师傅的那个秘方。"小江终于说出了真相。这与罗新宇刚才猜测的完全一致。

"两位师兄，秘方是你们与师傅的事，我能帮什么忙？"罗新宇据实说出自己的想法。他知道，两位师兄平日里根本就不把心放在学习上，也不知他们脑子里天天想些什么。没想到，他们眼睛早就盯上了师傅的秘方。

"嘿嘿，师弟，我们已经离开了师门，如果你还念及师兄情分，我们也会记得你这个师弟，你不念师兄情，那也别怪我们翻脸不认人了。"谢师兄话里带着明显的威胁。

"谢师兄，有话就明说，我罗某是哪里不念师兄情了？是不是因上次那张处方的事呢？我当时虽然话说直了点，但也是为了师兄好呀！"罗新宇手摸着刚才被谢师兄按痛了的鼻子，委屈地说道。

"你装是吧？"江师兄早就不耐烦了，凶相毕露地盯着罗新宇。

"江师兄，我没装，只是实话实说。"

"啪！"

江师兄一个巴掌搧了过来。"你小子。告诉你吧，我们早就知道师傅把秘方传给你了，要不为什么你比我们俩后来，而每次你开的处方师傅很快就通过了，我们开的处方，三次都通不过，你是师傅肚里的蛔虫呀？"

江师兄这一巴掌把罗新宇打火了，他本来是很客气对两位师兄解释的，见师兄蛮不讲理，也就没好言语了："那是你们学习不用心，怪我什么事？医术讲辨证施治，用药讲君臣佐使，你们不融会贯通，反诬我得了秘方，讲不讲理呀？"

江、谢两人都是本地人，背后的家族势力大，哪里把罗新宇这个外地人放在眼里，就是暴打他一顿，谅他也翻不了天。见罗新宇的话戳着了自己的痛处，不由恼羞成怒，两个师兄一齐挥拳砸了过来。

罗新宇忙闪身躲了过去。

三个师兄弟本来都跟着张郎中学医习武，那些拳法套路，平时也多次对练。所以罗新宇对两个师兄的武功十分熟悉，两个师兄也觉得自己深知罗新宇的深浅。其实，他们根本就不知罗新宇除了跟师傅张瑞云学过武功，从小还跟自己爷爷练功，在军队里也学了不少招式。真正打架，罗新宇根本不怕两个师兄。

"师兄，我把秘方的事跟你们交代清楚了，刚才拳脚上也让了你们几招，现在，恕不奉陪，我要走了。"罗新宇当然知道他们背后的家族势力，作为外地人，他不想惹事，也不愿师兄弟之间结怨，所以选择忍让。

稍稍翻下江西的历史，你会知道江西人的处世之道。

自北宋时期起，江西人经商遍及全国。至今有 900 年历史，被称为中华第一商帮。至明初，江西在全国有 1500 座会馆与万寿宫。无论经商售技，讲究的是"贾德"。

罗新宇无疑继承江西历代商贾的品德，能忍让的尽量忍让。

"不交出秘方你想走？"谢师兄赶上几步，拦住罗新宇。他明白，罗新宇以一己之力，绝不敢与他们两人对敌，所以罗新宇才选择退让。

"师兄，我确实不知师傅的秘方，同门师兄弟，何必苦苦相逼？"

"你今天交也得交，不交也得交。"江、谢两人将罗新宇前后夹住，明摆着要以武力相胁迫。

"秘方我没有，要如何处置，悉听尊便！"罗新宇知道，任凭自己怎么解释都说不清，而他们不达到目的是不会罢休的。实在无路可走的情况下，也只能奋起自卫。

"看来，师弟敬酒不吃，非要吃罚酒，那就怪不得我们了。"江师兄说罢，攒足劲，当胸一拳砸到。谢师兄也同时一拳砸向罗新宇头部。

"师兄，我已一忍再忍，如果硬要苦苦相逼，师弟要得罪了。"电光火石之间，罗新宇腰身顿挫，闪了开去。

没想到，罗新宇这一闪，江师兄打出的拳收势不住，竟一拳打在谢师兄胸口，惹得两人怒火中烧，拳脚雨点般地招呼过来。

罗新宇不忍还手，只得尽量躲闪。直到罗新宇头部挨了两拳，张瑞云又在叫喊罗新宇，两个师兄这才住手。

"师弟，你的武功也越来越长进了。刚才我们两个做师兄的只不过是想试试师弟的武功，才编些瞎话诓你，呵呵，别放在心上哦！"谢师兄朝江师兄使了个眼色，换上了笑脸。

"是啊，是啊，过年了，没事做，找师弟练练拳脚，也是怕你只顾医学而荒废武功呢，没别的意思啊！"江师兄也和颜悦色地说道。

"原来是这样，两位师兄怎么不明说呢？"罗新宇摸着被打痛了的脸，问道。

"明说了，那不又成了对练？我们是想试出师弟的真实本事嘛！谁不知道学武之人的涵养，不到万不得已，谁愿使出绝招啊？好了，师傅在喊你，我们散了吧！"谢师兄扯了扯江师兄，消失在夜色中。

罗新宇朝张瑞云跑了过，"师傅，你找我？"

"新宇啊，大过年的，见你的学习笔记本摊在桌上，人却不见了，我担心你想家呢。"张瑞云的夫人见新宇没有事儿，放心了。

"谢谢师娘，我练拳去了。"罗新宇不愿师傅与师娘为自己担心，所以撒了个谎。

"嗯，应该是这样，文武相济。唉，你学医太用心了，你两个师兄要能下你一半功夫，也不是现在这个样子了。"张瑞云深有感慨地叹道。

"师傅，我今天翻看《医林改错》时，发现'跌打丸'中有几味药不同，书中谈的看法我觉得很有道理，今后在运用时，是用老汤头方子，还是按《医林改错》的汤头用呢？"罗新宇白天真的是读了《医林改错》，刚才本想去询问师傅的，被两个师兄搅了一阵，现在才想起。

　　张瑞云想了想说："这个问题要从两方去想，一方面，古代汤头中的每味药性也不一定定性那么准，毕竟受研究的条件限制，同时，汤头在流传的过程中也有讹误的可能；第二方面来说，《医林改错》也是一家之说，各有各的道理。所以在实际应用中，要多摸索，多积累自己的经验。同时，施药的对象不同，汤头中各味药也要调整。比如说：病人有胖有瘦，有体质强，有体质弱，有老人有小孩，有男有女，都要区别对待，不能死搬硬套。为什么越老、头发越白的老郎中受人信任呢？除了老郎中学术上日臻完善，更重要的是经验的积累。"

　　张瑞云一边说，一边走进罗新宇的卧室，坐了下来。他信手翻了翻罗新宇的学习笔记本，说："你这种学习方法很好，它实际上就是经验的积累过程。你要坚持下去。"

　　说到这里，张瑞云手指轻轻叩了叩书桌，思虑了好一阵后，缓缓说道："跌打损伤药中'自然铜'和'血竭'这两味药，毒性重，一定要好好把握剂量，既不可因其毒性重而弃之不用，或轻用，也不可莽撞乱用，一切都要因人、因病而异。有人以为一个秘方，或一个验方就可治百病，其实不然。病有百样、千样，用药也有千变万化，万不可拘泥不变。好了，今晚就说到这里，你早点休息……哦，明早你大师兄他们来拜年的，万不可怠慢。"

　　张瑞云说完，与妻子一同走了出去。

　　大年初一，谢师兄与江师兄果然随团拜人群前来给师傅师娘拜年了。

　　罗新宇热情地拉着两位师兄的手，"师兄，新年好！师弟给两位师兄拜年了。"

谢师兄看着罗新宇脸上一块瘀青，意味深长地说："哟，师弟越来越乖了，你我师兄弟之间，还讲客气拜年啊？哦，师弟脸上怎么有瘀青啊？没摔着哪吧？"

江师兄也接过话音，阴阴阳阳地说："师弟，大年初一，脸上有青瘀可是不吉之兆哟，可得当心点哦！"

罗新宇笑笑说："不碍事的，天有不测风云，人有旦夕祸福，岂是防得了的？唯有处处为善，以仁心待天下才是避祸趋福之道，师兄以为如何？"

谢师兄转身挡住师傅的视线，狠狠地盯了罗新宇一眼，旋即笑道："师弟见识果然不一般。哈哈！"

过完年，一九四六年的春天就来了。聂家市田野里，香花毒草，都热热烈烈开了起来，一片姹紫嫣红。

虽自年前十月《双十协定》签订，但蒋介石依然暗中备战，加快剿共的步伐。

岳州城里除了国民党十八军十八师之外，又调来了第十一师。剿共，在悄无声息中进行。

这天清晨，一队国民党军来到了张氏草医堂，指名找罗新宇。

"这是张郎中家吗？我们要找你的徒弟罗新宇。"一个军官说。

"我就是罗新宇，请问长官找我有什么事？"罗新宇坦然地走了出来，礼貌答道。

"你就是罗新宇？是不是江西樟树人？"

"对，我就是江西樟树人。"

"好，找的正是你，跟我走吧！"

"长官，为什么要带我走？我又没做犯法的事。"罗新宇不知犯了什么事，心想，自己清清白白，你还能无中生有找我的麻烦？

"跟我们走就是，没事我们不会找你。走吧！"军官说。

罗新宇被押进驻地。审讯马上进行。

"你叫什么名字？"审讯军官问。

"我叫罗新宇。"

"哪里人？"

"江西樟树人。"

"知道你犯了什么罪吗？"

"不知道，我没做过坏事。"

"哼，你在八路军南下支队做过事吗？"

"我在行医路上碰到过南下支队的人。"罗新宇以为，自己在南下支队也没做过什么事，所以心里很坦然。

………

罗新宇被关押在军营，此后，天天被押着去修打仗的工事。

白天，他被押着挖战壕、抬石头，夜晚被关在冰冷的黑房子里。

这天，他又被提审。

"罗新宇，我们知道你是八路军、新四军留下的间谍人员。现在，你必须老老实实交出你们的地下组织人员名单。"审讯他的人凶神恶煞地说。

罗新宇终于想清楚了事情的眉目。原来，罗新宇在一次与师兄们闲聊时，无心地说出了自己见过南下支队和新四军江南挺进队的队伍。没其他人知道这件事。

是不是两个师兄在其中捣鬼呢？没有证据，他不愿随便怀疑人。

他恨自己年轻不谙世事，更恨栽赃陷害自己的人。

"长官，我没加入共产党的组织，我交不出共产党的人，也不是间谍。"罗新宇现在说不清了，他无法洗清自己的冤屈。

于是，罗新宇经受了一次次拷打，并被作为政治犯关进了监狱。

这天，看押人员通知罗新宇，有人前来探监。他估计是师傅张瑞云来看他。想到师傅来了，一身伤痕、一腔委屈正不知该如何向师傅倾诉。还没见到师傅已是满眼泪水了。

他一瘸一跛地走进会见室才发现，来看他的不是师傅，而是两个师兄。

"师弟，你受苦了。"谢师兄怜悯地问候。

"师弟，你没挨打吧？"江师兄满脸忧戚地扶他坐下。

"谢谢师兄来看我。"罗新宇是个忠厚人，他心里有所怀疑，但无凭无据还是抹不下脸来询问。

两个师兄天南地北地聊了几句后，谢师兄说："师弟，你会见的时间有限，我们就不转弯抹角了。你现在的问题很严重，据说，你再不交出地下人员名单可能要枪毙的。国民党现在剿共抓得很紧，什么事做不出呀？我看你先保命要紧。"

"师兄，我没加入共产党，交什么名单呀？"罗新宇很想当面质问两个师兄是否设计陷害自己。但宅心仁厚的他，希望师兄看到自己受了这么多的委屈和痛苦后，能有个良心发现，放过自己。

"师弟，我知道共产党的纪律很严，交出了名单共产党要杀你，不交名单国民党这边也要杀你。我和你谢师兄左思右想，别的办法是想不出的，唯一办法是买通国民党的大官，悄悄放了你，你看行不？"江师兄一副推心置腹的样子，满是担心地说。

"我哪有钱买动高官呀？"罗新宇不知两位师兄又想出了什么毒招，慢慢地探询。现在，他已有七八分把握断定，就是这两个人面兽心的师兄在陷害自己。

"师弟，"谢师兄神神秘秘地低声说："我和你江师兄为你的事，在外面也花了不少钱，结识了个团长，据他说，他父亲也是个郎中，只要你把那个秘方告诉他，他能保你出去，不知师弟意下如何？"

此时，罗新宇心里一片雪亮：两个师兄为了那个秘方，竟然昧着良心陷害自己。他真想狠狠地在那两张脸上猛抽一掌，因而愤愤地说："我没有师父的秘方，两位师兄这么狠心害我，就不怕报应吗？"

"师弟，你错怪好人了，我们真的是为你好，你想，是秘方重要还是命重要？没命了，你把那秘方带到土里去，给鬼看病呀？"谢师兄阴险地笑着。

"师弟，这就是你不识好歹了，我们两个师兄看在同一个师门份上，给你找关系，跑路、花钱，你不谢我们也就算了，怎么反而说我们陷害你呢？莫非真的是好心没好报，好人做不得？"江师兄两眼凶光毕露，杀了罗新宇的心都有了。

"谢谢两位师兄的仁恩厚德，你就是现在就杀了我，我也没有秘方，你们就死了这分心吧！"

"师弟，这不是你我师兄弟间赌气的事，你如果要一条路走到黑，我师兄两也保不得你的命了。你还是好好想想，为一个破秘方而丢了性命，不值得！"谢师兄做好做歹地说。

罗新宇看着这两个丑恶嘴脸，就像是吞下了只苍蝇，恶心死了。"滚吧！我罗某是死是活，用不着你们两个狼心狗肺的师兄操心。"

说罢，他扭头往牢房里走去。

"师弟，你多想想，别误了命啊！"谢师兄在他背后喊道。

自罗新宇被扣，张瑞云心急如焚地想办法营救。他估计罗新宇是被两个大徒弟陷害，但又找不到证据。他明白，即使找到了证据也救不了罗新宇。岳阳那时处在国民党政权统治下，政府也管不了军队上的事。万般无奈之下，他只能求助于乡亲们。好在张瑞云在地方上德高望重，乡亲们钦佩他人品，于是集体联名保释罗新宇。国民党的十八师在没有证据的情况下，只得同意聂家市村民担保，释放了罗新宇。

劫波度过，罗新宇以为终于可以静下心来学医了。在张瑞云夫妇的开导下，他很快忘记了这件不愉快的事，心无旁骛地投入张瑞云的病例整理与骨科专项学习之中。

在潜心学习张瑞云独特的骨科治疗手法中，罗新宇进步神速，在聂家市周围名声渐起，深得张瑞云夫妇喜爱。

张瑞云夫妇膝下无子嗣，在征得罗新宇父亲同意后，罗新宇正式拜张瑞云夫妇为干爹干妈。在罗新宇的医学上，张瑞云更加耐心细致给予指导。

罗新宇在江西樟树医药世家的熏陶下，现在又将继承张瑞云骨科世家的技艺。张瑞云打算在罗新宇的骨科基础再巩固提高后，选择适当的时候，将秘方与绝技一并传与他。

一条骨科之路，似乎从柳暗之中，渐渐花明起来……

大千世界，茫茫人海。不知有几许人真正能直挂云帆济沧州。而大多数人生之路，不如意者常十八九。至少，罗新宇就如此，因为他背后还隐藏有一棵招风大树……

这天张瑞云出外施诊，因家中还有几个需要特殊照顾的骨科病人，罗新宇未能与张瑞云一同外出，而是留守家中。

就在张瑞云刚走不久，谢师兄急匆匆地跑来，说："自己诊所里来了位骨伤重症病号，请师傅前去会诊。"

原来，谢师兄出师之后就在十里路远的邻县也开了家骨科诊所。罗新宇自上次吃过两个师兄的苦头后，本不打算与其来往，但江、谢两家在这聂家市是个大家族，罗新宇也不好得罪他们，只得虚与委蛇，保持不远不近的交往距离。

听说师傅出诊在外，谢师兄焦急地说："师弟，师傅不在家，你代师傅去看看吧！你深得师傅所学，又是师傅的衣钵传人，你去就如同师傅亲临，帮师兄这个忙吧！"

罗新宇对这位口蜜腹剑的师兄特别警惕，因而推辞说："师兄，你别给我灌蜜糖了，你的学识远在我之上，你处理不好的病，我更摸不到东南西北风，岂敢班门弄斧？况且家里有几个特殊病号，师傅特意留我在家照看，所以我也走不开，师兄还是等师傅来了再说吧！"

"哟哟，师弟果然今非昔比，艺高了，架子也大了，硬是看不起我这个不学无术的师兄了哦！唉，谁教我当初不认真学呢，现在连求你都求不动了。好，好，求不动，我给你下跪行了吧？"

谢师兄说罢，真的就双膝跪了下去，俯下身子还要磕头，罗新宇知道推脱不了了，忙双手托起师兄，说："师兄不必如此，我实在是走不开啊！"

"你去看看，也不过个把时辰，耽误不了你多少时间，求你了罗大郎中，你要不答应，我这个头就非得磕下去不可！"谢师兄一脸哀求无助之色，几个病号看着也觉得同情，都劝罗新宇去帮着看看。

无奈，罗新宇只得与谢师兄一同前往。

谢师兄诊所里果然有个病号，江师兄也在。罗新宇赶紧打了招呼，说："有两位大师兄在此，哪里还用得着我来呀，师兄太谦虚了。"

江、谢两人对视一笑，意味深长地说："正要一睹师弟精湛技艺，你不来，这戏还唱得下去吗？"

罗新宇听着好像有点不对味，但也没往坏处想，只觉得快点看完病速去为妙。

其实，病情并不重，只是普通骨折罢了。罗新宇刚动手施治，就见门外涌进一群便衣人，也不说话，扭住罗新宇的手臂，套了黑头布，往外推了去。

"哎，哎，你们干什么？他是我师弟啊！"

罗新宇听到了两位师兄的假意叫喊。

罗新宇被推上了一驾马车。飞奔了两三个时辰后，来到了一座大山上。

又是一队军人。

罗新宇认得，那不是正规军人，是县团防军。

"请问你们绑我来这里干什么？"摘下黑头布后，罗新宇问。

"绑你来干什么？我们倒是要问你干了什么坏事？"一个军官模样的人问。

"我能干什么坏事？我在聂家市学医，悬壶济世，什么坏事也没干过。"罗新宇心里很清楚，是两位师兄又在设计害他。

"你倒是说得很轻巧。我问你，去年七八月间，你是不是在八路军南下支队里？"军官厉声喝问。

"是，我那是在行医途中碰巧遇上了南下支队。"罗新宇坐实了心中的推测。既然这伙人知道了自己那时在南下支队，再否认也没用了，不如直率承认。

"好，你承认了也就少受些皮肉苦。直接拉出去枪毙吧！"军官朝手下摆了摆。

两个士兵马上走过来抓起罗新宇的臂膀往外拖。

"长官，为什么杀我？你让我死也死个明白嘛！"罗新宇并没被吓昏，心想，决不能这样不明不白地死去。

"好，就让你死个明白。有人说，亲眼看见你带王胡子的南下队伍打我们的县团防大队。那一仗，我们县团防大队几乎全军覆灭，你说，该不该杀你？拉下去！"

"长官，你要杀我也不在乎迟几分钟吧？给我几分钟申述一下再杀，行不行？"

"说！"

军官眼里杀气腾腾。几个士兵将枪栓拉得"咔咔"响。

罗新宇经过上次关押、恐吓后，已经不再惊慌失措了，他觉得，就算要被枉杀，也得把话说清楚。他定了定神，平静地说："长官，我是去年八月二十号从江西樟树出发行医的，在此之前，我从未来过岳阳，更别说到你们打仗的地方。我遇到八路军的队伍时，他们是一直南下，再说，我与贵军无冤无仇，又根本就不知道你们在哪里，我怎么带八路军打你们？"

那军官听了，等了几分钟，又凶巴巴地问："你怎么记那么准的出发时间？"

"八月十五日，鬼子宣布投降，我们樟树镇的人十六号才知道，在街上放爆竹庆祝。又过了三天我才动身往长沙这个方向来。所以我记得准这个日子。请长官明察！"

一阵沉静后，又有其他人说："那你还是给八路军带路南下了，也该枪毙！"

"我十五岁之前一直在小学读书，有空时就跟我爷爷学医，或者在罗村家里种药，从没走出过樟树镇，怎么晓得南下的路呢？我遇到南下军时，他们队伍里有很多人中了暑，还有被你们湖南军队打伤了的兵，队伍上的伤兵要我给他们治病，又给了我工钱。我外出行医就是为了赚钱糊口的嘛！再说，看到那些伤兵，我觉得很可怜，而我又是从事这个职业的，这样，我就跟着他们走了十来天。"

"你狡辩！无缘无故，人家为什么要告你呢？"还是那个部下问。

"长官，你问得有道理。岳州聂家市的张瑞云郎中是我父亲的把兄弟，因一手骨科医术出名，我父亲就要我拜他为师。也就是去九月初的事。张郎中当时还带了两个学徒，一个姓谢，另一个姓江。因为我出身医药世家，从小就开始打底子，十五岁敢出外行医，没基础敢外出？所以我比两个师兄进步快，加之又是外地人，两个师兄就嫉妒我。大年三十把我暴打了一顿，我忍了，前不久，师兄又去岳州国军十八师那里告我，说我是八路军的间谍，查无实据后，聂家市的乡亲们才将我保出来，谁知师兄还是不死心，又来你们这边告。一心要置我于死地。我要说的，说完了。请长官给我个公道。"

"你真的会骨科医术？"军官半信半疑地问。

"也不能说是很高明，一般的骨伤应该可以对付。"罗新宇实话实说。

"好，我们就暂不杀你，但也不会放你走，你给我们的伤员治伤看看，要是骗了我，你的脑袋还是保不住。"军官说完，要勤务兵带罗新宇去吃饭，然后安排了住宿。

罗新宇后来才知道，这支部队正是临湘县县长王翦波的团防军。

一九四五年十月，八路军三五九旅南下支队从延安出发后，一路斩关夺隘，与鄂豫皖根据地的李先念部会师后，奉命继续南下，经鄂南进入湖南临湘、平江等地。原计划在鄂南湘北的通城、崇阳、通山、临湘、平江、湘阴等十多个县建立新的根据地。

临湘县县长王翦波奉命阻击南下支队。于是，王翦波率临湘的团防军与南下支队在岳、临两县交界的龙窖山激战一场，王翦波的军队几乎全军覆灭。后由残部又组建了两个团。其中，第二团团长为姚凤舞。临湘解放前夕，在共产党地下组织的感召下，姚凤舞率部先后举行了两次起义，第二次起义成功。

罗新宇在山上待了数日，给几个伤兵疗伤接骨，效果很好。

这天，那位审讯罗新宇的军官家人来报，其岳父在家摔了一跤，股骨骨折，现在伤势越来越严重了。家人正在准备衣冠板木，安排后事。

"那个姓谢的和姓江的郎中不是说他们有秘方，保证药到病除吗？"军官气呼呼地问。

"那两个郎中看过几次了，药也吃了十多服，都不见好，现在整个身子都肿起来了，无法动弹。当初没吃这两位郎中的药还没这么严重，好像越吃越不行了。"家人回答说。

"妈的，这两个小崽子敢骗我？我还帮他们扣着对手呢！"军官记起罗新宇说过，两位师兄嫉妒他，非要置他于死地不可。

莫非这两个小子是想借刀杀人？

"你去告诉苏副官，让他马上把姓谢的师傅找去看看。"军官烦死了，这几天国民党大部队正在攻打鄂豫皖李先念的部队，忙得焦头烂额。

"副官去找了，那张郎中被十八师带到前方去了。"

"那就让他坐着等死？"军官气急败坏地说。忽然间，他想起自己手里还扣着张郎中的高徒，要不，让姓罗的小子试试？

"勤务兵，快把姓罗的小子叫来！"

罗新宇被喊来后，那军官便带了一个班押着他去给自己的岳父看病。

罗新宇也是初生牛犊，斗胆向军官提出："去诊治是可以的，但如果治疗好了，就得放我回家。因为我年龄还小，需要继续学医。"

军官见罗新宇又矮又瘦，还是个小孩模样，便答应说："你若是真的治好了我泰山的伤，我就放你回去，如果你治不好，军法从事。"

罗新宇想了想，说："好，我就赌一回命。"

查看那老丈人的伤时，罗新宇吓了一跳：老者从臀部到背部全部红肿，而臀部的皮肤早已发黑。老者疼痛难忍，又不能坐，只能趴在床上不断呻吟。

罗新宇仔细查看后，眉头紧皱，说："长官，这病我不能治了。"

"为什么？"

"前面是哪个跑脚郎中下的药啊，害死人了。"罗新宇毕竟年轻，不懂得避讳，心里怎么想的就怎么说了。

"就是你那狗屁师兄下的药啊！他们说用的是你师傅的秘方，保证药到病除，还拍了胸脯，老子要毙了两个小杂种。"军官气急败坏地吼了一阵，又问："还有不有得救？"

罗新宇一听，吓了一跳，没想到两个师兄这么草包。自己刚才信口一说，岂不是要了他俩的小命？看来，自己若不治好这老者的伤，两个师兄肯定凶多吉少。

可是伤到了这种程度，以我目前的能力来说，不能保证百分之百治得好，而且时间要得长。只能从师傅那里取用秘方药，内服外敷，才能见效快。

于是，罗新宇面色凝重地对那军官说："老人的伤确实够重了，幸好还来得及，如果再拖延两天，可能就真的无救了……我开个处方，长官赶快派人下山去我师傅店里取药。"

"为什么非要去你师傅家取药？那里路程远多了。"军官见自己找了个"水货"郎中，差点送了老丈人的命，生怕夫人找麻烦，巴不得快点取药，将功补过。

罗新宇不好告诉他说师傅有秘方，怕又惹出麻烦来，只好说："一是我师傅店里的药质量过硬，疗效好。如果长官非要用别处的药，我就不敢保证能治好了。二是给我师傅师娘报个信，免得他们担心，我在这里也可安心给老人治病。"

"那还不快点写药方子？"军官同意了。

罗新宇手上提笔濡墨，脑子里飞快地想，这处方肯定会被师兄看到，一旦师兄们知道秘诀就在师傅身边，说不定会害死师傅。这么一想，落笔疾书：君侯送客、管仲不死、匿藏和尚、沥血将尽、密密缝、继绝世、舟车停、孩提童、三年久别、逃之夭夭、和事佬。

写罢，交与军官："长官，你要手下快去快回。"

原来，那处方用的药是：王不留行、独活、密佗僧、血竭、骨碎补、续断、木通、乳香、当归、桃仁、甘草。

罗新宇这边料理停当，只等师傅的秘方药至，万乐无忧。

而张瑞云的药店里，却是杀气暗涌，波诡云谲。

张瑞云本来是被十八师师长覃道善扣留，要带往鄂豫皖前线去的。谁知，兵马尚未出动，前方传来消息说，李先念部早已突围而去，覃道善部依旧驻守岳州，只得将张瑞云放回聂家市。

江、谢两个徒弟此时正如热锅上的蚂蚁，惶惶不可终日。因为团防队那位军官的岳父已奄奄一息，驾鹤归西只在早晚之间了。两个徒弟当然明白，他们接手诊治时是拍了胸脯的，如果老者死了，那个军官绝不会放过自己。

现在唯一能救得了他们的就是张瑞云的秘方。两个不肖徒弟只能不遗余力地胁迫张瑞云拿出秘方。

"师傅，你要再不拿出秘方，我们两师兄弟就没命了！"姓谢的徒弟眼睛充血，一片凶光。

"你们带我去看看行吗？"张瑞云也是一肚子的气，当初不准他们出师时偏要走，在外闯下大祸了又来找师傅的麻烦。他深深后悔当初带了这两个不争气的徒儿。

"那怎么行？人家还不是知道我们骗了他？"姓江的徒儿看着张瑞云那副不温不燥的神态早就火了，要不是想挖出他的秘方，早就踹了他一脚。

"那我也帮不了你们。"

"姓张的，你今天到底给不给秘方？硬是敬酒不吃，吃罚酒，就怪不得我这个徒弟了！"

张瑞云自幼习武，而且也教了这两个徒儿的武功。现在徒儿反要以武力胁迫自己了，不由得他心生悲哀。

武林之中，素有出师的徒儿要讨教师傅绝技的惯例。看来，两个徒儿今天要讨绝招了。

"好吧，两个畜生今日要讨教为师，就请动手！"张瑞云一腔悲愤，面色木然。他不知道两个徒儿今天是志在必得，绝不会只与他试试拳脚上的功夫，因为他们腰间有团防队那个军官送给的两支枪。

"嘿嘿，"姓谢的徒儿森森冷笑着说，"师傅，徒儿知道你手脚上那两招硬，就怕你那两招使不出来哦！还是早些把秘方交出来，师徒之间别撕破情面为好！"

"交给你们？做梦！"张瑞云看起来面善心和，骨子里却是不受胁迫的刚性。

"好！那就看是你的拳脚硬，还是我的铁把子硬。"姓江的徒儿"唰"的一声，从腰间抽出了手枪，凶神恶煞地指着张瑞云，"交！我数一二三，再不交，别怪我得罪了！"

"哈哈，张某人在日本鬼子的枪口下都没怕过，还在乎你们这两个小畜生？"张瑞云一副铮铮铁骨的神态，冷冷地看着两个徒儿。

"一"

"二"

……

剑拔弩张。眼看师徒三人就要血拼了。

忽然，姓江的徒儿被人一脚踹翻在地。

"谁他妈……"姓江的徒儿转头一看，吓得魂飞天外。姓谢的徒儿闪电般地冲出门外，却被人一个扫堂腿跌扑在泥地里。

来人正是前来抓药的苏副官。只见他快步上前，劈胸提起姓江的徒儿，"啪！""啪！"又是两个耳光："……骗到团防队的头上来了，你有几个脑袋？"

"对，对不起……苏副官饶命……"姓江的徒儿浑身瘫软了。

"把他俩的枪收了！绑起来！"苏副官寒着脸，厉声喝道。

苏副官掏出处方，望着张瑞云，问："你就是张郎中？"

"嗯，正是！"张瑞云脸色缓了缓，"长官有何吩咐？"

"这是你徒儿开的药方子，指名要来你这儿抓药，你看是同我们走一趟，还是按单抓药？"

张瑞云问了问病情，再把罗新宇所开处方细细看了，说："长官，按这个单子抓药就行了，如果没治好，拿我是问！"

张瑞云将那张处方单子抛在桌上，扫了一眼两个被绑着的徒儿，说："这就是秘方，你们看吧！"

说罢，自去药房抓药去了。

两个徒儿眼睛顿时亮了。魂牵梦萦的秘方出现了，就是死也要看上一眼。忙伸长脖子上下看了几遍，却莫名其妙地干瞪着眼，半个药名也说不出来。

第十四章 药里乾坤

岳州的万义药堂，是个由两代人相继经营下来的大药店，远近有名。

店里长年由一个姓李的老郎中坐诊。老郎中满头白发，面带红润。按照那些摇笔杆写文章的墨客骚人的说法，叫作"鹤发童颜"。

这天，"鹤发童颜"老郎中刚在诊桌前坐下，有个文人模样的中年人疾步走了过来，说了声"老先生早"，便在老郎中对面坐了。

奇怪的是，中年文人并不再开口说话，而是用一双有神的目光四下打量药店，最后，文人的目光落在童颜鹤发老者背后一溜锦旗上。

锦旗差不多挂满了一面墙，上面都是些"妙手回春""德艺双馨"之类的赞誉词。

"客官有何见教？"见文人只是打量，并不说话，童颜鹤发倒是先开口了。

"见教不敢，请教是真。"中年文人脸色很有些不自然，像是斟酌着如何开口。

"客官有话请直说，老朽洗耳恭听！"

"好！晚辈恭敬不如从命。"中年文人从口袋里掏出一张折叠的毛边糙纸，打开后，双手呈递给老者，童颜鹤发老者将手腕一亮，示意拒绝接那张纸。其实，就在中年人掏出那张纸时，老郎中眼中余光极快地扫了一下，他认出了那张纸。

"请问前辈，这份处方是不是您老改过的？"

老者根本就没看，平静答道："正是老朽五天前改过的，客官有何见教？"

"晚辈不敢！晚辈想请教：前辈仅仅在这份处方单上，将'三'字改为'六'字，就收取人家一个现洋，不觉得有些，有些托大……"中年文人嗫嚅地说道。

"童颜鹤发"爽朗一笑，说："何不将你心中想说的'汗颜'二字说出来，岂不更直截了当？其实老朽一点也不觉得汗颜，价格不高也不低，恰如其分。老朽也知道，我收的诊金价是一般江湖郎中诊金的十倍，对吧？"

"您老觉得心安体得？"文人声音很轻，但话已经很重了。

"老朽为何不心安？价有所值，一点也不过分。"老者淡淡笑道。一副贴然而乐的神态写在脸上。在旁人看来，这老者不仅心黑，而且老脸特厚。

"愿闻其详！"中年文人脸上有了些愠色。

"太简单了，庸医施诊十次都治不好，老朽一次就治好了，这不等价吗？再把十次的冤枉用药的费用计算进去，你算算，谁的价更高？""童颜鹤发"依旧是云淡风轻地笑着。而且话中不无嘲弄的意味。

中年文人脸红得像关公，窘相毕露，更不知如何续谈下去，但又稳坐着没有走的意思。

"童颜鹤发"眼角余光再次扫了他一下，突然"哈哈"大笑起来。

"前辈何故大笑？"文人脸色愈显羞涩。

"当然是笑可笑之人。""童颜鹤发"掏出块折叠整齐的小手帕，擦了擦眼角的笑泪，"你觉得我要价太高，为何等下人家又会给我这个'高价'

送来谢匾，而不送给'低价'者呢？"

中年文人简直无地自容了。如果桌子底下有个洞，相信他会不加思索地钻了进去。

童颜鹤发将手帕折好，放进口袋后，眼睛看着中年文人，说："我知道阁下今天来，真意并不是想与老朽讨论价高价低的问题，而是想问另一事，也就阁下手中那张处方。原处方上的血竭只用了三钱，老朽却改为六钱。而用三钱的处方治不好病，老朽改动一个字却久病顿愈。阁下想问道理何在，对吧？"

中年文人听到这句话，似乎不再拘谨窘迫了，而是坦然答道："正是！愿前辈教我！"

"呵呵，这个太简单了。药有主次之分。就像打仗，打主攻的若是个窝囊废，被敌方一触即溃，那么打接应再怎么使劲也是枉然了。那个病人骨折后，迁延时日，以致热毒内攻，你以血竭为主攻，却又因血竭毒性重而不敢多用，所以治了三个月而一直难愈，这正是用药时对'君臣佐使'领悟的偏差所至。而我只是将血竭加重一倍，就毕其全功于一役了。你看，送匾的来了。"

"呵呵，老郎中，高艺呀，真的是高超之艺。"来人在门外点燃爆竹，进堂屋后双手将一面锦旗送到"童颜鹤发"老郎中的手，连声道谢。

中年文人认得，送锦旗者，正是刚才讨论的病者家属。中年文人尴尬地与来人握了握手。

"什么情况？说来听听。"童颜鹤发老者给来人让座后，心态平和地问。

五日前，从您老这里抓了一服药回去后，我立即煎给儿子喝了，昨天我儿子大便时，硬是屙了半盆脓血，当时把我吓坏了，以为儿子这下完了，谁知屙下那半盆脓血后，儿子立即喊饿了，当晚，喝了一碗粥，这几天完全好了……

"老郎中，你了不起啊！"病者家属说完后，拱手谢别而去。

病者家人走后，中年文人忽然扯下小胡子，单膝跪地，说："谢老先生赐教！"

这个假扮中年文人的竟然是罗新宇。

张瑞云悬壶于聂家市，以其骨科诊治名重一方，罗新宇的诊疗技术也日见长进。只是，近段时间，张瑞云因赴外地巡诊，家中由罗新宇守店接诊。

半个月前，这个病号辗转来到聂家市张瑞云的诊所，正是罗新宇接诊的。因自己所开处方病人吃药后效果不显著，而这个李老郎中接诊后，仅在罗新宇所开处方上的血竭三钱改为六钱，病号仅服一服药便痊愈。

以血竭毒性之重，医家每每谨慎用之，而这李老郎中反而轻骑突进，重用血竭，一服药而使病者痊愈。

罗新宇以其对医学的一股倔劲，便扮成中年老成的样子，前来讨教。这就有了上面的故事。

"贤侄请起！"李老郎中双手扶起罗新宇，双方重新落座，老郎中仔细打量他一番后，说："其实，我还是很看重你的，别看那个病人你功亏一篑，但你的诊断与处方已不是一般人可比的了。欠缺的是经验，见多了，眼界就高了。哦，刚才我见你十指如钢骨铁爪，不知你师从哪位武林高手？"

"回老先生的话，我的师傅也是我义父，是聂家市张瑞云先生。"罗新宇恭敬答道。

"哦，是瑞云，岳州聂家市一带，名气大得很。贤侄，如果是你义父在家，他也一样会为你加重那味药的。不过，血竭还是要慎用的……你也不必为这个特殊病例而自贬，正应该以良好的基础，精益求精，乘势突进。以你这份穷究不舍的劲头，日后必为一代名医。"李老郎中和颜悦色地说道。

"老先生的教诲，晚辈一定铭记在心。晚辈还有一个请求，愿老先生应允。"

"贤侄请讲。"李老郎中爽快说道。老先生见罗新宇学医的天资优良，又有一股深究其源的学习劲头，心中十分喜爱。

"晚辈欲拜老先生为师！"罗新宇坦率地说出自己的想法。这并非一时的冲动，而是从老郎中为他改一字而乾坤扭转那一刻起，他看出了老郎中腹中所学，非一般人能及。所以他今天来万义堂，与其说是讨教，不如说是想当面试探老生虚实的。

这李老郎中一生所学，正愁找不到个适合的传承人而忧虑。听罗新宇这么一说，顿时"哈哈"大笑，"好啊！从你单膝跪下的那一刻起，我就把你认作是我唯一的徒儿了。嗯，就不知瑞云，哦，你义父意下如何？"

"这也是义父的意思。义父与我商量过，他说，博采众长，集百家于一炉，才能推陈出新，自成一家。"

"说得好，说得好哇！"老郎中喜出望外，满眼生辉。沉思片刻后，老郎中接着说："万义堂眼下正想招一个中药学徒，如果你愿来，我们正可疑义相与析。你义父离这也不远，可时时来这里一同探析。"

"晚辈愿来。不瞒师傅说，我爷爷也曾希望我能学会制药，我父亲也是一名药师。"

"哦，这太好了。新宇，你是哪里人？今年多大？"老郎中满面红光，慈祥地盯着他问。

"回师傅的话，晚辈是江西樟树罗村人。家里也经营有医药店，是爷爷为我布下的医学基础。"

"噢——江西樟树，'药不到樟树不齐'，'药不过樟树不灵'啊，那为何不在家里干下去？"老郎中细细盘问起来。

"江西地狭人多，历代都喜外出闯荡，晚辈也想经风雨，见世面，出外闯荡一番。"

"好，好。历史上就是湖广填四川，江西填湖广。江西人有闯劲。这样吧，今天你就开始上工，晚上老朽请你吃饭，到时再聊。"老郎中越发高兴起来，眼角眉梢都挂满了笑意。

"多谢师傅！"罗新宇真的就上工了。

罗新宇觉得自己还小，学会药材制作后，自己算是方方面面都会一点了，将来独立行走江湖实力更强一些。

中药材的加工炮制，看似简单，实则十分繁杂。光是手法就有烧、炼、炮、灸、蒸、煮、炒、焙、煅、浸等十多种，还要分阴干暴干，有毒无毒，等等。

罗新宇认真地干着这些繁杂的活儿。沉醉其中，没有半点怨言。

转眼间，两年过去了。罗新宇已满了十八岁。

这天是端午节，药店休假一天。

岳阳楼旁，要举行龙舟赛。四邻八乡的人们都赶来看热闹。

在岳阳待了几年，罗新宇还没去看过岳阳楼，所以他早早起床，也去看龙舟赛。

那时的岳阳楼也不是风景区，不需买门票。那些唱戏、说书、耍杂技、唱道情、看相卜卦等各式人士，汇聚在一起，人头攒动。

罗新宇来到一处说书的人群里，听人正在讲岳阳楼造楼的故事。他觉得新鲜，便驻足听了起来：

话说唐开元四年，有个姓张的人来当岳州太守，那时候，岳州城里一片荒凉，没个好玩的去处，张太守甚觉苦闷。

有一天，这太守来到洞庭湖边散心，见清风徐来，水波不惊，极目之处，碧波万顷，水天一色。

手下有人建议：在这湖边建个亭子，登高望远，揽湖品茶，亦是人间胜景。

张太守采纳了这个建议。潭州，也就是长沙来了个叫李鲁班的青年接下了这桩设计差事，结果搞了七七四十九日，却没画出图来。

张太守知道后，大怒，说：再过七天还拿不出图纸，我就砍你脑壳。

这李鲁班吓得躲在湖边哭。这时，有个白胡子老头见他哭伤心，便给了他一袋木砣砣，叫他把木砣砣斗起来，再照着做。后来果然造出了这"天下第一楼"……

罗新宇听入了迷，也忘了看龙舟赛。心头好笑：世界哪有这样的好事。要是有，让我也碰上个白胡子老头，成就一番大事，岂不乐哉？

刚这么一想，心头忽然一惊：昨天，店里的师傅李老郎中不是约我今天去他家过端午、吃粽子么？

抬头一看，太阳快当顶了。罗新宇忙从人群里挤了出来，匆匆朝李老郎中家里跑去。

李老郎中家离岳阳楼不远，就在塔前街。罗新宇匆匆往前跑，不想，一辆马车迎面跑过来，街道本就窄，人群一阵拥挤，一大片人就倒在了路边，前面一个女孩恰好撞着罗新宇，连带把罗新宇也一齐撞翻在地。

罗新宇双手本来是护在胸前阻拦后退的人群，在倒地的那刻，恰好抱住了倒在自己怀里的女孩。女孩倒在罗新宇怀里，自然是摔得不重，罗新宇却是摔得好半天爬不起来了。

女孩看到一双男人的臂膀抱着自己，好半天又不松手，羞得满脸通红。

"快松手啊！"女孩喊道，罗新宇这才意识到自己一双手正搂着人家女孩，忙满脸臊红地松了手，女孩站起来了，他却好一阵爬不起来。

女孩见状，忙伸手拉了他一把，一脸红霞地跑开了。

罗新宇爬起后，想，大过节的，去李郎中家也不能空手进门，好在他当学徒的第二年，老板也给他发了点零用钱，加上他平时给人接个骨头，敷些药，手头也宽绰，便去小店里买些水果什么的，最后又伸手去拿一瓶西凤酒，这是李老郎中喜爱之物。不想，同一时间内，另一只白净细嫩的手也伸了过来，两人的手同时握住了那瓶酒。

罗新宇转头一看，双方又闹了个血红面白，原来，那人正是刚才倒在自己怀里的女孩。两人都尴尬地收回手，同时说了同样一句话："你拿吧！"

女孩抿嘴而笑，首先拿了酒，羞涩地睥睨他一眼，小跑步走了。

罗新宇提了小礼品，一边走，一边寻找门牌。找了一阵，没找着，又退回重找，好容易找着了，敲门进去，李老郎中满脸笑容地接了进去，"饭菜早就弄好了，快坐，快坐"。

稍坐片刻，李老郎中邀罗新宇入席，喊道："小娥，快拿酒来，开餐了哦！"

罗新宇忙说："这里有！"

说罢，将那瓶西凤酒拿了出来，摆在老郎中面前。

这时，小娥也拿了酒摆在老郎中面前。抬头一看客人，不由"哦"了一声。罗新宇也吃了一惊，"是你！"

两人再次闹了个大红脸。

李老郎中看着摆在自己面前的一对西凤酒，愣了片刻，不由"哈哈"大笑起来，"怎么买得这么好呀？你们认识啊？"

罗新宇红着脸，只得说："刚才在小商店里巧遇了。"

"好！好！来，喝酒。"老郎中眉开眼笑地喝开了酒。

这一顿饭吃得很开心。

吃完饭，罗新宇与老郎中聊了几句，便告辞回了万义堂药店。

万义堂药店名气大，店里平时有三个学徒，另两个一个叫肖林，另一个叫袁万成。平时三个学徒和制药余师傅都住在店子里。今天因为过节，余师傅请假回家，肖林家在岳州城里，也回家了，肖林走前与罗新宇和袁万成两人说好了，今晚在家里住，明早过来上工。

学徒们平时吃住在药店，所以还负责药店守夜工作。这晚只剩下罗新宇与袁万成两人守店。两人商议好，万万成守前店，罗新宇守药房。

罗新宇在李老郎中家喝了两杯酒，回到药店，倒头便睡。平时工作紧张繁忙，每日起得早，这天没安排其他工作，罗新宇便睡得很沉。

一觉醒来，天早已黑了。罗新宇与袁万成四下巡查了一遍，见无异样，便分头睡了。

夜半时，罗新宇被一泡尿胀醒，正要起来小解，隐隐传来铺门撬动的声音。

"谁？！"

罗新宇忙跳了起来，赤脚向前门追去。

罗新宇一边朝店门前扑过去，一边叫醒师兄袁万成。这时，就见一条黑影迅速冲出门外，淡淡的月光里，罗新宇看到那黑影腋下夹有东西。

"有贼！袁师兄你守店，我去追贼！"

罗新宇追到门外，见那贼顺着街道朝南跑了，离他并不远。罗新宇足下一紧，奋力追了过去。

那时，岳州城并不大，追出几百米后，便到了郊外，那贼也不跑了，回过身来与罗新宇对打起来。

那贼面上蒙着黑布，等罗新宇跑近时，突然一个扫堂腿，罗新宇赶紧纵身一跳，闪了开去。

蒙面贼马上一记开山掌劈了下，罗新宇右手撩开对方的掌，左手迅速一拳捣了过去，正中对方肋下，听得"哎哟"一声，那贼早倒在地上了。罗新宇赶上一步，一脚踏在那贼的胸脯上。待到扯下那贼的蒙面布一看，罗新宇惊呆了：那贼不是别人，正是聂家市的谢师兄。

"师兄，你这是干什么？"罗新宇脚下一松，又急又气，厉声喝道。

"哼！干什么？你这个没良心的家伙，你把龙窖山姚团长的岳父治好了，得了赏，却叫他们把我和江师弟捉去打得半死，这笔账不该算么？"

谢师兄嘴里说着，突然一肘撞开罗新宇的脚，跳了起来，飞起一脚，朝罗新宇裆部猛踢过去。

这一脚，又阴又猛。罗新宇猝不及防，只得一个空翻，让了开去。

谢师兄一着占了先机，快速赶进一步，双脚连环踢出，罗新宇一连翻了几个空翻，方才站稳。

罗新宇心慈手软，看在师兄份上，他只防不攻。谢师兄看准了他不愿还手这个心理，连连猛施杀着，只攻不防。

"师兄，不要太过分了，你要是继续打，我可要还手了。"罗新宇不得不警示师兄。

谢师兄以为自己熟悉罗新宇的掌法，并不听劝告，反而加紧攻击。一招双雷贯耳从两侧攻到。这招得手，罗新宇不残也得重伤。

万不得已！

"师兄小心了！"罗新宇厉喝一声，腰身猛挫，疾步上前，一拳直捣当胸，谢师兄倒撞出丈余远，跌在泥地上。

罗新宇见师兄摔得较重，忙向前拉起他，谢师兄出其不意，一拳捣在罗新宇头部，当即晕了过去。

谢师兄见他爬不起来了，又过去狠踹了几脚，这才飞奔而去。

罗新宇回到店里时，严老板来了，员工都开始上工了。

严老板见他此时才回来，一脸怒气，本要怒骂一顿，见他浑身是伤，也不好再骂了，却冷冷地说："店内损失了三斤西洋参，还有人参、鹿茸等药材，损失达数百块银圆，你们谁赔？"

数百块银圆，这是个不小的数字。罗新宇在店里做学徒一年也不过十二个银元，就算以后转正式员工，每年也不过三十来个银圆，谁赔得起？

肖林与袁万成早已哭丧着脸，蹲在地上。其他员工默不作声。

"念在你们平时做事还算尽心，也就不开除你们了，这样划分责任：照说，你们看店的员工都有责任，但余师傅是正常请假，他除外，你们三个学徒中，肖林不经请假，擅离职守，这份责任最大。罗新宇虽然追贼受伤，但未挽回任何损失，所以你与袁万成同等责任。"严老板冷冷地说了一通后，屋里寂静一片。

"这样吧，你们三人共赔偿一百银圆，其余由本店老板承担。"严老板一锤定音。

"你们三人，肖林赔四十，罗新宇与袁万成各三十，怎么样？"严老板再次划责。

罗新宇腰被踢伤，他一手撑着腰，一手扶着诊桌，缓缓站了起来，"严老板，一定要赔吗？"

"为什么不赔？"老板娘瞪圆大眼，气汹汹地质问罗新宇。

罗新宇淡淡一笑，说："是该赔！不过，不过肖师兄、万成师兄，他们俩不用赔，由我一人全部承担！"

说完，扶着墙壁，缓缓朝药房走去。

"啊？！"全场一片惊叹！

是的，他觉得与肖林和袁万成无关，贼是冲着他罗新宇来的，损失应该由自己承担。

"你怎么赔？什么时候赔完？"老板娘冲着他的背影怒气冲冲地问。

"三个月之内，可以吗？"罗新宇淡定地答道。

"好！到时赔不了，别怪我翻脸不认人！"老板娘向来无情，所有员工相信老板娘一定说到做到，人人都为他担心，也佩服他的侠义心肠。

"好！到时赔不了，我做你女婿，给你做一辈子长工，行吗？"罗新宇冷冷地说道。

罗新宇觉得自己的师兄做了盗贼，由自己来赔偿，这是无可厚非的事，但老板娘不信任自己，这是对他的一种侮辱。老板娘的确有个很美的女儿，但老板娘这个看不起，那个看不中，他就想狠狠刺激下她，泄泄心中的怒火。

"做梦！癞蛤蟆想吃天鹅肉。"老板娘一脸鄙视，气得发抖。

所有员工一起大笑起来。

李老郎中为罗新宇这种骨气震撼。他也拭目以待。

三天后，罗新宇在万义堂隔壁开了一家骨科诊所。

这间房子已经闲置了很久。他跟东家谈妥，头三个月，房租月底付。三个月后，预付三个月。

真正的白手起家。

这两年中，罗新宇根据张瑞云教给他的技术外，他还得到了李老郎中的指点，骨科诊疗技术有了很大的提高。他向李老郎中借得一张"人体骨骼图"反复学习，自己浑身上下的每根骨头他至少摸捏了百遍以上。

李老郎中还是在万义堂医药店上班。但每晚他总要去罗新宇的诊所看看。

罗新宇深知李老郎中的用意。老郎中往那儿一站，那就是一个无声的招牌。

热情细致，不怕烦琐。很快，罗新宇赢得了很好的口碑，生意很快红火起来。

三个月后，罗新宇将一百个现大洋轻轻地放在了万义堂老板娘面前。

"你还是来万义堂坐门诊吧！与李老郎中同样的工资。"老板娘和颜悦色地说。

"谢谢老板娘的抬爱！"罗新宇淡淡地致谢。

一声谢谢，蕴含着许多深意。他婉谢了老板的聘请，还婉谢了老板娘漂亮的女儿吗？

肖林与袁万成的学徒期满了，也可高飞了。

只是他们都没飞多远，就落脚在罗新宇的诊所里，帮着罗新宇把药材制作业务也开展起来了。

"师弟，我们跟你干，药材炮制你也是行家，我们两个做师哥的保证不给你丢脸。质量绝对可靠。"两个师哥就是认准了罗新宇那一副侠义心肠。

干着干着，罗新宇的生意就红火起来了。

万义堂老板娘脸色气黑了：像他罗新宇这么发展起来，那不几年就要超过我万义堂？

但她的眼睛却很快就亮了起来。而且亮得很迷人，很欢乐。

半年后，万义堂老板娘满脸笑容地来到了隔壁。

"罗新宇，告诉你个好消息。"老板娘笑得满脸春风挂不住。

"什么好消息？是不是老板娘想请我吃饭？我的出师酒你还没请我喝呢！"罗新宇是从她的医药堂里学艺出来的，他当然会给老板娘应有的尊重。

"真是土包子，那算什么好消息。好消息是过几天你的诊所就要合到我那边去了。"老板娘眼睛笑得只有一线缝了。

"为什么？"罗新宇吓了一跳，不知出了什么大事。

"因为我女儿看上了你，你的福气来了。人啊，这福气来了门板都挡不住，你这只癞蛤蟆真的要吃上天鹅肉了。"老板娘肤色好，身材好，笑得更好。

"老板娘，你又讥笑我，我这个癞蛤蟆怎么敢想吃天鹅肉啊，打死我也不敢有那份心。"罗新宇笑着婉拒了。他确实想也没想过，因为他心里隐隐约约有了个女孩。

"好你个罗新宇，没良心的家伙，你敢反悔？看我把你生吞活剥了！我女儿不说是金枝玉叶，至少也万贯家财的小姐，还配不上你？"老板娘唾沫乱飞，一脸乌云，好像一天的冰雹马上就要砸下来。

罗新宇不敢跟她开玩笑了。真要让她闹起来了，罗新宇就别想开店了。他想了想，说道："老板娘，声音小点，被人家听到了多不好。你看，你家是万贯家财，我是穷得'叮当'响的穷小子，再怎么说，您女儿也得找个门当户对的人家啊！你要把女儿嫁给了我，人家还不笑死？我是要叫你师母的人，才会跟你说点心里话。你说是不是？"

罗新宇见老板娘有点动摇了，忙再加把火，说："再说，你女儿又不是长得丑，不说是万里挑一，至少也是千里挑一，还怕嫁不出去？你要是想嫁个我这样一没有长相，二没有家财，三没有靠山的男人，往街上一站，还不一抓一大把？师娘你看我说的对不对？"

老板娘被罗新宇一阵迷魂汤灌得找不到北了。她心想，这罗新宇说的也是实话，要岳州街上有头有脸的人家多了去，我何必去求一个穷小子呢？

这么一想，气也消了。不好意思地笑笑，说："算你还有点良心，为你师娘做了真心考虑。好了，你忙你的，莫误了做生意。"说罢，扭头回自己店子里去了。

罗新宇倒是吓出了一身冷汗，要是没能哄好这个"母夜叉"，自己一辈子就完了。罗新宇想：看来自己是得找个女孩了，不然老板天天来吵，怎么得了？

罗新宇心里在这么想，另一家有女初长成的人家也在想物色个好女婿。这人就是李老郎中。

罗新宇有技术、有能力，李老郎中是看在眼里，喜在心头。早在他第一次见到罗新宇时，心里就喜欢上他。所以见老板娘说，要把女儿嫁给罗新宇时，李老郎中也着急。

平日里到了下班的时候这李老郎中都是不急着回家的，这日，他只盼天快点黑下来，坐立不安。好容易挨到下班，便急急忙忙走了。

见到孙女小娥，李老郎中就开了口："小娥，我给你找了个女婿，不知你中不中意？"

"爷爷，你不开口我都知道你要说谁？"小娥笑笑说。

"你知道是谁？"李老郎中满脸得意地问。

"我保证猜得百分之百的准。就是端午节你请来的那个傻不拉叽的，对不对？"小娥也不无嘲弄地说。

"对啊，看不看得中？"

"爷爷，我不想找他。"

小娥话一出口，李老郎中就不乐意了："是你看不上他，还是你在制药厂里找了？"

小娥也算是大方，"爷爷，我心里有是有了个人，但不是我厂里的。倒是你很熟悉的人。"

271

"哪个呀，爷爷老了，难得跟你猜谜。"

"爷爷，"小娥面带埋怨地撒娇，说："你两年前就夸到天上去了的人，说他骨科如何如何了不起，人又怎么怎么聪明，怎么就忘了呢？"

"鬼丫头，两年前就喜欢上了他，怎么不跟爷爷说，害得我为你瞎操心。你真的不想找端午来的那个，明晚我就把我那个徒弟带来你看看，叫你奶奶明晚搞点好菜，我请他来！"

"唉，其实端午节来的那个也是不错……只是，只是没见到的那个丑八怪先进入我脑子里，也许是先入为主吧！"小娥叹道。

第二天晚上，小娥早早下班了，她故意不梳妆打扮，想考考他是否轻浮好色。

这时，就听到爷爷在门外喊："小娥，来客了，把我的酒摆出来。"

小娥慢腾腾地走了出来，一看，"噫！怎么又是你？"

罗新宇听她说怎么又是你后，心中感到羞涩，以为她是讨厌自己又来蹭饭了，忙说："不好意思，又来蹭饭了。"

李老郎中面无表情地说："新宇，你别不好意思，这次是小娥自己要请你作客的……"

"爷爷，你干嘛戏弄我……"小娥撒娇地欢笑着搂住了老郎中的手臂。

"哈哈……"李老郎中爽朗的笑声增添了喜庆的氛围，更为小娥的尴尬解了围。

"师傅，尝尝这杏花酒。"餐桌上，罗新宇为老郎中斟满一杯，举杯相邀。

"好酒，好酒！"老郎中小呷一口，乐陶陶地赞道。

小娥给爷爷夹了块醋熘鱼，又给罗新宇也夹了一块，便对老郎中附耳嘀咕了一句什么，惹得老郎中又大笑起来。

罗新宇被弄得一头雾水，用手在脸上摸了一把，"师傅，是不是我脸上有污泥没洗干净啊？"

小娥听了抿嘴而笑。新宇更加局促起来，朝自己浑身上下打量一番，莫名其妙的愣着。

"新宇，别到处找了，不是你身上有污点什么的，而是有人要将你降一级呢！"老郎中隐隐笑着。

"降级呀，我现在就是个学徒，还能降到哪，开除留用吗？"新宇不解其意。

小娥闻言，忙站了起来，背转身子捂嘴大笑。

"哪里哪里，新宇呐，我孙女儿要你别叫我师傅了，而是改称师爷爷，行不？不然就乱了辈分嘛！"

罗新宇羞得满脸通红……

晚饭后，新宇要赶着回店里去，老郎中的夫人叫小娥送送，说：黑灯瞎火的，别摔着哪了。

"喂，小，小娥，听说你这顿饭原本不是招待我的，而是另有其人呀？"走到街上后，罗新宇揶揄说道。

小娥捂嘴笑笑说："是啊，谁让爷爷把他的徒弟夸上了天呢！"

"端午节那天，你撞到我怀里时，我就认定你是我老婆了。"

"你这人好坏……不送了噢，慢走！"

"好，还是我先把你送回去吧！"

273

第十五章　大浪裹沙

　　万义堂医药店现在出现了危机。

　　后堂因人才短缺，药材炮制跟不上，导致生意一落千丈。

　　先是罗新宇自己开店，走了出来。接着肖林与袁万成学徒期满，也投奔了罗新宇。新招的学徒一时手生，救不了急，再则，少了罗新宇这个怪才，余师傅搞药材炮制，事必躬亲，累死累活地干也应付不过来，余师傅吵着要辞职。

　　导致的结果是，罗新宇的小诊所日益火爆，营业额直线上升。

　　李老郎中虽然还是一如既往地兢兢业业地施诊，但不是缺药就是药材质量跟不上，诊疗效果不尽人意。前来就诊的病号都跑到隔壁罗新宇的诊所里去了，老郎中也不断地唉声叹气，说毁了他一世医名。

　　这天一大清早，万义堂前围满了一大堆吵闹人群。罗新宇从隔壁传来的声声怒吼中了解到，某药店昨天从万义堂购进的桂枝、海风藤、续断、骨碎补等药，都掺了假，还有的掺了灰土，坑害下面的药店和病人。

　　购药的店主一是要退货弥补损失，二是要赔偿名誉损失费。几项加起来要赔偿五百多块银圆。

　　罗新宇在自己的诊所里听到隔壁嚷出的药材名，知道是一家骨科诊所在闹事。他心头一惊，忙叫肖林悄悄躲在人群打听清楚，回来报告。

片刻之后，肖林回来说，果然是家骨科诊所来闹事，而且是聂家市镇的人。

坏了，坏了。听说是聂家市人闹事，罗新宇暗暗叫苦。他断定必是江、谢两个师兄捣鬼。

万义堂药里掺假的事确实有之。罗新宇在万义堂做学徒时，严老板就逼着他掺假。罗新宇不愿做缺德事，老板又骂又打，还要将他赶走。没办法，罗新宇只得屈从。

不过，罗新宇还是用了不少心计，老板在场时，他就掺假，老板一离开现场，他又把掺的假选出来，实在不行了的，就弃之不用。所以万义堂这几年药材里虽然也有掺假的事，但也不严重，不严格审查，也就看不出来。

罗新宇断定，自他们三个师兄弟走后，严老板肯定逼着新手大势掺假，这是第一层原因，也是桌面上的原因。

还有暗中的原因，那就是罗新宇在聂家市的江、谢两个师兄在捣鬼。这当然是冲着罗新宇来的。上次在万义堂盗窃后，见罗新宇不敢将真相告诉老板，胆子越来越大了。

所以这次闹事，明里暗里都与他罗新宇有关。

罗新宇觉得，万义堂掺假，固然是罪有应得，让严老板吸取点教训也是好事。但完全由万义堂一家来承担，他也感到良心不安。

于是，罗新宇让肖林过隔壁去买下那批假药，并公开承认是他们三学徒造的假，与老板无关，以挽回万义堂的影响。同时，又叫袁万成去找到幕后老板，就说，有朋友请他们去洞庭碧螺春茶楼喝茶。

安排妥当后，罗新宇关了店门，先去了洞庭碧螺春茶楼，找了个幽静处坐下候着。

片刻之后，果然是江、谢两位师兄来了。

"两位师兄别来无恙！"罗新宇见两位师兄来了，忙起身拱手迎接。

"呵呵，山不转水转，水不转路转。想不到我们师兄弟又见面了。"谢师兄阴险地笑道。

"坐，坐。喝什么茶？碧螺春？好，三杯碧螺春。袁兄，你去门外给我买包烟来。"罗新宇支开袁万成后，脸色陡然变了。单刀直入地森森说道：

"两位师兄，该收手了吧？"

"不知师弟所指何事？"江师兄故意打马虎眼。

"哼！"罗新宇沉沉地吼了一声："师兄，别玩这套了，事可再一再二，不可再三，看在师兄弟面上，我允你们再三，但不可再四，伤天害理的事做多了，总要遭报应的。"

"哟，哟，师弟在岳州城里喝了几碗城里的水，口气硬了啊？我们就要再四，你能把我们怎么样？"谢师兄想起那晚被自己打惨了的罗新宇，觉得他不敢与自己放手一搏，所以当罗新宇还会犯同样致命的错误。

"师兄硬要再四，是否觉得还能全身而退？"罗新宇冷目寒光，咄咄逼人。

"看来师弟今天把我们两位师兄叫过来，是要开杀戒了？"

"小弟只是善意相劝。有道是：作恶多端必自毙，眼看解放军马上就要进岳州城了，能容你俩倒行逆施，横行乡里？"罗新宇把几年来的屈辱一股脑发泄出来，凛然有声。

"你敢教训老子？"江师兄早已忍耐不住了，"呼"的一拳，朝罗新宇头上砸了过去。罗新宇端坐不动，直等那拳头离鼻才半寸远时，才偏头闪过。江师兄见一击不中，抬腿又是一脚踢去。

看看就要踢上身了，罗新宇连人带椅后退一步，屁股根本就没离开椅子。

江师兄见罗新宇只是躲闪，觉得印证了谢师兄的话，罗新宇不敢还手。于是展开拳脚，又是一拳当头击到，罗新宇不动声色，突然右手向上猛撩，抓住江师兄右手，轻轻一拧，就听得一声"咔"，江师兄右臂脱臼了，罗新宇抓住那脱臼的手臂，反手猛抬，江师兄身子一软，跪了下来。

同一时刻，谢师兄眼见江师兄出手了，也不甘落后，一拳从侧边猛击罗新宇腰间，罗新宇抬脚一踹，正中他小腹，将其踢到一丈开外，撞在墙壁上，立马血流满面。晕了过去。

江师兄虽然跪在地上，却不甘服输，左手五指并拢，闪电般朝罗新宇裆部戳了过去。这一招，恶毒无比，一旦击中，那万义堂药店老板娘绝对不会"抢"罗新宇做女婿了。

他快，罗新宇比他更快。只见他身子一转，避开致命一击，抬脚向江师兄小腿肚子猛一踩，江师兄立刻杀猪般叫了起来，身子瘫作一堆。

罗新宇脚尖点在他小腿肚子上，理了理思路，历诉道："那年大年三十你俩为秘方将我暴打一顿，我忍了；到国民党十八师陷害我，我认了，借团防军之刀要杀我，我让了；去万义堂药店盗窃，我赔了；你们以为我怕你们，一而三，再而四，无休无止地闹下去……老虎不发威，以为是病猫，还有完没完？"

江师兄默不作声，谢师兄早醒过来了，但瘫坐着起不来。

罗新宇歇了口气，又说："为了一本所谓秘方，你俩不把我置于死地不肯罢休，那也就算了。可你们竟丧心病狂地用枪点着张师傅的头，差一秒钟，师傅就死在你们手里。欺师灭祖，私欲熏心。简直就是畜生。告诉你们，到今天为止，我也没见到什么秘方。再敢胡闹下去，老子废了你俩……袁兄……"

"师弟，"袁万成早就来到了门外，罗新宇的每句话，他都听得明明白白，心中为他愤愤不平。

"袁兄，去给那群闹事的人送句话，叫他们都来这茶楼看看。"

袁万成点头走了。

罗新宇提起江师兄脱了臼的手臂，摆了几摆，反手一拧一端，手臂接好了。他从口袋里摸出张五十块现洋银票，掷在地上："那点假货值不了几个现洋，我都收购了，其余的送给你们老老实实安个家，快滚！"

江、谢二人赶紧抱头鼠窜。

万义堂药店现在恢复了平静。老板娘眼看罗新宇掏钱收下了那些假货，还赔钱打发了闹事者，使自己安度危难，颇有几分好感。对罗新宇的侠义与厚道的人品，更加刮目相看。尤其是对罗新宇他们三人在学徒期间炮制的药材，质量好，安全系数高，更是怀念。这样，她又打起了主意。

第二天，万义堂的老板娘又陪着笑脸走进了罗新宇的小诊所。

"罗郎中，罗大郎中，不好意思，你还是得关了这间店门，搬回我万义堂去！"

"为什么？"罗新宇正想着那晚与小娥俩，妹送郎，郎送妹的那份甜蜜时，正好来了病号。

"为什么，你是不是忘了我们签的协议：学徒出师后必须继续留在店里上工。"老板娘找的这个借口，还很有杀伤力的。

"哎哟，老板娘，你怎么阴魂不散呀，那是民国时期的口头协议，现在共产党就要来了，听说到了沅阳，进岳州来，也就这几天的事了。"罗新宇半开玩笑半认真地说。

"我才不管他国民党、共产党呢，变天变地，千年的王法还变得了？这可是有字据的啦！我现在给你两条路走，一条是马上搬回我万义堂；

二条是立即跟我女儿结婚，明天就叫几桌席，拜堂成亲。呵呵，恭喜你这只癞蛤蟆了。"老板娘一心要把罗新宇弄回自己的药店，却又不肯放下架子求人。

罗新宇没回应。他正忙着给人接骨头。病人坐在一把高背椅上，罗新宇一手抓着病人的膀弯，另一手提着病人手腕，像民间的戏子对戏那样，慢慢地摇，慢慢捏，等到病人肌肉放松了，筋络理顺了，忽然就一拧一推，脱臼的手臂接上了。

病人抬抬手臂，毫无障碍了，挺高兴地说："罗郎中这手接骨的技术真是没得说了，多少钱？"

"噫，帮这点小忙，收什么钱？以后有空常来坐坐。"罗新宇满面春风，好像这病号是他小舅子似的。

"好，好。那我就不客气哦，下次有事还是来找你。"病人说了一堆好听的话，走了。

严老板娘看着罗新宇做脱臼诊治，手法娴熟，动作倜傥潇洒，整个过程无不焕发出青春活力，羡慕得不得了。心想，怪不得女儿看中了这个癞蛤蟆，就那一股精、气、神，也会把女人眼睛照得雪亮，更不说这份做生意的手段与对人的体贴。日后肯定会名重一方，杏林摘冠。

见罗新宇不搭理自己，她也不再说什么了，转身就往万义堂自家医药店走去。

罗新宇眼角余光早把她看得明白："老板娘，怎么就走了呀？"

"呵呵，你忙，我这就要老严去通知四姑八姨，明日来家里喝喜酒，把女儿和你的婚事着急办了，免得夜长梦多。"

多你个头呀！罗新宇心里笑骂了一句，忙把她叫了回来："谁想吃你家的天鹅肉呀，搬回去就搬回去，但你不能压我师兄弟三人的工价啊！唉，强迫做什么的都有，就没见过强迫人家娶自己女儿的，又不怕丢面子。"

"呵呵，看你这伢子说的，这有什么丢面子里子的呀。女人嫁人就等于再投一次胎，嫁了个好男人，一世穿吃不愁。金山银山，都可坐吃山空。有你这一身好艺，我女儿还不享一世福？何况你又不真是一只癞蛤蟆，也长得一表人才，细肉白嫩。讲武的，三五十来个人近不得你身，讲文的，你骨科、内科、药剂样样拿手，又会接物待人，我女儿不嫁你这样的男人还嫁给谁？好了，好了，不跟你啰唆了，我办正经事要紧。"

老板娘说罢，又要往家里走。

"好，好。我搬，马上搬过去还不行吗？"

罗新宇奈何不了这老板娘，只得立马又搬回万义堂药店了。

前堂有李老郎中坐镇，这是小娥要他喊师爷爷的老泰山级人物，罗新宇自当退让，只得依旧去后堂药材炮制厂房去搞药材炮制。

傍晚时分，小娥忽然来了，嘴里说是来看看爷爷，眼睛却滴溜溜地四下搜寻。

李老郎中早看在眼里，慈祥笑说："小娥，你找新宇的吧？"

"爷爷，怎么老提他呀，我不是说过，只见您的徒孙吗？"小娥说罢，自己先笑了起来。

老郎中示意性的在她手背打了一下，"你这个鬼精灵！他在后院呢。"

"怎么在后院呢，不是他自己开诊所吗？"小娥问。

"别管那些事。"爷爷看看左右无人才低声附耳说道："老板店里缺人手，搞不下去了，又把他给要回来了。你要小心啊，老板娘要把他招上门女婿哦！"

小娥心里一惊，愣了片刻，问："那他自己怎么想的呢？"

"爷爷怎么知道他如何想的？爷爷又不是他肚里的蛔虫。"老郎中故意卖了个关子，说："你用脚趾头想也想得到嘛，人家是什么家底，这么一个大医药房交给他，他又是个人'精'，内科、骨科、药材炮制，样样都精通，将来想开诊所，现船现桨只要他肯荡，日子要多潇洒有多潇洒。"

小娥听了，满脸憋得通红，眼眶里泪珠就打转了。

看着孙女儿要哭出声了，老郎中话又一转，说道："不过嘛……今天老板娘给他两条路选择：一条是明天就与她女儿结婚，据说，严老板把请客的单子都写好了……"

"啊！"

小娥一声惊呼，那泪珠就断了线的珠子似的，噼里啪啦滴落下来了。老郎中眼望着屋顶，眼睛的余光扫见孙女晶莹剔透的泪珠子，继续说道："第二条路是，继续回万义堂药店做工。结果，这傻子就心甘情愿地搬过来了。"

小娥听到这里又破涕一笑："爷爷，你不是我的好爷爷了，不但不帮个手，还捉弄孙女儿……"

老郎中哈哈大笑起来。

"师爷爷，什么事这么好笑啊？"话音未落，罗新宇走了出来。

"小娥，你怎么来了？哟，怎么哭了，爷爷骂了你吧？"罗新宇知道老郎中特别爱自己的孙女，时常故意把她逗哭，所以罗新宇才爽朗地调侃她。

小娥背过身子，一边擦眼泪，一边说："才不是呢！"

"是猪，一只木头猪！"小娥话一说出口，泪水又流了出来，转身跑了出去。

"小娥，等等，你陪爷爷一块回，我去码头上买条鱼，要奶奶多煮些饭，肖林和袁兄也去！"罗新宇冲小娥的背影喊罢，与肖林、袁万成一道朝码头走去。

"罗新宇！"就在这时，背后传一声女高音。罗新宇不用回头看也知道是谁。

"什么事？"罗新宇三人同时站住，回头盯着高挑妖冶的一个女人。

说实话，这女人确有几分姿色，不仅身材高挑，前翘后凸，而且皮肤皙白，丹眼红唇，算得上艳压群芳。

"都去哪？晚上要看守药房，到处跑什么？告诉你们，我娘说了，从明天起，由我来管理药房。你们都给我老实点。"美女一脸杀气地说。

"严若婷，那就等到明天你再管我们吧！"罗新宇不冷不热地回了一句，三人又继续朝码头走去。

"罗新宇，你给我回来，我妈要你去我家吃饭！"严若婷高声喊道。

"我们定了晚饭，好饭好菜留着你们自己吃吧！"罗新宇三人嘻嘻哈哈，一溜小跑起来，声音自远处飘来。

"你！"严若婷气得美脸染霜。

老郎中从远处看到这一幕，脸上浮起一抹陶醉的酣笑。

严若婷果真一大清早便来到了药材炮制房。

罗新宇正在和肖林他们一起清洗生地黄。这地黄本就多皱多弯，又是团状形，中间鼓大，两端稍尖。罗新宇师兄弟三人洗得特别认真，稍有点没洗干净，罗新宇都要求重洗一遍。俨然就是个监工。

严若婷在一旁看着，觉得罗新宇简直是在浪费时间。"罗新宇，这是什么药？竟洗了三遍，你还在一点一点地刷，这不是在磨洋工吗？而且洗断了这么多的须茎，损失多大，不要洗了。"

罗新宇三师兄弟也不理她，依旧不急不躁地洗着。

"你们没听见我说什么吗？不让你们掺些灰土也就罢了，洗这么干净，不是浪费我严家的东西？"严若婷见他们三人无一人听她说的话，心头怒火烧起来了。

没一人理她，该洗的，他们还是照旧洗得发亮。

"罗新宇，你们这是败严家的家业，是不是要你重回严家了不服气，拿严家的东西不当数呀？"

严若婷一口一个严家，一口一个浪费，罗新宇心头闷着一把火。

"罗新宇，你欺我不懂熟地加工是吧？这黄酒浸润用得着放这么多的酒？"严若婷跟在罗新宇身后不断地指手画脚。似乎一切都看不顺眼。

罗新宇不但不理她聒噪，反而朝浸润黄姜的大缸里又加了半桶黄酒。

"罗新宇，你是不是脑壳被牛蹄踩扁了，这败严家的家产，也就是败你我俩自家的家业啊！"严若婷漂亮的嫩脸气得发白。

罗新宇心里发笑，你严家的家业与我有个屁相干？

袁万成在一旁阴阴阳阳地说道："罗小东家，这地黄闷蒸到几成火候呀，免得蒸久了，多烧了柴，岂不又败了你的家业。"

罗新宇走了过去，朝袁万成屁股上踢了一脚："想做严家的女婿你就上，拉着我干吗？"

袁万成嬉笑着闪了开去："严大小姐刚才说了嘛，别败了你们小两口的家业呢！"

"袁万成，你小子什么意思？我严若婷哪点就配不上你这个木脑壳师弟了？闷蒸熟地你问他，他还不叫你按标准蒸？依我的，有个七八成火候就够了。全部都搞得那么认真，还有屁钱赚，真是！"严若婷狠狠地瞪着他。尤其对他从中烧阴阳火，挑拨离间，恼怒得不行。

"严大小姐，你也懂熟地炮制啊？"肖林早就忍不住要摔东西走人了。

"你以为就你们懂呀？还学了三年，我一个早工学会的都比你强。不就简简单单四道工序吗？清洗、闷润、分条、干燥，对不对？"严若婷卖弄地说道。

"对呀，你说的一点都不错。我再问你：这熟地主治些什么病，有什么功能？"肖林一幅调侃嘲笑的样子看着她，那神情十分的阴险玩味。

"我要知道这些干什么，我又不想当郎中。"严若婷眼角里满是不肖，嘴角边吊着一丝轻蔑。

"我看你就需要吃些熟地了。"肖林脱口而出。他脸上没半点笑容和轻薄的意思，但过分的正经反而折射一种险恶的用心。他话里包藏祸心。

"为什么？"严若婷茫然地盯着肖林问，一副木鸡似的神情。

罗新宇、袁万成两人听了，把头转向一侧，想忍住笑，但到底没忍住，突然一齐哈哈大笑起来。那份惬意，像是一大早捡了个大元宝，又像把一大早积攒下来的一腔郁闷之气，全部倾泄出来。

"笑什么？有病吧？"严若婷愣愣地看着两个疯子一般狂笑的男人。

"这熟地制好后，黑似漆，甘如饴。益精填髓，滋阴补血。主治阴虚燥热、盗汗遗精、月经不调、崩漏下血……"肖林背书似的念了起来，脸色水波不惊，平淡得乏味。

"你……"严若婷气得满脸通红，却又说不出委屈。原来这家伙在转弯抹角骂自己阴虚燥热，还讥讽自己有妇科病。又恼又羞，想发作，却又不知怎么开口，一转身跑了出去。

三个男人，又在她背后开心地狂笑起来。

"肖林，你个缺德鬼，你怎么就知道严小姐阴虚燥热、月经不调了？"余师傅走了过来，从闷罐里挑出块熟地，尝了尝，说："这才是我老余理想中的熟地。这是半年来做得最好的熟地了。肖林，我看你最好买点吃吃。"

"师傅，我吃它干什么？我又没有月经不调！"肖林与余师傅年龄相差不大，关系不错，常开些无伤大雅的玩笑。

"嗯，我看到有人见了严小姐，眼睛就像贼猫，眸子发光，虽然没月经失调，但遗精盗汗也要滋阴呀！"余师傅不笑，罗新宇和袁万成可笑傻了。

"什么事笑得这样开心啊？"一个熟悉的声音飘了进来。

"哟，我义父来了。"罗新宇盼望这声音已好久了。忙丢下手里的活，请张瑞云坐。

"过得怎样？"张瑞云先与余师傅拉了拉手，又四下看了看。

"义父，我都好，就是没时间回聂家市去看看你和师娘。师娘还好吧？"罗新宇一脸歉意地说。

"她还好，就是念叨你。"张瑞云盯着他，上下打量了一遍，满意地说："长高了，不错。"

眼看到了吃午饭的时候了，罗新宇说："义父，到吃饭的时候了，我们一起去岳阳楼那边小馆子里吃个便饭吧！"

"不了，梅溪桥那边有个病号，说是卧床不起，到你们这儿来不了，李老郎中又不能出诊，要我来看看，你同我一起去吧！"

师徒俩在街边吃了碗面条，一同来到病号家。

病号是椎间病复发。

张瑞云查看后对罗新宇说："这类病很易复发，药物治疗效果不是很理想，最有效的方法是踩跷、按摩。你注意看我的动作。"

张瑞云一边演示，一边让罗新宇实练。

"注意运用肘部的力，先从远处开始按摩，理筋顺气，疏通经络……"张瑞云见罗新宇掌握了手法，又从理论上进行点拨。

张瑞云像是给罗新宇一种补偿，或者是一种说不出来歉意。总之，这次传授技术特别的细致，在细枝末节上生怕他忽略了，不厌其烦地重复。

两个小时后，见罗新宇手法已经很熟练了，又说："这项治疗要做十天左右，每天做一次，都由你来做，五天后我再来看看疗效。李老郎中这方面也有很丰富的经验，你随时可以咨询下老先生。我这就回聂家市了。"

"义父，有两件事我要向你禀报下。"

"一是前几天我揍了两个师兄，向义父道歉，二是想请义父上一趟李家的门，我，我想把亲事定下来。"罗新宇简单地说出心中不安的两件事。他觉得这都是应该向师傅交代清楚的大事。但两件事他都没细说，尤其是师兄来万义堂行窃的事，他更不想说，怕义父难受。

张瑞云听了，一边放慢脚步走着，一边说道："你那两个师兄的事就不必说了。我早将他们逐出门外了。这两个畜生已经不可救药了。那年大年三十晚上，他俩打你我就在不远处看着，我没出面喝止，首先是要看看你的气局，次则是想给他们个改过的机会，谁知他们不思悔改，后面他们在十八师和团防队陷害你的事我都清楚，你代师傅教训得好，以后少和他们往来。"

张瑞云走过一段路后，驻足盯着罗新宇，说："我知道严老板有意招你做女婿，他女儿长相还不错，且家境殷实，而且还是女方先开口求的这门亲事，你为何不应允，反要向李家求亲呢？"

"我不想图她家的财富，我想，有义父传我的这门骨科技艺，加上又学会了药材炮制，将来生存应该不是很难的，如果选择严家，日子可能过得轻松点，但总有抬不起头的感觉，还请义父指教！"

罗新宇如实地谈了自己的想法。他觉得，在异乡，义父就是自己的亲生父亲，婚姻大事当然得征求他的意见。

"这个想法很有道理，也说出了你的志向。"张瑞云心里很感动。一是罗新宇确实把自己视如亲生父亲，二是很欣赏他那种骨气。

罗新宇一直把张瑞云送出了城。张瑞云要他别送了，"别的事我就不多说了，我的手艺都是要传给你的，但你还是先把《黄帝内经》《难经》

这两本书多读几遍，我的骨科技术都是源于这两本书。把书读懂了，才会理解诊治道理。"

罗新宇点了点头。

"送你师傅走了？"罗新宇回到万义堂时，正好遇到了老板娘。老板娘一脸笑容地问道。

"老板娘好！"罗新宇忽然想起上午三师兄弟捉弄严若婷的事，一脸歉意地打着招呼。

老板娘似乎没有责备他的意思。目光里流露出许多慈爱，"新宇，你如果很累，下午就不必做事了，好好休息下。"

"谢谢老板娘，我不累。下午来晚了，就不算工钱了，但事我还是要做完的。"罗新宇匆匆朝后院走去。因为还有些姜黄要抓紧浸泡黄酒，否则，闷润时赶不上趟。

下午晚下班好久后，罗新宇才浸泡完那些姜黄。正准备吃些师兄们留下的剩饭，严若婷手里端着一碟红烧鱼和一大碗热气腾腾的面条走了进来，"冷饭冷菜就别吃了！"

严若婷还是很有气量的，根本就不计较上午被捉弄的事。

"谢谢严大小姐，我吃这剩饭就行。"罗新宇看到她亲自送面条来，还是有些感动。心里深为上午捉弄她的事而生出一股歉意。这女人的心不坏！

"罗新宇，你是不是觉得我这是讨好你呀？不错，我是喜欢你，男人中，你确实出色、有才能，但我也没必要巴结你嘛……放着热饭热菜你不吃，就表示你有骨气了？"

严若婷幽幽的眸子放着光亮，那张精彩绝伦的俏脸很冷，但也不失为一种美。

"严小姐，我知道你的为人不错，各方面都比我强，而且不是强一点点，是十倍、一百倍。正是这样的差距，我才不敢高攀，但是我们今天上午对不起你，请原谅！"

严若婷闪了他一眼，红润的粉脸慢慢地平和下来了。她用筷子将面条挑起来，搅动一番，将佐料拌均匀后，说："快把面条吃了。"

看着她搅动面条，并没有半点做作和施舍的意思，罗新宇心软了，有些不知所措。如果强行推辞，那无疑会又一次伤害她。有必要把事做到绝情的地步吗？他的性格决定了他做不到。何况这女人做出了这么善意的举动。

更令他没想到的是，严若婷竟然抢过他的饭碗，将那碗杂粮饭倒了一半在锅里，然后挑了些面条盖在饭上，自己吃了起来，"我陪你吃还不行吗？"

"哎，哎，你不能吃那饭。好，我也吃些面条。"罗新宇又把碗夺了回来。"

两人将面条均分了，一起吃。

人与人，除了感情，还有友谊。

他认可了这份友谊。

"从明天起，我就不来后院了，这里有你在，什么都不用操心了。我打算去外地学医。"严若婷慢慢地挑着面条，有些忧伤地说。

"为什么？"罗新宇觉得奇怪。

"不为什么。"她幽幽地看了他一眼，眸子里有些潮湿。

罗新宇似乎感觉到了她驿动的心。却不知该对她说点什么。忽然间，他觉得这女孩不是他心中所想的那种锦衣玉食的女孩。

"对不起，请不要意气用事。也许是你错看了我，高估了我。也许，是我错看了你，但今晚，你让我看到了你的另一面。"

泪水淌过她长长的睫毛，沿着面颊流进她白净的脖子里。

"希望你将来能把你的所学传些给我，我相信，我会凭自己活下去的。"严若婷的话很真诚，不像假话。

他觉得自己很无语。她要凭自己活下去，不依赖严家的家业生存，这是一种骨气。一种被人歧视后的奋进。

"我相信你一定能活得很好，至少活得比我好。"罗新宇目光柔和地看着她。

"我也没有要和你比个高低的意思。以后，我们还会见面的，总有一些比金子珍贵的友谊在……"她破涕一笑，扬起头，梨花带雨的脸上有一种娇媚。有一种动感。

"保重！"她弓起身子收拾餐具，灯影下很丰满。

"保重！！"

第十六章　云开日出

一九四九年七月二十日这天上午，岳州城里的大小商店几乎全部关门。因为解放军第四野战军第四十六军一五九师四七五团进驻岳州。

罗新宇一大清早就起床了。他要去看解放军的威武之师到底是一支怎样的军队。

解放军是从城陵矶沿铁路走过来的。欢迎的人群是由工、农、商、学各界代表组成的。每人手持一面小红旗，由起义的原岳阳县县长和监沔军分区的首长带领，早早地等候在入城口两侧的马路边。

队伍果然雄壮整齐。激动的人群里掀起阵阵欢迎的口号，罗新宇觉得自己一腔热血也被点燃。

人生当如此！做一番轰轰烈烈的大事。他才十九岁，正是人生中的水木年华。

八点整。在县政府门前参加完欢迎大会后，他才急急地赶往梅溪桥。

"小郎中，我的腰好多了。"病人一脸喜悦地告诉他。

"今天做最后一次治疗，等下我师傅还要来查看的。"罗新宇一边做踩跷治疗，一边仔细地询问病人的感受。

不久，张瑞云来了。

"新宇，你要好好地总结这次治疗的经验。解放军来了，国家就会安定下来，有一些人就会习惯久坐不动，椎间病会越来越多。"张瑞云一边查看治疗效果，一边叮嘱罗新宇。

"我每天都做了纪录。晚上再看看《黄帝内经》或是《难经》，收获不小。"罗新宇又将读书中的一些疑难提了出来，张瑞云一一做了解答。

"有些知识是要在实际治疗过程中才能理解得深，你要多做。做这项治疗很辛苦，你要多流几身汗。"张瑞云反复告诫他。

罗新宇不怕吃苦流汗。早上欢迎入城的解放军那股激情还在燃烧，他有信心从骨科诊疗上走出一条传承与光大之路。

张瑞云说，他今天有点空闲，想去李老郎中家拜访，问新宇："你是随我一同去还是改天再去？"

"义父，你先去吧。"罗新宇不知老郎中的意见如何，万一人家不同意那脸面就没处放了。

"好吧！不管这事成不成，你要抓紧时间从李老郎中那里多挖些东西出来，采百家之术，集众人之长，才能长本事。"张瑞云不厌其烦地给他讲道理，生怕他为了女人而荒废了学业。

"义父放心，我不会放过每个学习机会的。"罗新宇答道。他忽然有些汗颜，三年多时间里，自己主动从李老郎中那里挖的东西确实太少了。虽然两人各有各的工作，但还是有时间的，他打算认真地挖一挖。

"罗新宇，你们三个龌龊鬼，把我女儿气走了，美坏了吧？"刚回到万义堂药店，罗新宇就受到了一脸寒霜的老板娘厉声呵斥。在她眼里，这个有点本事的男孩，尾巴翘得太高了，要不是药材坊里实在缺人手，她早就两个"山"字叠起，请出！

其实，此时的罗新宇心里也很纠结。昨晚，他真正认识了严若婷后，一种沉重感久久地压在心头。当然不是因失去了她，也不是错过良机而悔恨。男人对女人不只是除了爱之外就是淡漠，还有一种是尊重，是对有骨气、有优良品质的女人的尊重。

严若婷应该是这种女人。

"对不起！老板娘。"罗新宇忧郁地从她身边走过去。他脑子里那张梨花带雨的娇俏面孔，那个抢吃自己的杂粮饭、那个为自己搅拌面条的画面怎么也无法淡出，尤其是她最后凄凉的破泪一笑，有如一面大鼓，在突然被击穿后的那种空洞感、那份无语，令他心痛，令他内疚。

老板娘看清了他那忧郁的眼神。

一连几天，罗新宇情绪都很低落。袁万成和肖林都不知他怎么了，三个人都闷头做事。

万义堂的药材名声又响了。

不但熟地做得又黏又甜，而且各种药材加工都上了档次。经济效益非但没有因精加工而下降，反而日益上涨。

老板娘心里雪亮：都是因为罗新宇在作坊里严格把关和精益求精的炮制手段。

"老板娘，我有一个想法，不知行不行？"这天，罗新宇对老板娘说。

自严若婷走后，老板娘几乎就不来炮制房了。一切都交给罗新宇去管。

"什么事你自己看着办，不需问我。"老板娘平平淡淡地说。但她眸子里还是看得出有一道柔柔的光。

"我想尽快加工一批清热解毒散。"罗新宇现在的话越来越少，越来越简洁。

"做什么用？"老板娘有些吃惊。疑惑地盯着他问。

"解放军马上就要南下打仗了，你想，这些军人都是北方人，肯定适应不了南方的酷热天气，中暑的人肯定很多，我们加工些清热解毒散，半卖半送销给他们，肯定会赚一笔，而且又支援了解放军，名声上也不错。你看如何？"

老板娘盯着他看了好一阵，眼睛顿时发出精光，一拍大腿，说："啊呀，你这个孙猴子脑壳，怎么这样好用啊？！几百万大军，一包清热解毒散赚一分钱也不得了啊！那还不快点办？"

"那好，我先跟李老郎中商量下配方，今晚就开始加工，老板娘先着手采购些清凉解毒药材，主要是菊花、金银花、陈皮、薄荷、冰片等。"

清热解毒散果然一炮打响。不但给万义堂赚了一笔不小的钱，而且又做了广告，又赢得好的政治声誉。

"新宇啊，你老板娘我还是很有眼光的噢，把你收回万义堂，这着棋走得太对了。"老板娘天天笑得花枝乱颤。对罗新宇真的是刮目相看，笑脸常开。

"那老板娘给我点什么奖赏啊？"罗新宇现在心情也特好了。不仅因为成功推出了清热解毒散，而且他与小娥的关系也确定下来了。

"啊？！奖啊？我拿什么奖你呢，奖你个大美女，你又看不上眼，还把人家气走了。奖钱，那又太俗了。这样吧，你再给我献上一计，我就把你调到前堂来，天天跟李老郎中学医坐诊，如何？"

"老板娘，说起来，你还要感谢我才好，你看，若婷妹妹现在去正规学校学医，几年后，就不是我这样的土郎中可比了，我罗新宇就是想攀高枝也攀不上呢！"

"那是，那是。"老板娘笑在眉头，喜在心。

"老板娘，把我调到前堂来这个奖赏我要。反正后院有袁师兄、肖师兄把关足够了。再说我走了，他们两个师兄才好放开手脚，对他们也是一种奖赏啊！"罗新宇觉得应尽快来到老郎中身边，趁他身子健朗，赶紧挖些东西出来。

"你说得很对，但我的条件你得兑现啊。来，拿出来！"老板娘朝罗新宇伸出一只白嫩的手掌。

"老板娘，你是个生意精，怎么眼皮子底下的钱不赚呢？"罗新宇故意卖关子，搬了个凳子放在老郎中侧边坐了，扮装老郎中的样子，客官，哪里不舒服呀？

李老郎中笑着打了他一下，"你就不怕我在小娥那给你上点烂眼药呀？"

老板娘看着他们爷孙逗乐，心里还是有些酸溜溜的，不过，转身就释然了，将手一伸，说："还不快点献计？"

"那个妙方还不是同出一辙？打仗肯定有伤兵，何不推出跌打损伤、接骨续筋的中成药来？不但现在用量大，就是将来国家安定下来了，这类药也还是要用啊！"

老板娘热辣辣的目光射向他和："罗新宇，知道我一生中最大的失误是什么吗？"

"不知道，我又不是你肚里蛔虫，怎么晓得你的花花肠子。"罗新宇把玩着老郎中几本线装书，兴趣盎然。

"失误就在不该请这个李老郎中，让他抢了我女婿！"老板娘一脸愁苦地说着。

李老郎中听了，哈哈大笑起来，"对呀，你看，我就是我宝贝孙女的坐探，什么事逃得过我的眼？"

老板娘也爽朗一笑，说："新宇，你跟你爷爷抓紧时间配制一副跌打损伤药方来，我们尽快开始熬制，这次如果一炮打响，你们爷孙俩拿一半提成，行不行？"

李老郎中听了，说："老板娘，你要加工什么阿胶啊，银翘丸呀之类的中成药，我或许可出点力，跌打损伤，还是找专业郎中才行。"

"罗新宇，你给我出了个馊主意，却是空欢喜一场，哪里有这专业好郎中呢？"老板娘脸色暗淡下来，恨幽幽地看着罗新宇。

罗新宇心里明白，李老郎中的用意是想把罗新宇的师傅张瑞云推出来。但事关重大，师傅喜四处游玩，肯定受不了这份约束。便说："老板娘，此事真要办还是有些难度，心急吃不得热豆腐，不如作个长远打算，等机会成熟了再说吧！只要你愿投资，还怕没机会？"

"罗新宇，知道我这一生最大的失误是什么吗？"

"知道。不就是请了李老郎中，抢了你的乖女婿吗？"罗新宇看了一眼老郎中，满脸坏笑地说道。

"错！最大的失误是收了个牛皮学徒！"老板娘冷笑着，屁股一扭，踩着木屐"吧嗒、吧嗒"走了。

罗新宇与李老郎中对视一眼，哈哈大笑起来。

"请问，这是罗郎中吗？"

这天黄昏，罗新宇独自在前台坐诊

刚处理完病号，又有人来了。

"是的，是的，请进！"罗新宇以为又是个病号来了。来了病人，他是很乐意的。

来人不是病号，而且是两个穿军装的人。

"请问……"

"呵呵，你不认识我了？真是贵人多忘事啊！"军人乐呵呵地笑道。

"哦，记起来了，您就是药姑山……"罗新宇模糊地记起来了。

"对，我就是药姑山的那个军人，你给我岳父治过腰伤。"

"您现在在哪里工作？两年不见了，现在越发的精神了。"罗新宇小心翼翼地探询。

"今年年初，解放军和平解放临湘，我率部起义了，被收编到陈云恒的队伍，现已进驻岳阳城……"军人很豪爽地笑谈着。

"陈云恒？接管岳阳的是陈云恒的部队吗？"罗新宇惊喜道。

"你认识我们陈政委？"那军人问。

罗新宇忙掩饰道："哦，有过一面之缘。"

那军人笑道："我们陈政委可是个了不起的人物啦！"

罗新宇忙转移话题道："首长，你也是个了不起的人物啊，去年，还多亏你救了我一条命啊！不知首长今天找我有何事？"罗新宇想起了两个师兄陷害自己的往事，心头唏嘘不已。

"哈哈，过去的事我们就不说了，以后有机会再来与你叙旧。找你有件很急的事，我们部队刚进城，有一批伤员，急需一批药材，听说你们这里的药材最优质的，所以特来向你求援！"军人办事，风格果然不同，单刀直入，干脆利索。

"好啊，首长，这不是我给您帮忙，而是您给我帮了大忙呀。我库房里正有大批优等药材，您什么时候要，我什么时候发货，保证不误军机大事！"罗新宇喜出望外。

"那就好，一个找锅补，一个要补锅，天合之作呀！小罗啊，给你两天时间，明天我就派人送款过来，后天发货。"军人爽朗地开怀大笑。

"保证完成任务！"罗新宇也以军人的口气答道。

"就这么定了！再见！"军人告辞而去。

天助我也！罗新宇手抚着额头，暗暗叹道。

罗新宇忙进入药房，将解放军订购药材的事向老板娘汇报。

听说有大业务，老板娘满脸笑容，但嘴上却装作天大的不满："都下工了，谁给你加工？老严，快去把万成他们叫来，马上赶货！"

"哦嗬，看来，老板娘不想做这笔业哟，那好，我另外找人。"罗新宇故意激她一激，转身就要走。

"呀，呀，你走什么走，我这不是要老严喊人了吗？你罗大郎中的事，我敢不答应？"老板娘一脸春风，半腮笑容。

因为是军用药材，罗新宇希望能拿出店里最好的货，再说罗新宇又是个闲不住的人，好久没炮制过药材，见到这些熟悉的工具，又手痒痒起来，说："袁师兄，今夜我们一起干。好久没做了，手还有点痒呢，就不知这手艺还捡不捡得起来。"

"师弟，你回去休息，保证按质按量完成任务。"袁万成不想让罗新宇干这些又脏又累的活，忙把他手里的药材抢了过来。

"师兄，你就别客气了，谁叫我是你的师弟呢？我们一起干活，快乐！"

尾声

第一批药材交付后，罗新宇心里一直在纠结要不要去拜见一下陈云恒，岳州解放了，成立了人民政府，他这个草药郎中该何去何从呢？还能不能按原来的老路数悬壶济世呢？在他想来，不管乱世盛世，治病救人这一行，是少不得的。

正在他犹豫不决时，陈云恒再次走进了他坐诊的万义堂。

罗新宇见一身军装的陈云恒，忙激动地站起来，望着眼前的故人，竟不知说什么。

陈云恒爽朗地笑着喊："小罗郎中，还认得我啵？"

见陈云恒那和蔼的样子，罗新宇紧张的心一下子放松了，忙笑着说："认得认得，怎么不认得？"他一边说，一边给陈云恒让座。

陈云恒摇摇手说："不坐不坐，才进城，忙得很呢。"

见陈云恒说忙得连坐的工夫都没有，罗新宇有点不好意思地说："您这么忙，有事找我，带个信来让我去就行了，您还亲自来……"

陈云恒哈哈笑道："岳州才解放，老百姓缺医少药，你是有名的大郎中，我不来亲自拜个码头怎么行啰？"

罗新宇一听，更加手脚无措起来。

陈云恒说："今天来找你，有两个事，一是感谢你们万义堂给我们提供了那么好的药材，第二呢，我想请你带路，请我师弟你的义父出山，组建一家我们公家的医院。"

罗新宇听说要请义父出山组建公家的医院，心里自是激动不已，二话不说，就往门外走。

罗新宇坐着陈云恒的吉普直奔聂家市，在张氏草医堂前停下，张氏草医堂的门紧紧地关着。

罗新宇说："这会儿，义父去哪儿了呢，待我去打听一下。"

陈云恒说："不需打听，我们去龙窖山，先去拜祭一下我师父吧！"

此时，张瑞云正坐在龙窖山半山一处向阳的地方，这里，是父亲张元乔的墓地。

陈云恒在罗新宇的陪同下，来到师父墓地，站到师弟的背后，他脱下军帽，竟然露出满头白发。

他向着师父的墓碑深深地鞠了三个躬，颤声道："师父，全国都解放啦，我想请师弟出山，建一家咱老百姓自己的医院，到时，我们张氏草医，就可以真正普济天下苍生啦！到时，我就归隐山林，陪您，七十岁再真学一回郎中吧！"

说完，他蹲下身子，用手轻轻将墓碑两边石柱上那爬满的青苔拂开，石柱上露出一副苍劲的对联：

血竭三颗补骨脂
人参五味穿心莲